# 文学と政治

## 近現代ドイツの想像力

青地伯水 編著

# 文学と政治　目次

## II　国民意識覚醒の時代

## 凡例

・［　］は参照原著、頁を示し、文献は各章末に記載した。
・〔　〕は原語に対する訳語、訳語に対する原語、引用者による補足を示す。
・〔……〕は引用者による中略、前文略、以下略を示す。
・各章末の文献表記については各執筆者の裁量に委ねた。

# 文学と政治　近現代ドイツの想像力

# 序

本書『文学と政治――近現代ドイツの想像力』は、政治とのかかわりで文学を読むという発想のもと、ドイツのバロック時代から第二次世界大戦後に至るまでを論じたものである。「文学と政治」とひと口に言えども、両者の関係はそれぞれの時代にあって、きわめて多様である。したがって各論文の政治へのアプローチ方法も異なっている。文学作品のなかに政治性を読み取ろうとするものもあれば、文学的営為そのものを政治のなかでとらえようとするものもある。その方法は、各論者にゆだねられていることを最初にご了解いただきたい。

第Ⅰ部「近世から近代への想像力」は、バロック時代とフランス革命における文学と政治のかかわりを論じている。第一章の吉田論文「近世ドイツにおける文学と政治――グリンメルスハウゼンの場合」においては一九世紀、二〇世紀とは異なる「文学と政治」の関係が描かれる。近世における文学は「まずもって社会全体の「秩序」に奉仕する行為」であった。つまり文学は実社会に役立つ「実用文学」であった。しかしこの「実用」性そのものが、今日とは異なる。つまり「実用」とは、「神への信仰と瞑想を深める」ためのものであったり、為政者への「諫言と忠告」

を潜ませながら統治者を礼賛したりすることであった。

この論文で扱われる一七世紀は、ルネサンス・人文主義・宗教改革が道を開いた個人主義に対する反動から、「個人を逆に社会的組織のなかへと束縛する、いわば全体性と共同体の時代」であり、再秩序化を試みる貴族の時代であった。階層に分化した貴族社会にあって、没落した貴族であったグリンメルスハウゼンは、「学識の権威としての大学」教育とは無縁であった。しかし彼は独学者として体制に仕えながら、読書環境を獲得し、「世の人びとの貴族願望を自作のなかで揶揄しながらも」、貴族の称号を再取得する。彼は、「卓越した言語運用能力によって社会階級の壁を越境していった」のである。

グリンメルスハウゼンの『ドイツ・ジンプリチシムスの冒険』において、政治的言説として検討されるのは、いわゆる「ジュピター・エピソード」である。街道で捕らえた「ジュピター」を自称する狂人は、ドイツの未来社会について語る。「ドイツの英雄」なるものが、ジュピターの言によれば、いずれ打ち立てる社会を「実現されるべき理想像」とみなすべきなのか、「世相諷刺の否定的な像」とみなすべきなのか。この問題を端緒に、吉田論文はグリンメルスハウゼンの「実用文学」における政治的言説を議論する。

第二章の松村論文『テロルとユートピア――ゲーテとフランス革命』では、ゲーテ作品にみられるフランス革命への言説が論じられる。革命における残虐行為を目の当たりにしたゲーテは、

「フランス革命の友であることができなかった」。ゲーテは革命を「けっして民衆のせいではなく、政治のせいだと確信」していた。つまりゲーテは、為政者が「時宜をえた改革」を行なえば革命は回避できるという保守的に思える革命観を持っていた。そこでゲーテは、「政治的な発言」をするよりも「現実のテロルにたいして、それを抑止する可能性」を文学作品に託した。もちろんそこには同時に「文学のユートピアとしての性格」への自己反省も含まれていたが。

ここで扱われる作品は、喜劇『大コフタ』、枠物語集『ドイツ避難民歓談集』の『メールヒェン』、叙事詩『ヘルマンとドロテーア』、悲劇『かくし娘』である。『大コフタ』は、フランス革命の四年前に起こった「首飾り事件」に取材した作品である。現実に起こったこの事件は、王妃マリー・アントワネットとは直接関係がなかった。それにもかかわらず、この事件は王妃を巻き込んで、その浪費癖を暴き、フランス革命への引き金となった。ゲーテはこの作品で、「首飾り事件とその帰結である革命を抑止する可能性を示そうとした」。

『ドイツ避難民歓談集』はフランス侵攻のためにライン川右岸へと避難した男爵夫人一行が語る枠物語である。その掉尾《ちょうび》を飾る『メールヒェン』は、「増水した川を、二つの鬼火が渡ってゆくところから語りだされる」ことからも、二つの世界の分断と統合のユートピアを示唆していると考えられる。『ヘルマンとドロテーア』では、ドロテーアの二つの婚約指輪が論じられる。マインツ革命にかかわったドイツ人を想起させるかつての婚約者と新時代のドイツを築こうとするヘルマン、それぞれから贈られた指輪が一つの指にはめられるとき、そこには牧歌的な現実と不吉な未来が併存しているという。『かくし娘』は「革命を抑止するための唯一の方策」である「貴族と市民との協力」が描かれる。しかしこの戯曲が未完に終わったことと繰り返されるテロルとは、ゲーテの心のなかで無縁ではなかった。

第II部「国民意識覚醒の時代」においては、一九世紀ドイツ文学と政治とのかかわりに焦点を当てる。第三章の須藤論文「ジャーナリズムと民衆――ゲレスの政治新聞における文芸共和国の理念」は、一九世紀前半のドイツのジャーナリスト、ヨーゼフ・ゲレス（一七七六―一八四八年）を論じたものである。ゲレスは一七七六年にドイツ西部の町コーブレンツで「ごくありふれた一家」に生まれた。彼は九歳からの八年間は当地のギムナジウムに通っていたが、在学中の一七八九年七月にフランス革命がおこる。革命の影響はラインラント地方にもおよび、一七九二年一〇月二三日フランス革命軍はプロイセン・オーストリア軍を破りマインツを占領する。この「ドイツ史上初の共和国」を一六歳のゲレスは訪れたとされている。

時は流れて「ナポレオン率いるフランス軍とヨーロッパ諸国とのあいだで勃発した大規模な戦争がプロイセン・オーストリア連合軍の勝利でもって終結」したとき、ゲレスは自身が編者を務める新聞『ライニッシャー・メルクーア』の記事「ドイツの新聞」において、「「真の人民新聞」としての新聞のあり方」を提示した。ゲレスのこの「綱領」は、ドイツのジャーナリズムにおいて、「社説の展開を目指した」ものである。「自由な「公論」の形成」としてジャーナリズムを構想することは、「君主による絶対主義的支配がいまなお残る当時のドイツでは画期的なものであった」。しかしゲレスは民主主義に対しては批判的であり、「その生涯の中で、啓蒙主義および革命主義からロマン主義へ、そしてキリスト教保守主義へ」と変節したといわれている。本論では「革命の理念を信奉していた初期の時代」とロマン主義に接近したハイデルベルク時代の活動を取り上げ、「ドイツの新聞」の理念への影響を考察する。

第四章の児玉論文「祖国再生とメランコリー――グラッベのバルバロッサ作品」は、クリスティアン・ディートリヒ・グラッベ（一八〇一―一八三六年）の悲劇『皇帝フリードリヒ・バルバロッサ』（一八二九年）をまずはとりあげる。一九世紀初頭の神聖ローマ帝国崩壊前後から、ホーエンシュタウフェン家にかんする劇作が、ドイツ国民にとっての理想の題材として多くの作家によって生み出されていた。この悲劇は、グラッベが全八作を構想したホーエンシュタウフェン劇連作の第一作であった。そこに描かれる「赤髭王」として知られる神聖ローマ帝国皇帝フリードリヒ一世（一一二二年頃―一一九〇年）の姿は、グラッベの愛国的熱狂の反映といえる。またグラッベの多くの作品と同様、この作品にも「廃墟となったイタリア」が登場し、「打ち捨てられた偉大な過去の象徴として提示される」。その一方で「非ゲルマン世界に立ち向かうゲルマンの勇士たち」は「祖国愛を叫びつつ蜂起し」、「ローマの後継者」としての正当性を主張する。グラッベのみならず、ドイツの作家たちはドイツ諸領邦国家をまとめ上げる求心力を持つ英雄を、一二世紀まで遡らないと見出せなかったのである。そしてこの事実は同時に「三月前期ドイツの停滞状況」を示していた。

ところがグラッベにかんして言えば、三年後の詩作品『赤髭王フリードリヒ』においては、「生への倦怠を吐露する皇帝」のメランコリーが描かれる。グラッベはここで何を意図したのであろうか。しかしこのメランコリーは、すでに前述の悲劇において詩人ハインリヒ・フォン・オフターディンゲンの語る言葉に、胚胎していた。グラッベは、循環史観すなわち植物が花をつけ実を結びやがて枯れてまた芽吹くような「同じ所を巡りつづける歴史の虚しさ」に直面して、歴史において現れては消え去る「英雄の創造力」など、とるに足らないものであるという認識に陥っていった。

第五章の西尾論文「女性解放をめざす男性作家たち――「若きドイツ」と一八三五年の二つの小説」においては、ウィーン体制下のドイツ語圏で精力的な文筆活動を行なった「若きドイツ」と呼ばれる作家たちの中心的存在、カール・グツコーとテオドーア・ムントが論じられる。彼らは一八三〇年代に言論の舞台に躍り出て、「当時の反体制的な言論活動の急先鋒」となる。そのときに彼らの文学活動に「無視しがたい重要性を認めていたのは、ほかでもない、時の政府当局」であった。彼らの活動の頂点であり「急速にその勢いを失っていく分水嶺となった一八三五年」

に、グツコーは『疑う女ヴァリー』を、ムントは『マドンナ――ある聖女との会話』をそれぞれ発表する。両作品のヒロインは、「キリスト教への信仰と懐疑のあいだで葛藤を抱える若い女性」であった。ウィーン体制下の保守的な道徳規範のもと、この二人の作家が性と宗教とを書物のなかで取り上げることは、「明確に政治的な意味」を持っていた。

ムントの作品は、「一種の旅行記のような体裁で書かれた作品」であり、手紙の宛先は、一人称の男性の語り手が旅の途上ボヘミアの農村で知り合ったマリアという若い女性である。とくに興味深いのは、この手紙の中で男女の性差の視点から論じることができる、プラハの町の創設神話にかかわる物語断章「ボヘミア乙女戦役」であり、それにたいするマリアの言説である。一方グツコーの作品では、「日々の退屈をまぎらわすために享楽的な生活を送っているが」、「信仰にたいする強い葛藤を抱えてもいる」女性ヴァリーと「教育が完了」し「成熟」した「懐疑主義者」でしかない男性ツェーザーとが、幾度かの別離を経て、「絶望から自殺する女」と家庭的幸福を手に入れる男として描かれる。明らかにジェンダー・バイアスがかかったこの設定によって、グツコーは女性解放にいかなる意義を残したのであろうか。

第六章の磯崎論文「「三月後期」の政治的リアリズムと詩的想像力――ヘッベルのドイツ統一思想」において扱われるのは、クリスティアン・フリードリヒ・ヘッベルの三月後期における活躍である。三月後期はリアリズムの時代と一般に言われている。リアリズムの概念じたいはさまざまに議論のあるところだが、政治的には「「イデアリズムと対立」する考え方」と見なされている。政治におけるリアリズム、すなわち現実政治は「「形而上学的」、「宗教的」、「道徳的」な所見」を必要としないという。そして平和、友愛、平等などに背を向ける政治的リアリズムが、「一八五〇年代末から六〇年代においてプロイセンの穏健な自由主義者たちによって支持」されることになる。ドイツ市民が一九世紀後半において政治的リアリズムを志向したことは、「政治文化における民主化の過程の妨げ」となった。なぜなら「「理想」や「道徳」は、かりに「現実政治」には役立たなくとも、国家の礎となる人々の共感やアイデンティティの対象」となりえたからである。

現実政治に共感したり、アイデンティティを見出したりできなくなったドイツ語圏のリアリズム作家シュトルム、ケラー、ラーベたちは、村落共同体や小都市における私生活にその表現を求め、政治的現実と向き合おうとしなかった。これに対して「一般にはリアリズムに属さない」とみなされている「ヘッベルの言動や詩作」に政治的現実との取り組みが読み取れる。ヘッベルはウィーンの暴動の現場へとおもむき、ジャーナリストとして寄稿し、落選するも議会に立候補している。また、第一次シュレスヴィヒ・ホルシュタイン戦争の惨禍をも彼は目の当たりにした。彼の「三月後期の政治詩」、「政局に対する見解」を取り上げて、行動主義からえられた「強く打ち出されたドイツ「統一思想」」を解明することを目指す。

第七章の川島論文「「革命なんかに入らなければよかった！」――ヨハンナ・シュピーリ後期作品に見る労働運動のモチーフ」では、シュピーリの「非政治的に見える」作品に政治性を読み取る試みである。一九世紀のヨーロッパは、近代化の過程で「かつてない規模の貧困を生んだ」。工場労働者たちは、一五時間にも及ぶ長時間労働を強いられ、賃金は低く社会保障もなかった。時代が下るにつれて、彼らは労働運動を組織し、機械の打ち壊しのような暴力的運動から、待遇改善を目指す現実路線へと転換していく。「スイスでも、産業革命後の状況は他の国々と似たような経緯をたどった」。スイス社会の貧困問題は「一八四〇年代から六〇年代にかけてピークを迎える」。この時期に「スイスにおいても労働運動の端緒」がみられるが、「大衆レベルで本格的に組織化されるのは、一八七〇年ごろ」のことである。ちょうどそのころ、ヨハンナ・シュピーリはブレーメンの教会出版を通じて作家デビューする。

彼女は一八二七年チューリヒ近郊の村ヒルツェルで開業医の父と「敬虔主義的な情熱にあふれた宗教詩を書く」保守派女性詩人である母とのあいだに生まれた。「早くから詩作を始めたヨハンナは」、「母の思想的な影響を強く受け」ていた。一八五二年彼女は、自由主義陣営を攻撃する弁護士で政治家であったベルンハルト・シュピーリと結婚する。夫は「貧困にあえぐ工場労働者の救済を訴えたが」、社会主義には拒絶的な態度をとった。妻ヨハンナは「同様の枠組み」で社会問題を見ていたのであろう。「シュピーリ作品には貧困のモチーフがあふれているが、工場労働が取り上げられることは」まれである。しかし作品の表面には表れてこない「不満を抱えた労働者たちの存在」がくすぶっている。そのことを念頭において読むと、『コルネリは教育される』（一八九〇年）に描かれる一二歳の少年が語る「「銅鍋おばさん」と「義理の弟の洗濯釜」の寓話」が強い政治性を発揮していることがわかるのである。

第III部「統合と分裂の世紀」は、二〇世紀の大戦の戦間期と戦後分裂したドイツにおける表象と政治について論じる。第八章の勝山論文「激動の時代に、何のために絵を描くか――ジョージ・グロスとオットー・ディックスの絵画と政治」においては、二人の画家の絵画と政治とのかかわりが論じられる。ドイツは第一次世界大戦で敗戦し、その後の社会は激動と混乱の様相を呈する。こうした社会が人びとの心に引き起こす不安が、芸術にも多大な影響を及ぼした。ドイツの芸術家たちは、ダダイズム、新即物主義、シュールレアリスムなど新しい芸術のあり方を模索した。なかでも政治的主張が強かったのがベルリン・ダダであり、その活動の中心にいたのがグロスであった。一方ディックスは、ダダ運動に接近したのはほんの数年にしか過ぎない。しばしば同列に並べて論じられたり、展示されたりするこの二人の画家は、政治的態度という視点から見れば対蹠的であった。

グロスはベルリンの裏町で裕福とは言えない少年時代を過ごした。一九〇九年、一六歳のときにドレスデン王立アカデミーに入学し、絵画を学ぶ。一九一四年、グロスは軍隊に志願するが、兵役不適格者として除隊させられ、二度目の招集においても精神鑑定の結果、除隊を命じられる。マリス書房を通じて、彼は政治的主張を絵画に託して表現する。そこには資本主義社会に対する批判があった。彼は共産党員となるが、一九二二年のソビエト旅行により、彼の共産党熱は冷める。以後はナチスを逃れてアメリカにわたる。ディックスも同様に豊かではない少年時代を送り、ドレスデンで学業を修めた。一九一四年からの四年間をディックスは志願した戦場で生き抜いた。戦後、彼は大都会ベルリンに存在する戦争負傷兵、娼婦、労働者の生活を描いた。しかしディックスは反戦に積極的に取り組むことはなかった。社会的現実を描き、暴露することが、彼の目的であった。

第九章の友田論文「一八一六年のロッテ――トーマス・マンの小説『ヴァイマルのロッテ』をめぐって」は、政治的とは思えないエピソードを扱ったこの小説を政治と文学という視点から読み解く。マンは一九三六年二月『新チューリヒ新聞』紙上でナチズムと戦う決意を世間に向けて公表する。そして彼はこの年の八月『エジプトのヨセフ』を完成し、ヨセフ小説を中断してまで、一一月に『ヴァイマルのロッテ』（一九三九年）執筆を開始する。この小説の第七章でマンはゲーテに語らせている。ゲーテの母方の先祖にはローマ人の血とゲルマン人の血が混ざりあっており、それゆえ彼は「純ゲルマン的なものを拒否する」発言をする。ゲーテが「ドイツ人にたいして、あるいはドイツ的なものにたいして根本的に距離を置く」とき、「ナチズムを生んだドイツ」

を思い浮かべざるをえない。

マンは一九四五年の講演『ドイツとドイツ人』のなかで、ドイツ的「内面性」が「思弁的要素と社会的・政治的要素への分裂」を生み、「野蛮」へと陥っていくことを説く。「いいかえるならドイツ的本質そのもののなかに、ナチズムへと向かう本質的な契機がすでに内在していたのである」。解放戦争のうちに「野蛮でフェルキッシュな要素」をみとめ、ナショナリズムの高揚期に居心地の悪さを感じていたゲーテのあり方は、「ナチズムという究極の「野蛮」によってドイツを追われたマン自身の「運命」」ともいえる。この小説においてゲーテがドイツ批判を語るとき、マンとゲーテの「思考がいわば共鳴し、共振し合い」、「マンはゲーテと自己同一化」している。亡命下のマンは、「ゲーテに仮託するかたちでナチズム批判を展開する」。しかしマンは『ヴァイマルのロッテ』が小説であることを忘れているわけではない。マンはゲーテを「相対化し、客体化」するためにロッテをもち出し、ゲーテの愛の理念をマリアンネとの対比で語るのである。

第一〇章の永畑論文「東ドイツ、父なる国家――ザラ・キルシュ『山のように高い海の波』」では、東ドイツ（ドイツ民主共和国）の作家キルシュ（一九三五―二〇一三年）の一九七三年に発表された小説を論じる。彼女が活躍した一九六〇年代から七〇年代初めの東ドイツでは、「社会主義国家の中で前向きに生きる労働者の日常や職業生活に題材をとり、社会主義を賛美すること」を主眼とする社会主義リアリズムと呼ばれる文学が主流をなしていた。この作品もこの流れにあるかのようで、万人がわかるよう写実的に書かれているが、そこには巧みに社会批判が盛り込まれている。

彼女はテューリンゲンのハルツ山麓で生まれ、イングリット・ベルンシュタインと名付けられ、東ドイツ国籍であった。一九六〇年に彼女は詩人ライナー・キルシュと結婚している。筆名のザラは、反ユダヤ主義者であった自身の父親への反発からつけたユダヤ風の名前である。六八年にライナーと離婚したのち、彼女は翌年に作家カール・ミッケルとのあいだに一子をもうけている。その後、七七年に彼女は西ベルリンに住む詩人クリストフ・メッケルと壁を越えた愛をつらぬき、西ベルリンに移住している。

この作品に登場する主人公アンナは強姦によって妊娠したシングルマザーであるが、当時の東ドイツ社会ではそれが経済的困窮と結びつくことはなかった。この国では、すべての人間が平等であるという理念のもと、女性の就労は自然なことであり、子育てにかかる費用は八割が国家によって負担された。東ドイツ国家はシングルマザーにも「子育てできる環境を作る一方で国民の生活を監視・支配する体制」を築いていた。検閲を恐れて表立った批判はなされないが、「体制側が「父親のような役割」を果たす見返りとして、意のままになる国民を育てようとすることに対する危機感」が、この作品の根底にあるという。そしてこの作品には女性に対するさらに複数の問題が描かれていることを、この論文は解き明かす。

第一一章の青地論文「東ドイツの西ドイツ学生への浸潤――雑誌『コンクレート』の成立とウルリーケ・マインホフの彷徨」は、東ドイツが資金提供していた学生新聞が雑誌『コンクレート』へと成長していく過程と、反核兵器活動家である一女子学生マインホフがその雑誌に巻き込まれていく過程を描く。のちにマインホフの夫となり、彼女をモデルにした小説をも書いたクラウス・ライナー・レールは、五〇年代初めに学生新聞を作った経験があったが、資金難から挫折し、うずうずしていた。そこに彼のもとに新聞づくりをもちかけてくる男がいた。こうして始めた学生新聞が、レールの東ドイツとのつながりの始まりであった。当時の西ドイツ社会には、共産主義を敵視する風潮が出来上がっていた。その流れのなかで、一九五六年共産党は非合法化される。レールは、仲間が逮捕されるなかで、共産党員となり学生新聞の実権を握り、『コンクレート』と改名する。

五八年三月連邦共和国（西ドイツ）議会において核武装が議決される。これにたいして連邦共和国のいたるところで、学生たちが反対の声をあげる。そのなかの一人が、ミュンスター大学の一学生マインホフであった。彼女は五月に集会とデモを企画し、実行に移す。彼女はこれをきっかけに「現代のローザ・ルクセンブルク」と呼ばれる。学生の反核兵器会議に参加していた『コンクレート』一派は、彼女と共闘し、学生新聞へ、共産党へと彼女を巻き込んでいく。五〇年代後半の連邦共和国における最大の学生新聞『コンクレート』は、レールのもと東ドイツの資金で運営されていた。しかしレールはしたたかで、馬脚をあらわにすることなく、その一方で資金提供者の裏をかき、巧みに自己の主張を盛り込んだ。多くの読者学生たちは、この事実を知らずに、踊らされていたのであった。

＊　＊

一一編の論文を通読すると最初に述べたように、アプローチ方法の違いに気づかれることと思う。その一方で、ドイツにおける文学の政治とのかかわりに、いいかえるなら個人と権力とのかかわりに時代を超えて通底するものを見出されるのではないかと期待している。

編者しるす

# I

# 近世から近代への想像力

# 第1章　近世ドイツにおける文学と政治
## ——グリンメルスハウゼンの場合

吉田 孝夫
YOSHIDA Takao

殿さまへと成り上がりし　百姓の
振るう剣の　いと鋭きことよ。[ST, 65]

## 1　社会秩序と文学

近世〔Frühe Neuzeit〕における文学と政治の関係は、一八世紀以降における近代・現代文学の場合と、素朴に同じ土台のうえで論じることはできない。例えばトーマス・マンのような作家が、いわゆる文学者・芸術家の立場からナチス・ドイツの現実に対峙したのとは、基本的に異なる構図のなかに近世文学は置かれている。

近代において、文学ないし芸術と呼ばれる営みが、社会からある程度独立した自律的な価値と機能をもつ一領域を形成するのに対し、近世のそれは、まずもって社会全体の「秩序〔Ordnung〕」に奉仕する行為であった。一八世紀啓蒙主義以降に登場するものと考えるべき近代の自律的個人に対して、近世の個人、特に一七世紀のそれは、秩序化された社会組織もしくは「コスモス」〔全宇宙〕の模様を形づくるモザイク石の一つとして在る。文学作品には、貴族社会の階層性を反映する修辞学〔Rhetorik〕の言語規範に従うことが求められ、文学の社会的作用を念頭に置いた、「適切さ〔aptum〕」をもつ表現が重んじられた［Boy, 218］。特に政治的であることを意識せずとも、言葉を発する行いそのものがすでに、政治・社会的な効能を担う。このような近世文学の在り方は、近代的な見地から見て、実社会での用途に束縛された「実用文学〔Gebrauchsliteratur〕」的なものとも映るだろう。

この「実用」ということの内実は、近代人に理解しやすい類の日常的利便性とはもちろん異なる。近世一七世紀の「実用」文学は、例えば神への信仰と瞑想を深める「信心文学〔Erbauungsliteratur〕」を多彩な出版物として繁茂させた一方、為政者の幸と栄誉を言祝ぎ、しかもその陰に諫言と忠告を潜める「統治者礼讃文〔Herrscherpanegyrik〕」に、有効な社会的作用を認めた。前者の例としては、J・アルントの散文やP・ゲルハルトの讃美歌があり、後者には、近世都市ケーニヒスベルクの市民文化を伝える貴重な文学的証言を残したS・ダッハをはじめとして、さらにA・グリュフィウスやＪ・リストなどのバロック詩人たちもまた無数に手がけた政治的な「機会詩〔Kasuallyrik〕」に、数多くの作品がある〔Schöne, 339-360〕。つまり近世文学の「実用」性は、聖界と俗界のそれぞれの至高者、両極を成して向かい合う二つの権力と密接に関係する。G・Ph・ハルスデルファーが展開した言語遊戯的・マニエリスム的文学さえも、それが帝国自由都市ニュルンベルクに拠点を置く社会的交際術の一環として機能した点において、例えばゲオルゲの唯美主義やダダイズムの近代的〈芸術〉とは、当然ながら性格を異にする。それは近世の一〈職人〉にほかならぬＪ・Ｓ・バッハの音楽が、当時においては未だ、いわゆる〈芸術家〉の作品ではなかったことと同じである。

ところでドイツの一七世紀、いわゆるバロック時代は、三十年戦争から北方戦争、ネーデルラント継承戦争、蘭仏戦争、大トルコ戦争などへと至る「戦争の世紀」〔Maurer, 43〕と呼ばれる。そしてその上に、小氷河期という過酷な気候環境下にあって、人間の生存が根本的に脅かされる時代だった。この否定的な相貌を担った一七世紀を、その前後の世紀と対照化して捉える一つの歴史観がある。すなわち近世の前半である一六世紀を都市市民の時代、一八世紀を近代的市民の時代と定義して、その中間にある一七世紀を貴族と宮廷の時代と捉えるというものである。そして一六世紀が、ルネサンス・人文主義・宗教改革といった潮流において個人主義への萌芽をもち、それが一八世紀に、啓蒙主義・敬虔主義・感傷主義という形で一気に開花してゆくのに対し、その間にある一七世紀は、個人を逆に社会的組織のなかへと束縛する、いわば全体性と共同体の時代であった

[Maurer, 72, 76]。

近代人の目から見るとき、この一七世紀は、権力者の恣意に阿《おもね》るほかない反動的時代だと判断されることにもなるだろうが、ただし時代の気風として存在した「秩序」の尊重という点については、中世的な世界観がルネサンスによって根本的に破壊されたことに由来する、時代の深い動揺と、再秩序化への憧憬の現われだったのだと捉える向きもある［Brenner, 45f.］。つまりドイツの精神史は、一六世紀のルター的信仰者から一八世紀のウェルテル的自己へと一直線に進むことをしなかったのであり、一七世紀は、そのような爆発的な力をもつ個人を一旦内部に包みこみ、やがてそれ自身は破壊される定めに置かれた卵の殻のごとき時代であった。

貴族の時代と総称しうる一七世紀において、その全人口に占める割合は一パーセント以下であった［Maurer, 33］。この微細な一集団を頂点に置いて、諸身分は厳密に階層化されていた。近世ドイツにおける言語運用能力については、近世史家デュルメンの概説書に詳しいが、特に「十六世紀以降になると、書く能力がなければ、中、下層民が社会で高い地位を獲得することはほとんどできなくなった」［デュルメン、二二二頁］という。そのような状況下で、一七世紀の詩人としては例外的に、その卓越した言語運用能力によって社会階級の壁を越境していった人物がいる。グリンメルスハウゼンである。

ハンス・ヤーコプ・クリストッフェル・フォン・グリンメルスハウゼン（一六二二頃―一六七六年）

は、没落した貴族の家系にあり、居酒屋を営む家族のもとに生まれた被支配者層の人間であった。三十年戦争の初期、一兵卒として、いくつかの戦地で一〇代をすごすが、やがて戦争末期には連隊書記〔Regimentsschreiber〕の任を受けていることが、彼の言語能力の一証明となっている。戦争の終結後、城守、貴族の資産管理人、居酒屋の経営者などの仕事を経ていくが、晩年の一〇年足らずは、ストラスブール司教区の小村レンヒェンの村長〔Schultheiß〕にして、また裁判領主〔Gerichtsherr〕でもあるという地位に身を上げた。世の人びとの貴族願望を自作のなかで揶揄しながらも、その時流に乗って、自らも貴族の称号を再取得することに成功したのは、ただしこの晩年ではなく、三〇代手前のなおも若い時代のことであった。

グリンメルスハウゼンは、主人の蔵書を手にする許可を得た城守時代から後、仕事の合間を縫って、自分に適《かな》えられた読書環境を最大限に活用した。つまり独学者〔Autodidakt〕であった彼の文学創作は、四〇代半ばからの晩年の十数年をかけたものである。およそ一七世紀ドイツの詩人たちはみな、学識の権威としての大学という場所・制度に一度は身を置き、修辞学と詩学の講義を受けたことを、詩人としてのアイデンティティとしているのだが、そうした経歴に唯一無縁だった作家がグリンメルスハウゼンである。一七世紀に顕著であった識字層と非識字層の乖離的構図において、彼はむしろ両者の中間に立ち、その双方の世界に深く接触している。P・バークは、近世ヨーロッパの民衆文化に接近する方法として、「知識人の文化と民衆文化との間に立つブローカー」に着目することを勧めており、「説教師、印刷業者、旅行者、役人」といった職業の人物とともに、「手工業者や農民の生れで、のちに社会的に上昇した人びとの証言」――例えばB・チェリーニやJ・バンヤンのような――を参照することを求めているが〔バーク、一〇九―一一〇頁〕、これはそのままグリンメルスハウゼンの立ち位置にあてはまるだろう。

純粋な貴族でも、市民層でもなく、また世の大半を占めた農民層でもない。グリンメルスハウゼンは、時代の「アウトサイダー」であったという言い方がなされる。貴族社会の一員であるどころか、むしろ「農村部における貴族文化の付属物」にすぎなかった彼は、むしろそのゆえにこそ、社会に対する独特の視点をもつことが可能だったのではないか。近世ドイツにおける社会的秩序の束縛のなかで、「不自由な役人と、そして自由な作家としての二重生活」〔Koschlig, 121〕を生きたグリンメルスハウゼン。三十年戦争期の銃兵に始まり、最後には小村レンヒェンの行政を司る、曲がりなりにも一介の為政者となった彼は、貴族・学識者・アカデミーの一員としての自己意識に従って生きた一般の詩人たちとは異なる、むしろ階級を横断してゆく立場にあった。その視点から語られた彼の作品には、時代の権力構造とその継ぎ目、裂け目が、きわめて鮮明に捉えられている。

本書の始まりをなすこの章では、一七世紀バロック時代に生を享けた特異な作家による、当時の一大ベストセラー作品を取り上げ、その作中に織りこまれた政治的言説の有名な一例を抽出し、そこに提示された理想社会のイメージのはらむ問題性について考察してみたい。

## 2　ジュピター・エピソード

グリンメルスハウゼン『ドイツ・ジンプリチシムスの冒険』（以下『ジンプリチシムス』）は、一六六八年に五つの巻からなる構成で出版され、世の好評を受けて、翌一六六九年にその「完結編」〔ST. 555〕であることをうたった『続編〔Continuatio〕』が追加出版された。

無垢な少年ジンプリチウスの波乱の生涯が、主に一人称で語られてゆく一七世紀のこの長編小説を、ゲーテ的な教養小説の系譜の嚆矢に置くべきなのか、それとも近世スペインに始まるピカロ小説の一例として考えるべきなのか、またあるいは、ドイツ文学には稀有なことに、数々のコミカルな場面を具えたこの娯楽的小説を、同時代のフランス滑稽小説の深い影響下において読むべきなのか、いやむしろ、それとは正反対に、第一次世界大戦直後のドイツの思潮を反映しつつ、三十年戦争期を英雄的に生き抜く「ドイツ的魂」（F・グンドルフ）の具現を見るべきなのか、議論はさまざまに存在する。

グリンメルスハウゼンの政治的言説を検討するうえでは、いわゆる「ジュピター・エピソード」が重要である。五巻で構成された当初の小説の形に基づくなら、この挿話は長大な作品の中心部、つまり第三巻の三～六章に置かれており、作者の政治的信条をここに読み取ろうとする者も少なくない。この部分は、「ゾーストの狩人」の異名をとって、神を忘れた冒瀆的な暮らしにふける主人公が、ふと我が身を反省して敬虔さを取り戻そうと決意する――ちなみに主人公は、この後も、放蕩と敬虔との往復を何度となく繰り返すため、彼のキリスト教的改心の真実性は、最後まで疑わしいままに終わるのだが――、そんなある日に、主人公は街道で、「ジュピター」の名を自称する狂人を捕えるのだった。

「学問をしすぎ、詩の世界〔Poeterey〕に激しくのめりこんだ夢想家〔Phantast〕」であるらしいこの「ジュピター」氏は、「いざ、この俗世を懲らしめてやろうぞ」と独語しながら歩いてきた。世の堕落ぶりの報は、はるか天上世界にまで届いているという。そこでこの世界は、もはやすべて水に沈めて滅ぼすべしとの「神々の評議会」の命を受け、自分は地上に降りてきた。とはいえ神たる自分は、慈悲というものを知らぬわけではなく、一切を区別なく滅ぼし尽くすつもりはない。「罰せられるべき者だけ」を罰して、その他の者たちは育て直してやろう。狂人は、主人公の若者にそう語って聞かせる。

この話を聞きながらジンプリチウスは、必死で笑いをかみ殺している。ジュピター氏をからかいながら、彼はこう反論する。世を滅ぼすと仰いますが、水を使おうと炎を使おうと、すべて徒労になりますよ。例えば戦争を起こしたところで、苦しむのは「平和を好む敬虔な人間たちだけ」である。もし大飢饉を起こしたとしても、それに乗じて「高利貸し」がのさばり出す。たくさんの人間を死なせたとしても、生き残った人間たちが遺産をもらって大喜びすることになる。神さま、この世を罰すると言われるのなら、やはり「全世界を根こそぎ絶やしてしまわなければなりませんよ」［ST, 253-255］。

ジュピターを自称する狂人は、この反論を一笑に付すのだった。善を救い、悪だけを滅ぼすことが、神々には可能であると。そして彼は予言してみせる。自分はやがて、「ドイツの英雄〔einen Teutschen Helden〕」［ST, 255］なるものを眠りから目覚めさせ、「容赦ない剣」を用いて、悪しき者らを絶滅させよう。そして善き者たちだけを残し、これを教育して理想社会を実現するであろう――。

この「ジュピター・エピソード」は、J・ペーターゼンの論考（一九二四年）を一つの嚆矢として、『ジンプリチシムス』研究の重要なトピックとなってきた。従来の研究は大きく二つに分類される。一つはこの狂人エピソードの原資料を確定しようとするものであり、「文学」への専念から頭をおかしくしたというジュピター氏について、同世紀のピカロ小説『ドン・キホーテ』はもちろん、J・フィシャルト、G・Ph・ハルスデルファー、Ch・ソレルらの名前が挙がる［Jaeger, 40］。もう一つのグループは、ジュピターの語る未来社会を、実現されるべき理想像と見なすのか、それとも世相諷刺の否定的な像と考えるのかという議論をめぐって展開する。あえて述べれば後者の立場が優勢であり、戦乱の世に人びとが懐いたさまざまな願望の総体が、一幅の歪んだ写し絵として嘲笑的かつ滑稽に描き出されたものだと考えられている［Triefenbach, 252］。

そもそも「ドイツの英雄」というイメージは、ヴェストファーレン地方における「白樺の木のもとにおける諸民族の戦い」という古伝説を源にしている。胸に黄金の十字を付した純白の衣装を身にまとい、南方から姿を現わした偉大な勇者が、大いなる戦争の殺戮の後、ドイツを平定して偉大な国をつくるという。三十年戦争のさなか、ヴェストファーレンにも兵士として駐屯したグリンメルスハウゼンは、現地でこの伝説に触れた可能性が高い［Petersen, 6］。

宗教改革以後のドイツ社会が、たびたび終末論的な思潮に浸《ひた》されたことはよく知られる。この一七世紀中葉においても、エズラ書やダニエル書、ヨハネの黙示録などに基づき、そこに占星術の予言を加味した世の終わりの幻視的言説が、ドイツの巷に流布した。グリンメルスハウゼン自身、同時代の占星術的な歴史観・世界観を知悉《ちしつ》し、それを自作『永代暦』のなかで直接的に展開させているほか、この『ジンプリチシムス』を深部で構造づける重要な仕掛けとして用いていることも、すでに指摘がある。つまりジュピターには、統治と裁きを司る「木星」の役割が付与されている、ということとなのだが［Weydt, 246］、そもそもこうした古典古代の異教神群とキリスト教との表象的融合は、ルネサンス・バロック期の芸術に特有の現象であり、つまり種々の異教の神々の姿のもとに、唯一なる神の不可思議で多様な顕われを表現しようとしたものであった［Petersen, 11］。

従ってジュピターの話には、そもそも『ジンプリチシムス』冒頭の文章［ST, 17］で強調されているとおりの、近世における終末論的世界観が表現されており、そして同時に、やがて来る新しい世へのかすかな望みが含まれているのかもしれない。とはいえグリンメルスハウゼンは、そうしたユートピア的言説を、声高に、劇的に、権威的に語ることだけは、どうも拒んでいるようである。「ジュピター・エピソード」における珍問答にはさらに先があるので、これを追いかけてみよう。

ジュピターによる「ドイツの英雄」到来の話を聞いたジンプリチウスは、すぐさま異論を唱える。英雄と言うからには、武力をもった兵隊を従えているはずであり、ならば戦争を起こすのであるから、無実な者も必ず犠牲になるはずだと。それに対してジュピターは、この英雄は兵力を必要としない英雄でありながら、全世界を「改革〔reformiren〕」〔ST. 255〕する力をもつ、と答える。つまりヘラクレスのような強靭な体躯と、メルクリウスのごとき類まれな知性を、また月の女神ダイアナからは変幻自在の敏捷さを受けている。そして火の神ヴルカヌスからは、「マルスの時に〔in Hora Martis〕」〔ST. 256〕、つまり軍神の支配するする戦乱の世において、英雄のためにと鍛造された一振りの「剣」を贈られている。この剣は、「神を忘れたすべての人びと」を滅ぼす偉大な太刀であり、いかなる牙城も専制君主も、「ものの一五分もあれば」降伏させてしまう。

ジンプリチウスは納得がいかない。世を平定すると言っても、結局は「流血」と「暴力〔Gewalt〕」を用いるのではないですか。「人間」であって神でない自分には、それはとうてい理解不可能なことですよ。挑発するようなこの問いかけに対し、自称ジュピター氏は、剣の類まれな力を強調しつづける。「一スイス・マイル離れていても首が飛ぶ」この神秘の太刀は、「あらゆる魔法使いの男女たち」、「あらゆる人殺し、高利貸し、盗人、ごろつき、不貞者、売女、ならず者ら」、つまり悪しき者だけを選んで「殺し」、「滅ぼす」のである。そして町から町へと戦いの旅を続けた後に、ついには全ドイツに平和をもたらす。具体的には、各都市に土地の自治を認め、また各都市から賢明な「男」を二名ずつ選んで「議会〔Parlament〕」を構成し、各都市間の平和を守らせる。さらに農奴制と租税、貢租は廃止し、「エリュシオンのごとき楽土」を実現するだろう。その時には自分も、オリンポスの偉大なる神々とともにドイツに舞い降り、ギリシア語を話すことはもうやめて、ドイツ語だけをしゃべろう。

ジュピターは、「この世のいかなる権力〔Gewalt〕も抵抗できない」という、例の「剣」の力を繰り返して強調する。そしてどうしても支配欲を捨てきれない王侯たちは、「ヘレスポント海峡を越えてアジアに」送り、そこでトルコを征伐させ、「ローマ帝国を復活」させようと思う。そして彼らは「ドイツの英雄」とともに祖国に凱旋し、先の賢者の議会と力を合わせて、ドイツの中央に都を築く。それは「チロル・アルプスのような高い壁」に守られ、「スペインとアフリカの間の海に比すべき広大な濠」に囲まれ、種々の宝石で飾られた壮麗な寺院と、全世界の珍品・稀覯品を蒐集した「宝物庫〔Kunstkammer〕」が置かれる。ではヨーロッパ周辺各国のキリスト教君主たちはどうなるのですか、と問いかけるジンプリチウスに対し、ジュピターはこう答えた。イギリス、スウェーデン、デンマークはそもそもドイツと「同じ」血統であり、スペイン、フランス、ポルトガルは、「古きドイツ人たち」が支配した土地であるから、つまりすべての諸民族は、このドイツの正当な支配のもとに、「アウグストゥス帝時代のごとき」、「永遠の、とこしえなる平和」を享受するのである――。

第三巻四章の珍妙な問答は、この感極まったジュピターの宣言をもってひとまず閉じられる。しかし続く五章では、一緒に耳を傾けていた主人公の仲間のシュプリング・インス・フェルトが、またもや茶々を入れてくるのである。それならばドイツは、ありがたくも「のらくら者の天国〔Schlauraffenland〕」〔ST. 260〕のような土地に変わるのですねと。美味な食べ物が自動的に樹木に実り、労働の苦しみなしに、人間の口に入ってくる。ブリューゲル（父）の絵（一五六七年）でも知られたこの民衆的楽園イメージは、先の終末論的言説と同様に、小説のそもそもの冒頭で「焼きソーセージと脂たっぷりのハムが生い育つ」〔ST. 18〕樹木として登場している。世の終わりと楽園の到来という二つの重要な言説が、作品のこの中心部において反復され、読者の吟味を待っているようである。

ジュピターはあからさまな嘲笑に機嫌を損ね、自分の貴い主張を、こんな輩の前で開陳するとは、まさに「豚に真珠」、いわば「背中に糞して、糞の前掛けをこしらえてやった」ようなものだと野卑なことを言う。崇高な主張と下品な物言いのコントラストに呆れつつも、ジンプリチウスとシュプリング・インス・フェルトは、必死に笑いをこらえながら、このギリシア最高神の託宣に耳を傾けるのだった。やがてジュピターは、眼前のジンプリチウスを、神々の酌人にして美少年である「ガニュメート」だと信じこみ、こうして話は続く。次のテーマはドイツの宗教分裂である。「ドイツの英雄」は、世の平和を実現した後、「キリスト教のすべての宗教」を「統一」する。まず世俗と聖界の指導者たちを集め、話し合いによって「理性的に」意見を一致させる。続いて「プトレマイウス・フィラデルフス」の「七二人の翻訳者たち」に与えられたような快適な作業環境を用意し、キリスト教のすべての教派から精鋭の神学者たちを集めた、いわゆる「公会議〔Concilium〕」を構成する。彼らの任務は、「聖書と、古き伝統と、世に認められた教父の見解とに従った」「真の宗教」の書を執筆することである〔ST, 262〕。冥界・死と金銭の神である「プルートー」、つまりキリスト教で言う悪魔は、必ずやその妨害をするであろうが、「英雄」はドイツの民に対し「至高の神性」に祈りを捧げて、「真実の聖霊」を求めるよう指導するであろう。それでもプルートーの惑わしに従う者がいれば、例の「奇蹟の剣」を用いて警告し、なおも改善されぬ悪人は、死の神に引き渡すまでである。ところで美少年ガニュメートよ、教えてほしいのだが、「なにゆえにおまえは天の国を去ってしまったのかね」。

精神が破綻しているのか、それとも崇高な思想を説く哲人であるのか、この男の姿からは何とも判断がつかない。かつて「阿呆／道化〔Narr〕」の役割を演じることにより危機を生きのびたことがある（第二巻三章）ジンプリチウスは、この種の人間は怒らせてみれば本性が現われるはずだと考え、神話に見えるジュピターの放恣《ほうし》な異性関係を指摘してみる。あなたは「一人の女でがまんのできない、毛虱のごとく厚かましい、尻追い馬野郎」だと言われており、世間の評判は地に堕ちていますよ。ジュピターはすぐさま怒髪天を衝く様子になるが、こうして騒ぎだしたかと思えばふと突然に、衆人環視のなかで恥ずかしげもなくズボンをおろし、下半身丸出しのまま、自分に喰いついた蚤を毟り取りはじめる。

## 3　予言書の英雄

長い眠りから目覚めて、自国を救うという「ドイツの英雄」。この種の表現は、少なくとも一六世紀と一七世紀の言説において、広く人口に膾炙《かいしゃ》した「成句」［Petersen, 14］的なものだったようである。H・ザックス、J・M・モシェロシュ、J・リストら、近世の文筆家たちに用例が見えるほか、グリンメルスハウゼンの著作を出版したニュルンベルクの書肆《しょし》フェルスエッカーは、一六六四年以降、「ドイツの英雄」の名を冠した『歴史暦』を販売していた。アルミニウスなど、ドイツの古い歴史的英雄たちとその事績を紹介するこの大衆向けの書物は、現在の堕落したドイツを憂い、すべてを一新する救世主を待望する世論に応えるものであった。

しかしグリンメルスハウゼンは、とある中世末の政治的文書をまずもって念頭に置いたようである。一四世紀中葉を端緒として、「皇帝予言書〔Kaiserprophetie〕」と総称される、帝国の社会改革を求めた著作群が現れている。復活した太古の皇帝による世の刷新が、予言の枠組みのもとに物語られる。ドイツ農民戦争の先取りとも言える『皇帝ジギスムントの改革』（一四三九年）や、ルターの序言を後に付して一七世紀までくりかえし出版されたJ・リヒテンベルガー編の中世予言集（一四八八年）などが代表例である。大衆向けの実用暦書『永代暦』（一六七一年）の作者でもあるグリンメルスハウゼンは、過去の歴史と予言にまつわる著作群に深く通じていた。

「ジュピター・エピソード」の造形にあたっては、Th・モアの『ユートピア』（一五一六年、独訳はバーゼル一五二四年／ライプチヒ一六一二年）なども確かに模範の一つであったようであり、近世ヨーロッパのユートピア像として、モアとグリンメルスハウゼンを並べて記憶しておく意味はある。しかしここでジュピターが語る世界は、むしろドイツの皇帝予言書により深く依拠することによって、現実政治への直接の関与の性格を深く担っている。モアの近世イギリスとは異なって、植民地獲得や遠隔地貿易で覇権を握ることがなかったドイツでは、〈夢の島〉というようなユートピア造形とは別なる表現が求められたのだった。

皇帝予言書は、現実政治の改革の意識を前面に押し出し、「人民の広範な層におけるさまざまな政治的願望」を集約して、新しく具体的な「国家モデル」を提示するドイツ伝統の政治的著述形式であった。グリンメルスハウゼンは、荒廃したドイツを眼前において、まずはジャンルとしてのその歴史的な権威に依拠することを願ったようである。そしてジュピター・エピソードは、剣による征伐、都市による統治、租税・賦役の廃止、「公会議」の開催といった細部まで、この皇帝予言書の内容を精密になぞるように書かれている［Ganseuer, 150ff.］。

「英雄」の言説は、政治・文化の黄金期にあった近世フランスを視野に置きながら、ドイツのナショナリズム的な自己主張をこめる容れ物ともなった。一六六七年、つまり『ジンプリチシムス』出版の前年であるが、フランスの歴史家A・オベリーによって、ルイ一四世をカール大帝とローマ帝国との正統なる継承者として主張する著作が出されている。注目すべきは、一時的にフランス王の支配下に入った歴史をもつバイエルン、ザクセン、テューリンゲンなどのドイツ諸邦が、フランスの覇権に従うべきことをそこで主張していることであり、当時のドイツに、オベリーの文書は大きな動揺を与えるのだった。そしてこの文書の内容は同年のうちに大衆向け冊子にも報じられたことから、グリンメルスハウゼンはこの論述内容を知り、自らの小説中に反映させた可能性が高いという［Petersen, 16］。スペイン、フランス、ポルトガルは、ドイツの支配下に入る正当な歴史的理由がある、とジュピターが主張していた先述の箇所は、まさにこのオベリーの論法のパロディのように読める。

しかしここに表現されている一種のナショナリズムは、例えばシュタウフェン家のような特定の王家の名のもとにドイツで想像されてきた、政治イデオロギー的なものとは一線を画している。しかも興味深いことに、「英雄」は、各「都市」の代表から構成される「議会」の活動に、何ら関与しない。これは当時一般の絶対主義的政治形態と比較して、非常に異質なものに映る。悪の殲滅のためにあれほど活躍した人物が、実際の統治の段階では突如として姿を消してしまう。さらに周辺諸国を従えて「ドイツ」の傘の下に整理しようとする箇所にも、純粋にナショナリズム的な攻撃性は希薄であり、それぞれの国と封土的な関係を結んだ後は、相互不干渉を望むかのようである。すなわち内外の「悪」を滅ぼした後は、ドイツという領域を他国から区別して守り、「中立」[Ganseuer. 155] の立場から自国を維持することに眼目を置いている。その中立性は、どこか現代のスイスを思わせるところもあるのだが、はたして『ジンプリチシムス』には、ちょうど三十年戦争終結後に実質的な独立を果たしたスイスを、一種の理想的国家として描く場面（第五巻一章）があって、ジュピター挿話と深く共鳴するのである。

これからはギリシア語ではなくドイツ語を話そう、などとジュピターに語らせていることも、ゆえに偏狭なドイツ・ナショナリズムの現われと言うより、諸国に極限まで乱された国境をもう一度確かなものにしたい、という自己防衛的な願いであったように見える。三十年戦争の苦い経験から二〇年ほどしか経っていない時点で、さらに次なる侵略・領土拡張の戦争の火花も燻る危うい時代のことである。

国内の姿を検証してみよう。ジュピターの語る理想的ドイツは、君主ではなく都市に政治の基礎を置き、各都市から選出された代表者の構成する議会をもつという。一七世紀は、ハプスブルク王家の支配するカトリック圏と、絶対主義的な領邦国家が主権を握るプロテスタント圏とに大きく分かれて、都市の発展の余地は少なかった時代である。それだけにジュピターの提案は、むしろ自由都市の時代としての一六世紀に先祖がえりするかのような、時代への逆行性を示す。

またジュピターの語る統一的宗教は、神学者たちの「公会議」を重視しているが、一七世紀当時の読者には、宗教改革後のカトリック世界の再建が議論されたトリエント公会議（一六世紀中葉）が念頭に浮かんだであろうと言われる［Breuer, 886］。そもそもグリンメルスハウゼンはプロテスタントの家に生まれ、カトリック側の軍隊に徴兵された後、いずれかの時点でカトリックに改宗した人物であった。ジュピターのこのくだりには、異端的なシンクレティズム、諸宗混合的な思想を思わせるところがある。N・クザーヌスを先駆として、S・フランク、J・V・アンドレーエ、J・A・コメニウス、G・カリクスト、G・ライプニッツへ、つまり啓蒙主義的な宗教的寛容へと連なる系譜であり、この種の著作をグリンメルスハウゼンが読んだ形跡も指摘されているが、後の世代のライプニッツが逆に『ジンプリチシムス』を愛読したことも、どこか示唆的である。

殺戮と矛盾対立に満ちた一七世紀に向かって、この狂人の夢物語は何を言おうとしているのか。

M・フィチーノのルネサンス・メランコリー論における狂気と天才性の結合論が近世ヨーロッパの医学的言説に浸透していたことに基づいて、この狂人ジュピターとは天上の霊感を受けた預言者であり、ここには深遠な、具体的にはヘルメス学・新プラトン主義的な世界改革・統一の希望が述べられている、と言う者がある〔Jaeger, 57〕。確かにジュピターは、極楽と化したドイツでは、だれもが「哲学者たちの石〔Lapidem Philosophorum〕」〔ST, 261〕を手にするなどと言ってはいるが。

しかし狂気の極みか、人前で下半身を露出するような男の発する言葉は、笑いと諷刺の意味で捉えることのほうが素直ではある。「チロル・アルプス」云々のあまりに立派な首都の姿は、ヨハネ黙示録二一章にある「新しいエルサレム」の戯画的パロディであり、むしろ作品の根底には、根絶しようのない人間の悪への絶望感がある。時代はその現実を、マキャヴェリズムないし国家理性という政治的道具をもって操作するほかなかったのであり、グリンメルスハウゼンに社会改革の意志など存在せず、戯言のような理想を乱立させた時代と人間への根深い不信だけがあったのだ、と考える立場もある〔Mannack, 338ff.〕。

## 4　暴力と楽園

ジュピター・エピソードと同じように本筋から独立した、挿話的物語の重要な例としては、第一巻一五〜一八章の「身分の木」の幻想、そして第五巻一二〜一六章の「ムンメル湖」地底国の探検がある。後者はさらに、ハンガリーの再洗礼派集団をきわめて理想的に描く場面へと続いており、作品の中央に置かれたジュピターの挿話を読むときに、これらとの相互関係を忘れずにおくことが必要だと思われる。とはいえここでは、このジュピターの挿話をめぐる先行研究ではおよそ重視されてこなかったように思われる、この挿話と共鳴する一つの特徴的な箇所に注目しておきたい。それは第四巻二五章の悪漢オリヴィエをめぐる部分である。

ジンプリチウスは、誠実なる無二の親友ヘルツブルーダーと、権謀術数と暴力を体現するオリヴィエとのはざまに立たされている。オリヴィエは、一七世紀が理解した意味でのマキャヴェリズムに心酔しており、『君主論』を読んでいない者を軽蔑する。自らの支配する「君主国〔Monarchiam〕」を打ち立てる野心をもち、そのために「暴力〔Gewalt〕」を使うことに躊躇はない。〔ST, 406f.〕

このオリヴィエの象徴的な持物として言及されるのが、「マルスの時に〔in Hora Martis〕」〔ST, 438〕鍛造されたという無敵の剣である。「英雄伝に記された」剣だというような言い方からも、かつてジュピターの語った「ドイツの英雄」と、その剣によって実現される理想国家の物語が、ここで意図的に反復されていることがわかる。このような武力イメージと国家論の再提示は何を意味するのだろうか。

「街道の追い剥ぎ」〔Breuer, 926〕にすぎぬオリヴィエを、ここで「ドイツの英雄」と等置することによって、ジュピター／ユートピアの狂気を改めて強調するという解釈は、やはり無視できない。しかしここで両場面の対比をさらに進めてみると、かつてジュピターがつかんでいた「籐の鞭」〔ST, 252f.〕が、オリヴィエの場面では善人ヘルツブルーダーによって、ただしここでは「杖〔Stecken〕」〔ST, 439〕として――これは当時の神話的ジュピター像の必須の持物である〔Weydt, 246〕――担われているのである。ちなみにこのときの彼は、無数の「虱」にたかられた、見るも哀れな乞食の境遇にあったのだが。

ここで「ドイツの英雄」＝オリヴィエ、そしてジュピター＝ヘルツブルーダーという二つの等式が浮かび上がる。英雄の武力による帝国復活の素朴な夢想はおそらく諷刺的に否定されているとしても、後者の等式からは、何がしかの肯定的な意図を見出すことはできないか。ジュピターの夢は、わざわざ二重の否定を施すために、ここで改めて想起させられているとは思われない。むしろジュピターは、第三巻の挿話の後、ケルンに移って正気の姿を見せ、そして「カネ」よりも「友人」を大切にしろ、などとひどく真っ当な説教を垂れるのである〔ST, 296〕。その「友人」とは、つまりはヘルツブルーダーを意味する一つの肯定的な、希望的な予言であった。

自称ジュピター氏の、小説における最後の登場は第五巻五章である。しかし彼はここでまたもや深い迷妄に沈み、ジンプリチウスをガニュメートではなく、メルクリウスなのだと思いこんでいる。とはいえ、その狂気のなかで述べる言葉は鋭い。ジュピターは戦争とカネ儲けの癒着関係を看破して、そのような俗世にひどく絶望している。はたしてメルクリウスは商いの神であり、また異世界への旅・遍歴の守護神でもあるが、このときジュピターの眼前に立った主人公の若者は、その神の性格のまま、富への欲望と神への信仰のはざまに揺らいで見えたのかもしれない。

自他の欲望と争いに晒され、滅びの極みに直面した一七世紀ドイツを生きる者が、「剣」、すなわち暴力の単純な放棄といった綺麗事を作品の主張にするはずもない。そして貴族的支配層と被支配層の境界を生きたグリンメルスハウゼンは、まさに「剣」の力によって成り上がるオリヴィエ的人間を再三目にしたことだろう。第四巻一八章から自らの生い立ちを語るオリヴィエは、「裕福な商人」であった父が、元は「賤しい身分の人間」の家系であったことを隠さない。しかしやがて「銅取引」——つまり近世社会の最重要産業であった鉱山業——によって財を成し、しかも奉公に出ていた先の未亡人と、財産目当ての結婚をすることによって成り上がった父。その息子オリヴィエは、手厚い教育を受け、大学にまで通わせてもらうことになるが、粗野で横暴な性格のために身を持ち崩し、果ては軍隊組織に身を置くことによって、その内部で無慈悲な狡猾を発揮し、出世してきた。軍隊は階層社会の典型、つまりは近世ドイツ社会の写し絵である。階層秩序の隔壁を越えていくために、虐げられた者が行使する暴力は、権力に安住する者の横暴を、時に遥かに上まわる残酷さで発揮されただろう。本章の冒頭に掲げた二行句は、そうした世の現実を写し取った巷間の俚諺《りげん》であり、小説第一巻「身分の木」エピソードの場面に織りこまれている。ここで主人公は、無数の木々の梢に、一人ずつ貴族が座っている情景を夢に見る。それぞれの木には、下に向かって「身分卑しい」人びとが夥しく寄り集まり、それは主人公が見ていて「愉しい」ほど「きれいに〔ordentlich〕」〔ST. 59〕、つまり秩序〔Ordnung〕立って区分けされた外観をもつのだった。秩序の美は暴力でもありうる。下層民たちは、樹木の重みを一身に受けながら、上に向かって「力」を送りつづけている。やがて主人公の目に、これらの木々は一つの巨大な樹木となり、その頂に鎮座する「戦争の神マルス」〔ST. 68〕の姿が見えてくる。

ジュピターを名のる狂人の仮面を借りて、グリンメルスハウゼンは、このマルスがイエスに変わる瞬間を待望している。俗世に君臨しつづける暴力／権力の行方を、彼はじっと注視する。森の隠者が教えた「キリスト者」〔ST. 40〕の平和の道は、いつ世に開かれるのか。戦乱の世の権力関係を浮き彫りにした小説『ジンプリチシムス』は、とはいえ理想社会の提示と社会変革への呼びかけを直接的に行なうのではなく――当時の検閲の環境下では、あえて行なえるはずもなく――、むしろ意図的に加えられたイメージの強い歪みとアイロニーの彼方に、ユートピアを遠望している。貴族的荘重さとは懸け離れた、時に下劣なまでの表現は、近世の修辞学では「謙抑体〔sermo humilis〕」

の文体に基づくものである［Triefenbach, 228］。この低い文体、卑俗な文体は、既存の権力構造にしがみつく人間集団を揺るがし、彼ら優越者の思考の網を切り裂く。その意味でこれもまた一つの痛快なる暴力、文学の言葉による抗いの「剣」であった。

## 文献

Grimmelshausen, Hans Jacob Christoffel von: Der abentheurliche Simplicissimus Teutsch. In: ders.: Werke I-1. Hg.v. Dieter Breuer. Frankfurt am Main 1989. (=ST/Breuer)

Schöne, Albrecht (Hg.): Das Zeitalter des Barock. Texte und Zeugnisse. Die Deutsche Literatur. Texte und Zeugnisse. Bd.3. München 1988.

---

Brenner, Peter: Individuum und Gesellschaft. In: Harald Steinhagen (Hg): Deutsche Literatur. Eine Sozialgeschichte. Bd.3. Zwischen Gegenreformation und Frühaufklärung: Späthumanismus, Barock. Reinbek bei Hamburg 1985. S.44-59.

Ganseuer, Frank: „Teutscher Held“ und „Teutsche Nation“. Die Ironisierung der Kaiserprophetie in der Jupiter-Episode

von Grimmelshausens Abenteurlichem Simplicissimus Teutsch. In: Simpliciana 10 (1988), S.149-177.
Hinrichs, Boy: Rhetorik und Poetik. In: Albert Meier (Hg): Hansers Sozialgeschichte der deutschen Literatur vom 16. Jahrhundert bis zur Gegenwart. Bd.2. Die Literatur des 17. Jahrhunderts. München; Wien 1999. S.209-232 und 620-622.
Jaeger, C.Stephen: Grimmelshausen's Jupiter and the Figure of the Learned Madman in the 17th Century. In: Simpliciana 3 (1981), S.39-64.
Koschlig, Manfred: Das Ingenium Grimmelshausens und das ›Kollektiv‹. Studien zur Entstehungs- und Wirkungsgeschichte des Werkes. München 1977.
Mannack, Eberhard: Politische und verfassungsgeschichtliche Aspekte im Werk von Grimmelshausen. In: Daphnis 5 (1976), S.333-341.
Maurer, Michael: Geschichte und gesellschaftliche Strukturen des 17. Jahrhunderts. In: Meier (Hg), S.18-99 und 598-603.
Petersen, Julius: Grimmelshausens „Teutscher Held". In: Euphorion. Ergänzungsheft 17 (1924), S.1-30.
Triefenbach, Peter: Der Lebenslauf des Simplicius Simplicissimus. Figur-Initiation-Satire. Stuttgart 1979.
Weydt, Günther: Nachahmung und Schöpfung im Barock. Studien um Grimmelshausen. Bern; München 1968.
デュルメン、リヒャルト・ファン『近世の文化と日常生活3　宗教、魔術、啓蒙主義――一六世紀から一八世紀まで』佐藤正樹訳、鳥影社、一九九八年。
バーク、ピーター『ヨーロッパの民衆文化』中村賢二郎・谷泰訳、人文書院、一九八八年。

# 第2章　テロルとユートピア
## ――ゲーテとフランス革命

松村 朋彦
*MATSUMURA Tomohiko*

### 1　革命と文学

「私が、フランス革命の友であることができなかったのは、本当だ。というのも、その残虐行為は、私のすぐそばで起こり、日々刻々と私を憤らせ、そのよい帰結は、当時はまだ見てとれなかったからだ。それに私は、フランスでは大いに必然的な帰結だった出来事を、ドイツでも人工的に引きおこそうとした人々を、放っておくことができなかった。だが私は、横暴な君侯の友でもなかった。それに私は、どんな大きな革命も、けっして民衆のせいではなく、政治のせいだと確信していた。政治がつねに正しく、注意深く、時宜をえた改革によって革命に対処し、必要なことが下から強要されるまで抵抗を続けるようなことがなければ、革命などはけっして起こりえない」[39-532]。

ヨーハン・ペーター・エッカーマンが、一八二四年一月四日のヨーハン・ヴォルフガング・フォン・ゲーテの言葉として伝えているこの発言は、フランス革命にたいする詩人の態度を端的に示すものとして、よく知られている。同時代の多くのドイツ人たちのフランス革命にたいする反応が、熱狂から幻滅へと急転していったのとは対照的に、ゲーテは最初から一貫して、革命にたいして批判的な立場をとっていた。むろんそれは、彼がヴァイマル公国の政務にたずさわっていたことと無関係ではないだろう。だが、近年のフランス史研究において、「革命の横滑り」[Furet; Richet, 125]や、「歴史における劇薬」[遅塚]といった視点から、フランス革命を、その否定的な面も含めてとらえなおそうとする動向が見られることを考えるなら、ゲーテの一見保守的な革命観は、今日もなお再考に値するように思われる。

そのさい、とりわけ特徴的に思われるのは、ゲーテが政治的な発言よりはむしろ、文学作品の創作を通じて、革命と向きあおうとこころみたことである。ゲーテは、一八二三年に発表された小文『適切な一語による著しい促進』のなかで、彼自身の長年にわたるフランス革命との取り組みを、「あらゆる出来事のなかでももっとも恐ろしいこの出来事の原因と帰結を、文学的に克服しようとする際限のない努力」[24-597]と呼んでいる。じっさい、革命の前夜に刊行された『ローマの謝肉祭』(一七八九年)から、詩人の没後に出版された『ファウスト第二部』(一八三二年)にいたるまで、彼の後半生の著作のなかで、フランス革命が、その影をおとしていないものを見いだすことはむずかしい。そして、結論を先取りして言うなら、革命の文学的克服とは、現実のテロルにたいして、それを抑止する可能性を、文学作品によって提示しようとする試みにほかならなかった。だが同時にまた、そのような試みは、文学のユートピアとしての性格を、絶えず自己反省することでもあった。本章では、喜劇『大コフタ』（一七九二年）、枠物語集『ドイツ避難民歓談集』の最後を飾る『メールヒェン』（一七九五年）、叙事詩『ヘルマンとドロテーア』（一七九七年）、悲劇『かくし娘』（一八〇三年）という四篇の作品にそくして、革命のテロルに文学のユートピアを対置しようとするゲーテの試みを跡づけてみることにしたい。

## 2　革命の予兆――『大コフタ』

一七七〇年五月七日、シュトラースブルクで、フランス王太子のもとへと嫁いでゆくオーストリア皇女マリー・アントワネットの引き渡しの儀がとりおこなわれた。この歴史的瞬間に立ちあったゲーテは、そのときの出来事を、『詩と真実』のなかに書きしるしている。大広間を飾るゴブラン織りの壁掛けには、「イアソンとメデイアとクレウサの物語」が描かれていた。イアソンの妻となったコルキスの王女メデイアは、夫が自分を捨ててコリントスの王女クレウサを妻に迎えようとしたことに腹をたて、毒を塗った花嫁衣装をクレウサに贈って彼女を死なせ、イアソンと自分とのあいだに生まれた息子たちを殺して、空へと昇ってゆく。この図柄を見たゲーテは、思わずこう叫ぶ。「これまでにおこなわれたもっとも恐ろしい婚礼の実例を、若い王妃の初めてのお国入りのさいに、かくも無思慮にお目にかけることが、許されてよいものか」[14-396]。

若いゲーテが抱いた悲劇の予感は、その後しだいに現実のものとなってゆく。一七八五年に起こった「首飾り事件」は、その前奏曲だった。事件の首謀者ド・ラ・モット夫人は、王妃マリー・アントワネットの寵愛を切望していたロアン枢機卿を騙し、王妃が高価なダイアモンドの首飾りを所望していると偽って、彼に代理購入の話をもちかける。王妃の替え玉に仕立てた娼婦を枢機卿と密会させ、王妃の手紙を偽造して彼の信用を得た夫人は、枢機卿の手に渡った首飾りを着服し、解体して売りさばいてしまう。事件が発覚すると、枢機卿とド・ラ・モット夫人のみならず、霊能力者を自称して世間を騒がせていた山師カリオストロもまた、事件への関与を疑われて逮捕される。裁判の結果、枢機卿とカリオストロは無罪となり、ド・ラ・モット夫人は終身刑を宣告される。王妃自身は事件とは無関係だったものの、もともと浪費家として知られていた彼女の悪評は、これを機に決定的なものとなる。晩年のゲーテは、一八三一年二月一五日のエッカーマンとの対話のなかで、この事件についてこう語っている。「この事件は、フランス革命の直前に起こり、いわばその礎石となっている。王妃は、致命的な首飾り事件にすっかり巻きこまれて、威厳どころか尊敬さえ失い、民衆の世論において、不可侵の立場を失ってしまった」[39-438]。

イタリア滞在中の一七八七年に、ゲーテはこの事件をコミカルなオペラに仕立てあげる着想をいだく。一七八九年のフランス革命の勃発をへて、この構想は、一七九一年にヴァイマルで上演された喜劇『大コフタ』へと結実する。とある領邦国家の宮廷を舞台とするこの戯曲では、首飾り事件を下敷きにした侯爵夫人の聖堂参事にたいする謀略と、カリオストロをモデルとする詐欺師ロストロ伯爵をめぐる筋書きとが、一つに結びあわされる。侯爵夫人は、王女の寵愛を得るためにと称して、聖堂参事に首飾りを購入させる。ロストロ伯爵もまた、この陰謀に加担する。彼は、降霊術のさいに、侯爵夫人の姪を霊媒に仕立てあげ、聖堂参事と王女とのあいだの愛の成就を予言させる。だが、侯爵夫人から、王女の替え玉として聖堂参事と密会するようにと言われた姪は、自らの罪を悔いて、彼女を愛する若い騎士に救いを求める。騎士は、大臣に事件を告発し、犯罪にかかわった者たちは、密会の現場で取り押さえられる。領主による寛大な裁きが告げられ、舞台には登場しない領主と王女の威厳は保たれる。こうしてゲーテは、この作品によって、首飾り事件とその帰結である革命を抑止する可能性を示そうとしたのである。

だがそれにもかかわらず、この作品の結末は、喜劇らしいハッピーエンディングからは、遠くへだたっている[Borchmeyer, 184]。無垢なヒロインであるはずの侯爵夫人の姪は、侯爵の誘惑に屈して、すでに彼とのあいだに関係をもっている。一方、姪が犯罪に関与していることに衝撃をうけた騎士は、聖堂参事に事実を知らせ、彼女の犯行を未然に防ぐかわりに、大臣に密告して犯罪者たちを逮捕させ、褒賞を受ける。騎士のこのふるまいを、姪はこう非難する。「おお、この方が、私の心が誠実であることを信じてくださっていたなら、私たちはみな、このようなことにはなっていなかったでしょう。騎士様、あなたのふるまいは、気高くはありませんでした。私の不注意と偶然から、あなたは秘密をお知りになりました。あなたが私の思い通りの方だったなら、それをこんな風には利用されなかったことでしょう。あなたは聖堂参事に知らせ、宝石を手に入れ、今ではもう取り返しようもなく失われてしまった娘を救うことができたことでしょう」[6-105f.]。姪は修道院に入り、褒賞を約束された騎士が、悔恨と一抹の希望を語る言葉によって、作品は結ばれる。「褒賞がどのようなものであれ、どれほどすばらしい褒賞を期待できるとしても、私は何も楽しむことはできないでしょう。私のふるまいは、正しくはなかったからです。私に残された唯一の願い、唯一の希望は、善良な娘を元気づけて、自分自身を取りもどさせ、還俗させてやることだけです」[6-109]。

シャルロッテ・フォン・シュタイン夫人は、ゲーテにあてた手紙のなかで、この作品にたいする不満を、次のように述べている。「騎士でさえ、まったく純真な存在にはなっていません。しかも、そうする必要もないのに。現実には見当たりそうもないからこそ、せめて舞台では、そんな人物を見たいと思うものなのに」[Bode, 465]。だが、この作品のなかに純真な人物を登場させることは、ゲーテの意図ではなかった。『滞仏陣中記』（一八二二年）のなかでゲーテは、この作品の上演が不評を買った理由について、次のように述べている。「だが、まさしく戯曲が素晴らしく演じられただけに、それはいっそう不快な効果をおよぼした。恐ろしく、同時に悪趣味な題材が、大胆に情け容赦なく扱われていたので、誰もが驚き、共感する者はいなかった。モデルがほぼ同時代のものだったことも、印象をさらにどぎついものにした。そして、秘密結社が否定的に扱われていると思われたので、尊敬すべき観客の大部分は違和感をおぼえ、大胆な情事に、女性たちの繊細な感情は驚かされた」〔16-567〕。革命の予兆としての首飾り事件は、ゲーテにとって、理想主義的なヒューマニズムの終焉を意味していたのである〔柴田、二四九頁〕。

## 3　新しい王国――『メールヒェン』

『大コフタ』が公刊された一七九二年には、ドイツ人にとって革命は、もはや対岸の火事ではなくなっていた。この年の四月に、フランスはオーストリアに宣戦布告し、八月にゲーテは、ヴァイマル公カール・アウグストとともに、プロイセン軍のフランス出兵に同行する。最初はプロイセン軍が優位を占めていた戦況は、九月二〇日のヴァルミーでのフランス軍の勝利によって逆転する。そのころパリでは、革命が新しい段階を迎えていた。八月には王権が停止され、国王一家はタンプル塔に幽閉される。そして、翌年一月にはルイ一六世が、一〇月にはマリー・アントワネットが処刑される。他方ドイツでは、一七九二年一〇月にフランス軍に占領されたマインツに、ジャコバン・クラブが結成され、翌年三月に成立したマインツ共和国の代表として、ゲオルク・フォルスターとアーダム・ルクスが、パリに派遣される。だが、彼らを待っていたのは、苛酷な現実だった。一七九三年七月にマラーを暗殺したシャルロット・コルデを擁護したルクスは、ギロチンにかけられ、フォルスターもまた、一七九四年一月に病死する。ゲーテは、一七九三年五月に、プロイセン軍によるマインツ包囲に参加するために、再びヴァイマルをあとにする。七月にマインツ共和国は陥落し、かつてのジャコバン・クラブのメンバーが、民衆から虐待される光景を、ゲーテは目の当たりにするのである。

一七九五年、フリードリヒ・シラーの主宰する雑誌『ホーレン』に、ゲーテは枠物語集『ドイツ避難民歓談集』を連載する。フランス軍の侵攻のためにライン河左岸の領地を離れ、右岸へと避難したC男爵夫人とその一行が、互いに物語を語りあうという体裁をとったこの作品の外枠をなす部分で、マインツのクラブ党員たちにたいする処遇をめぐって、一座の意見が鋭く対立する。一家の旧友で、旧体制の支持者であるS枢密顧問官が、「彼ら全員が絞首刑になるのを見たいものだ」と言うと、男爵夫人の甥で、革命の信奉者であるカールは、「ギロチンがドイツでも豊かな収穫を見いだし、罪ある者の首をひとつも逃さないように」〔9-1004〕と叫び、激昂した顧問官は、一家のもとを立ち去ってゆく。

この突発事件に心を痛めた男爵夫人は、今後一同が集う場所では、「時事的な関心についてのいっさいの会話」を禁じ、「教示にとむ楽しい会話」〔9-1009〕によって、失われた「社交的教養」〔9-1008〕を回復することを提案する。一家の友人である老司祭が、彼の収集した物語を一同に供することを申しでる。こうして、一座のあいだで語られる物語の内容は、聴き手の好奇心を刺激する幽霊話から、恋愛話をへて、主人公の諦念を描きだす道徳物語へと、しだいに高められてゆく。そして、司祭が語るメールヒェンによって、この作品は締めくくられるのである。

「それによってあなた方は、何も思いおこさず、すべてを思いおこすことになるでしょう」〔9-1081〕という司祭の言葉が示すように、このメールヒェンには、小説全体との対応関係が、随所に織りこまれている。小説の冒頭で、二つの世界の分断の象徴としてのライン河を渡る貴族たちの姿が描かれていたように、このメールヒェンもまた、二つの世界を分断している増水した川を、二つの鬼火が渡ってゆくところから語りだされる。鬼火たちは、渡し賃として金貨を吐きだし、その金貨を呑みこんだ蛇は、光を放ちはじめる。岩の割れ目のなかにもぐりこんだ蛇は、その光によって、地下の聖堂のなかに安置されている四人の王たちの像を照らしだす。そこへランプをもった老人があらわれ、王たちの像と会話をかわす。「〈われわれには光があるのに、なぜお前が来るのか〉、と金の王が尋ねた。〈私に闇を照らすことができないのはご存知でしょう〉。〈私の国は終わるのか〉、と銀の王が尋ねた。〈まだ先のこと、もしくは、けっして終わりません〉、と老人は答えた。力強い声で、青銅の王が尋ねはじめた。〈いつ私は立ちあがるのか〉。〈まもなくです〉、と老人は答えた。〈末の弟はどうなるのか〉、と王は尋ねた。〈お座りになるでしょう〉、と老人は答えた。〈私は疲れていない〉、と四人目の王は、かすれた、どもるような声で叫んだ」。「美しいというよりは鈍重な」姿をした四人目の王は、「兄たちが作られている三つの金属の合金」でできているが、「鋳造のさいに、これらの金属がうまく溶けあわなかったようだった」〔9-1088〕。

川の向こう岸には、「手を触れると、すべての生あるものを殺してしまう」〔9-1091〕百合姫が住んでいる。百合姫に恋いこがれる一人の若者が、彼女のもとを訪れ、その身体に触れて、生命を失ってしまう。蛇は、彼のまわりに輪をつくって、その亡骸を腐敗から守ってやる。「犠牲にされる前に、自らを犠牲にする」〔9-1105〕決心を固めた蛇は、若者の生命を甦らせ、「何千という光り輝く宝石」〔9-1106〕へと姿を変える。老人が、宝石を川のなかに投げこむと、川には「長い壮麗な橋」が架かり、そこにはすでに、「何千という人々がいて、たゆまず往来して」〔9-1111〕いる。こうして、「ちょうどよい時に、多くの人々と力を合わせる」〔9-1103〕ことによって、分断されていた二つの世界は、一つに統合されるのである。

他方、ランプをもった老人の「その時が来ました」〔9-1107〕という言葉を合図にして、四人の王たちの像が安置された地下の聖堂は、川の下をくぐりぬけて、対岸に姿をあらわす。老人は、王たちの像に向かって、こう呼びかける。「〈この地上を支配するものは、三つある。英知と光明と力です〉。最初の言葉で金の王が、二番目の言葉で銀の王が、三番目の言葉で青銅の王が、ゆっくりと立ちあがった。合金の王は、突然ぶざまに座りこんだ」[9-1109]。ハンス・マイアーは、合金の王のうちに、フランス革命で処刑されたルイ一六世の面影を見てとっている。「かすれた、どもるような声」と、「美しいというよりは、鈍重な」姿が、ルイ王を思わせるだけではない。最後に座りこむ合金の王は、一七九二年一二月二日におこなわれた国王の裁判の冒頭で、議長のバレールが王に語った、「ルイ、着席されよ」という言葉を暗示しているというのである [Mayer, 33lf.]。

青銅の王から剣を、銀の王から笏を、金の王から樫の冠を授けられた若者は、百合姫を抱擁して、老人にこう語る。「われわれの父祖たちの王国は、すばらしく、安泰です。でもあなたは、この世界をもっと以前から、もっと普遍的に、もっと確実に支配している第四の力、愛の力をお忘れです」[9-1110f.]。それにたいして、老人はこう答える。「愛は支配するのではなく、かたちづくる。そして、その方が大きいのだ」[9-1111]。この場面のうちには、自由、平等、友愛という三つのスローガンのもとにおこなわれたフランス革命の歴史を書きかえようとするゲーテの試みを見てとることができるだろう。悪しき王は崩壊し、新しい王が、三人の善き王たちからその王権を引きつぐとともに、「愛の力」がそこに加わるのである。

だが、フランス革命にとってかわる新しい王国の誕生を物語るこのメールヒェンでは、民衆は、ほとんど何の役割もはたすことがない［Niggl. 102］。メールヒェンの結末で、鬼火たちは、「崩壊した王の身体からとった金」を、あたりにまき散らす。「民衆は、欲情にかられて、まだしばらくのあいだあちこち走りまわり、もう金貨が降ってこなくなっても、押しあいへしあいしていた」［9-1114］。ここでは民衆は、古い王が残した金貨を奪いあう烏合の衆でしかない。分断の象徴としてのライン川で始まったこの枠物語集は、橋を渡って越境しあう人々の姿によって結ばれる。「とうとう民衆たちも、しだいに散り散りになり、自分たちの道をたどってゆき、今日にいたるまで、橋には旅人たちが群がっており、聖堂には、世界中でもっとも参拝者が多いのである」［9-1114］。だが、他の枠内物語の場合とはことなり、その最後を飾るこのメールヒェンの内容が、男爵夫人をはじめとする一座の人々のあいだで議論されることはない。メールヒェンの世界は、いわば作品全体から分断され、孤立しているのである。あたかも、新しい王国の創出による革命史の書きかえの試みが、メールヒェンというユートピアのなかでのみ実現可能な夢想にすぎないことを暗示するかのように。

## 4　二つの指輪――『ヘルマンとドロテーア』

『ドイツ避難民歓談集』が、『ホーレン』に連載されていた一七九五年の四月に、プロイセンとフランスとのあいだに、バーゼルの講和が結ばれる。翌一七九六年八月には、ヴァイマル公国もまた講和に加わり、こうして北ドイツには、再び平和がもたらされる。一七九六年に書きはじめられ、翌一七九七年に刊行されたゲーテの叙事詩『ヘルマンとドロテーア』は、「新たに獲得されたヴァイマルの平和が人類にもたらした、最初にしておそらくはもっとも美しい贈り物」[Tümmler, 131]となるのである。

ドイツのとある町の裕福な市民の息子ヘルマンと、フランス革命のためにライン河左岸の故郷をあとにしてきた避難民の娘ドロテーアとのあいだの愛と結婚を主題とするこの作品の新しさは、叙事詩という古代の文学形式に、革命という同時代の内容を盛りこんだ点だけにあるのではない。これまでに見てきたゲーテのフランス革命にまつわる作品が、もっぱら宮廷や貴族の視点から書かれていたのにたいして、ここでは市民階級の目を通して、革命とその帰結が描きだされるのである。とはいえ、ここでヘルマンの父に代表されるドイツの市民は、けっして語り手のアイロニーを免れているわけではない。ドロテーアへのひそかな愛情から、結婚への決意を口にしたヘルマンにたいして、父は、「持参金のたっぷりついた嫁」[8-821]を所望する。「というのも、貧乏な女は結局のところ、夫にさげすまれ、包み一つで奉公に来た女中としか見られないからだ」[8-822]。そして、駄目を押すように、父はこう言いはなつ。「だが、薄汚れた百姓女をうちの嫁として、家につれこもうなどとは考えるな」[8-825]。貧しい避難民の娘を妻に迎えたいという願望を打ちくだかれて、途方にくれるヘルマンに、事情を察した母が、救いの手をさしのべる。父は、周囲の説得を受けいれ、隣人の薬屋と牧師が、「その娘を吟味し、仲間の人たちに問いあわせる」[8-842] ために、ヘルマンとともに避難民たちのもとへと向かうことになる。

避難民たちの長老は、牧師を前にして、革命の勃発が、彼らに「このうえなく美しい希望」をもたらしたしだいを物語る。「なぜなら、新しい太陽の最初の輝きがさしのぼり、万人に共通する人間の権利や、人を熱狂させる自由や、賞賛すべき平等のことを耳にしたとき、心は高揚し、自由になった胸は、これまでよりも純粋に脈打ったことを、誰が否定するでしょうか」[8-848]。ライン河左岸へと侵攻したフランス軍もまた、最初は解放者として迎えられた。「それから戦争が始まり、武装したフランス兵たちが、迫ってきました。けれども、彼らはただ友愛だけをもたらしに来たようでした。じっさい、そのとおりでした。というのも、彼らはみな魂を高揚させ、嬉々として生き生きした自由の木を植え、万人にその権利と自治を約束したのです」[8-848f.]。だが、そのあと大きな変転が訪れる。「有利な支配のために、善をなすには値しない堕落した輩どもが争い、互いに殺しあい、新しい隣人や兄弟たちを押さえつけ、自分のことしか考えない連中を送りこんで」[8-849]

くる。やがて、「幸運はドイツ人に味方し、フランス人たちは急いで退却して」ゆくが、そのとき彼らは、「戦争の悲惨な運命」を体験することになる。「荒々しい欲望にかられて、彼らは女性に暴行をくわえ、おぞましいほどに快楽を求めます。いたるところに死しか見当たらないので、最後の瞬間を残虐に楽しみ、血をむさぼり、けたたましい悲鳴を聞いて喜ぶのです」[8-850]。そして、残虐行為は、フランス兵からドイツ人へと感染してゆく。「それを見て、われわれ男たちのうちにも怒りがこみあげ、失ったものの仕返しをし、残されたものを守ろうとしました。うろたえた逃走兵の青ざめた顔と、おずおずとした目つきに誘われて、誰もが武器をとりました。早鐘の音が、たえまなく鳴りひびき、迫りくる危険も、怒りをおさえることはありませんでした。畑を耕す平和な農具が武器となり、熊手や鎌から、血がしたたりました。情け容赦なく、敵は倒されました。いたるところで、怒りと臆病で陰険な弱さが荒れ狂いました。人間のこれほど下劣な過ちは、二度と見たくもありません」[8-850f.]。

だが、革命の高邁な理念が、テロルへと変質してゆく過程を描きだす長老の物語は、これで終わるのではない。「あなたは善いことも、これまでに何度となくご覧になってきたと告白されることでしょう」[8-851]という牧師の問いかけに答えて、長老は、いたいけな少女たちを、逃走兵たちの暴行から救った「すばらしい娘」の「見事な行為」を物語る。「道に迷ったならず者どもの一団が、屋敷を襲い、略奪をはたらき、すぐさま女たちのいる部屋に入ってきました。彼らは、美しく成長した乙女と、まだ子供といってもよい少女たちの姿を見ると、荒々しい欲情にかられました。彼らは不埒にも、震える少女たちと気高い娘に襲いかかりました。だが彼女は、男の一人の腰からすぐさまサーベルを引きぬくと、力まかせに斬りつけ、彼は血を流して、娘の足もとに倒れました。それから彼女は、男まさりの手なみで少女たちを救いだし、四人の盗賊と渡りあい、彼らは命からがら逃げてゆきました」［8-852］。この娘こそが、ヘルマンの見染めたドロテーアにほかならないことを知った牧師と薬屋の前で、長老はさらに、彼女のかつての婚約者のことを物語る。「それにまた、彼女は落ち着いた心で、婚約者の死の悲しみを耐えぬきました。気高い若者だった彼は、高邁な思想の炎が最初に燃え上ったとき、高貴な自由を求めて自らパリへとおもむき、やがて恐ろしい死をとげました。というのも、故郷にいたときと同様に、彼は専横と陰謀を批判したからです」［8-854f.］。こうしてドロテーアは、その婚約者とともに、テロルに屈することなく、革命の理念を守りとおそうとした人物として描かれる。「赤い胸当て」と「青いスカート」［8-853］によって、三色旗を連想させる彼女の服装もまた、そのことを暗示しているのである［Kluge, 62］。

だが、ドロテーアに面と向かって求婚するだけの勇気がないヘルマンは、彼女を召使いとして雇いいれるという名目で、両親のもとへと連れ帰る。事情を知らない父親は、彼女に無遠慮な言葉をかけ、感情を害したドロテーアは、暇を告げようとする。機転をきかせた牧師が、彼女からヘルマンへの愛の告白を引きだすことによって、二人はあらためて夫婦の契りを結ぶことになる。だが、牧師がドロテーアの指に結婚指輪をはめようとすると、そこにはすでに、「金の指輪」がはまっている。そのわけを尋ねられたドロテーアは、亡くなった婚約者の思い出を物語る。「というのも、別れぎわに私に指輪を託したまま、二度と故郷には戻らなかった善き人は、思いおこすだけの価値のある人でした。自由への愛と、刷新された体制のもとで働きたいという思いにかられて、すぐさまパリへとおもむいたとき、彼はすべてを見通していました。そこで彼は、牢獄と死を見いだしたのです。〈しあわせに暮らすように〉、と彼は言いました。〈ぼくは行く。というのも、今は地上のすべてが動いている。すべては離ればなれになるようにみえる。どんなに堅固な国でも、国法がゆるみ、財産はもとの所有者の手を離れ、友人たちも、恋人たちも、離ればなれになる。ぼくは君をここに残してゆく。どこでまた君に会えるかは、誰にもわからない。これが最後の語らいになるかもしれない。〔……〕君の心が変わらずにいて、いつの日かぼくたちが、世界の廃墟のうえで再会することがあれば、ぼくたちは生まれかわり、運命から自由で自立した存在になっていることだろう。そのような日々を生き抜いた者は、何ものにも縛られることはない。だが、ぼくたちがこの危険を運よく逃れ、いつかまた抱きあって喜ぶことがかなわないとしたら、ぼくのおぼろげな姿を忘れないでいて、同じ勇気をもって、幸運にも不幸にも立ち向かってほしい。新しい住まいや新しい相手に誘われたら、運命の恵みを感謝して受けとってほしい。愛してくれる人たちを清らかに愛し、善き人には感謝するがよい。だがそんな時でも、足どりは軽く、動きやすくしておくように。新たな喪失という二重の苦しみが、待ちかまえているからだ。一日を大切にするがよい。だが、生命をほかの財産より尊ぶことはない。財産はすべて、人を欺くものだから〉」［8-881f.］。

革命に身を投じて悲惨な死をとげたドロテーアの婚約者のうちには、マインツ革命にかかわったドイツ人たちの面影を認めることができる。妻テレーゼをドイツに残してパリにおもむき、革命の現実に失望して病死をとげたゲオルク・フォルスターは、その一人である［Morgan, 535］。フォルスターとともにパリに出て、ギロチンの死をとげたアーダム・ルクスの運命は、この婚約者のそれに、さらに似かよっている［Saine, 387ff.; Seibt, 144f.］。いずれにせよ、ドロテーアに自らの婚約者の追憶を語らせることによって、ゲーテはここで、自らとは政治的立場をことにする同時代人たちに、オマージュをささげようとしたのである。

そして、「二つの指輪を並べてはめた」［8-882］ドロテーアの前で、「気高く男らしい感動」をこめてこう語るヘルマンの言葉によって、作品は結ばれる。「すべてが揺らいでいるのなら、ドロテーア、二人のきずなをいっそう固めることにしよう。ぼくたちは末永く、ぼくたち二人と立派な財産を、しっかり守りぬこう。というのも、揺らぐ時代に思いも揺らぐ人間は、災いを増やし、あたりへ広めるものだから。だが、信念を固く守る者は、世界を作りだす。恐ろしい変動を周囲に広め、あちこちゆれ動くことは、ドイツ人にはふさわしくない。これはぼくたちのものだと、はっきりと主張することにしよう。というのも、神と掟、両親と妻と子供たちのために戦い、一致団結して敵に屈した決然たる民は、いつも称えられるのだから。君はぼくのものだ、今ではぼくのものは、かつて以上にぼくのものとなった。悲嘆と不安をもってではなく、勇気と力によって、それを守り、楽しもう。そして、今であれ、将来であれ、敵が攻めてくれば、ぼくに身支度させ、武器を渡しておくれ。君が家と愛する両親を守っていてくれるとわかれば、この胸は安心して敵に向かっていける。そして、誰もがぼくと同じように考えるなら、力が力に立ち向かい、ぼくたちはみな、平和を楽しむことになるだろう」[8-882f.]。

二つの指輪を一つの指にはめたドロテーアの姿は、革命と反革命、変転と持続、世界市民とドイツ人という二つの対立する世界観を統合する可能性を示している［Saine, 391; Kluge, 67f.］。だが同時にまた、並んではめられた二つの指輪は、二つの世界観の並存と分裂のしるしでもある［Morgan, 539］。「新たな喪失という二重の苦しみ」を予言する婚約者の言葉は、束の間のバーゼルの講和を破るナポレオン戦争によって、現実のものとなる。そして、祖国の防衛のために武器をとるようにとドイツ人たちに呼びかけるヘルマンの言葉は、しだいにナショナリズムへと傾斜してゆくドイツの未来を先取りしている。一見牧歌的にみえるこの作品の結末は、その背後に、不吉な予感をはらんでもいるのである。

## 5　未完の悲劇――『かくし娘』

フランス革命の文学的克服のために、ゲーテが最後に選びとった文学ジャンルは、悲劇という形式だった。一七九九年一一月に、あるフランス人女性の回想録を読んだゲーテは、「私がかくも多年にわたって、フランス革命とその帰結について、書いたり考えたりしてきたことすべてを、しかるべき真摯さでそのなかに盛りこみたいと考えた容器」〔17-67〕となるべき悲劇の構想をいだく。この回想録は、ブルボン王家の血をひくコンティ公ルイ・フランソワの庶出の娘として生まれたという著者が、その波乱にみちた人生を物語ったものだった。コンティ公は、嫡出子である息子との不和のために、彼女を正式に認知することを決意する。ルイ一五世によってその血筋を認められ、宮廷へと迎えられる祝宴を目前にした彼女は、父から禁じられていたにもかかわらず、その祝宴の日時を漏らしてしまう。母と異母兄の陰謀によって、彼女は宮廷から遠ざけられ、身分違いの弁護士との結婚を強要される。父の死後、再びパリに戻った彼女は、ルイ一六世のもとで名誉回復を勝ちとろうとするが、革命の勃発によって、彼女の願望は無に帰してしまう。

一八〇三年に発表されたゲーテの悲劇『かくし娘』では、公爵の庶出の娘オイゲーニエの運命が、革命前のフランスを思わせる舞台設定のもとで描かれる。宮廷へのお披露目を間近に控えたオイゲーニエに、父の公爵は、豪華な衣装や装身具をおさめた化粧箱の鍵を預け、今度会うときまでそれを開けてはならないという「軽い試練」〔6-319〕を課す。だが、好奇心にかられた彼女は、教育女官の前で化粧箱をあけ、衣装を身にまとう。彼女を誘拐するという陰謀に加担しながらも、内心では彼女の運命を気づかっている教育女官が、「でもあなたの心、あなたの精神を満足させるものは、ただ自らの内なる価値であり、見せかけではありません」と彼女をいさめると、オイゲーニエはこう切り返す。「中味のない見せかけが、何だというのでしょう。外にあらわれなければ、中味があるといえるでしょうか」〔6-336〕。こうしてオイゲーニエは、「見せかけ」と「中味」との一致を主張しながらも、そのじつ仮象と虚飾の誘惑に屈している。教育女官は、彼女の衣装を、「クレウサの死の装束」〔6-335〕になぞらえる。こうしてゲーテは、かつてシュトラースブルクでの引き渡しの儀のさいに、マリー・アントワネットの悲運を予言していたメデイアとクレウサの物語を介して、オイゲーニエを「悲劇の王妃」と重ねあわせるのである〔Alt, 129; Schings, 174f.〕。

だがそのあと、二人の女性のたどる軌跡は、大きくへだたってゆく。宮廷を追われたオイゲーニエは、海の彼方へと流されるか、それとも市民である判事の求婚を受けいれて、貴族としての身分を放棄するかという二者択一の前に立たされる。彼女から助言を請われた修道士は、革命の到来を予言して、祖国を離れることを彼女に勧める。だがそれにたいして、オイゲーニエは、祖国にとどまる決意を固める。「清らかな護符」〔6-390〕となって、「将来の幸せな復活に希望をかけて、自らを葬り去る」〔6-392〕ために、彼女は判事にこう問いかける。「諦念する女の諦念を、あなたは勇気をもって清めてくださることができますか」［6-391］。判事はすでに、彼女にこう約束していた。「愛する人、尊敬する異国の方よ、英雄の腕力も、英雄の血統も、あなたにさしだすことはできませんが、市民の気高い安定した身分なら、ここにあります。あなたが私のものになれば、もはや何ものも、あなたに触れることはできません。永遠に、あなたは私のものとなり、気づかわれ、守られるのです」［6-369］。宮廷の仮象と虚飾の世界にたいする諦念は、マリー・アントワネットの悲劇を回避する可能性を示しているだけではない。貴族と市民との協力は、ゲーテにとって、革命を抑止するための唯一の方策でもあったのである［Bahr, 236］。

だがこの結末は、もともと三部作として構想された悲劇の第一部の締めくくりにすぎなかった。残されたスケッチからは、このあとオイゲーニエが、革命の動乱へと巻きこまれるはずだったことが読みとれる。彼女がかくまわれている田舎の別荘に、判事は兵士や弁護士や職人を呼びよせて、革命を準備する会合をひらく。だが、意見の一致を見ることなく、革命は群衆の手によって、もはや制御できないものへと変質してゆく。「群衆が絶対的なものとなり、ゆれ動く者たちを追いだし、抵抗する者たちを押さえつけ、高貴なものをおとしめ、低俗なものをもちあげ、ついにはまたおとしめてしまう」［6-1135］。革命と反革命、貴族と市民と群衆とのあいだに引き裂かれたオイゲーニエの運命が、どのような結末を迎えるはずだったのかを、残されたスケッチから読みとることはできない。だが、悲劇と銘うたれたこの作品から、ハッピーエンディングを期待することはむずかしいだろう。

いずれにせよ、悲劇は完成されることなく、その第一部だけがあとに残される。七月革命を経験した最晩年のゲーテは、一八三一年九月四日付けのカール・フリードリヒ・ツェルターあての手紙のなかで、こう書いている。「『かくし娘』のことを考えることなど、まったく許されません。ちょうど今、目前に迫っている恐ろしいことを、どうしてまた思いおこそうなどという気になるでしょう」[38-457]。フランス革命のテロルが、けっして一度かぎりの出来事ではなく、その後の歴史のなかで何度となく繰りかえされてゆくことを、ゲーテは予見していた。そしてそれゆえにこそ、彼は革命を文学的に克服する試みを完結させることなく、それを引きついでゆく使命を、後世の人々の手にゆだねようとしたのだろう。現実のテロルに対抗することのできるユートピアを、想像力によって構築してゆくことは、現代のわれわれにとってもまた、焦眉の課題の一つなのだから。

## 文献

Goethe, Johann Wolfgang: Sämtliche Werke. Briefe, Tagebücher und Gespräche. 40 Bde. Frankfurt a. M. 1985-99.

---

Alt, Peter-André: Klassische Endspiele. Das Theater Goethes und Schillers. München 2008.

Bahr, Ehrhard: Goethes „Natürliche Tochter“: Weimarer Hochklassik und Französische Revolution. In: Conrady, Karl Otto (Hg.): Deutsche Literatur zur Zeit der Klassik. Stuttgart 1977, S. 226-242.

Bode, Wilhelm (Hg.): Goethe in vertraulichen Briefen seiner Zeitgenossen. Berlin 1918.

Borchmeyer, Dieter: Goethe. Der Zeitbürger. München 1999.

Furet, François; Richet, Denis: La Révolution française. Paris 1973.

Kluge, Gerhard: „Hermann und Dorothea“. Die Revolution und Hermanns Schlußrede – zwei „schmerzliche Zeichen“? In: Goethe Jahrbuch 109 (1992), S. 61-68.

Mayer, Hans: Das unglückliche Bewußtsein. Zur deutschen Literaturgeschichte von Lessing bis Heine. Frankfurt a. M. 1986.

Morgan, Peter: Aufklärung, Revolution und Nationalgefühl: Der Topos des Jakobiners und die Frage deutscher Identität in Goethes „Hermann und Dorothea“. In: Zeitschrift für Germanistik. N. F. 1 (1991), S. 533-543.

Niggl, Günter: Verantwortliches Handeln als Utopie. Überlegungen zu Goethes ‚Märchen‘. In: Wittkowski, Wolfgang (Hg.): Verantwortung und Utopie. Tübingen 1988, S. 91-108.

Saine, Thomas P.: Black Bread – White Bread. German Intellectuals and the French Revolution. Columbia 1988.

Schings, Hans-Jürgen: Revolutionsetüden. Schiller – Goethe – Kleist. Würzburg 2012.
Seibt, Gustav: Mit einer Art von Wut. Goethe in der Revolution. München 2014.
Tümmler, Hans: Goethe in Staat und Politik. Gesammelte Aufsätze. Köln 1964.
坂井栄八郎『ゲーテとその時代』朝日新聞社、一九九六年。
柴田翔『内面世界に映る歴史――ゲーテ時代ドイツ文学史論』筑摩書房、一九八六年。
遅塚忠躬『フランス革命――歴史における劇薬』岩波書店、一九九七年。
芳原政弘『ゲーテとフランス革命』行路社、二〇〇三年。

# II

# 国民意識覚醒の時代

# 第3章　ジャーナリズムと民衆
## ――ゲレスの政治新聞における文芸共和国の理念

須藤 秀平
*SUTO Shuhei*

### 1　ドイツ国民のための新聞？

一九世紀初頭ドイツのジャーナリズム界において牽引的な役割を果たしたヨーゼフ・ゲレス（一七七六―一八四八年）は、自身が編集する新聞『ライニッシャー・メルクーア』の一八一四年七月一日号に掲載された記事「ドイツの新聞」の中で、「真の人民新聞〔wahre Volksblätter〕」としての新聞のあり方を次のように提示した。

ドイツ〔Teutschland〕がついに再び一つの歴史を獲得し、ドイツにおいて一つの民族〔Volk〕が、一つの意志〔Wille〕が、そして公論〔öffentliche Meynung〕が生じるに至ったいま、おそらく新聞もまた、出来事を羅列しただけの貧弱な見出し以上のものとなっても罰は当たるまい。民衆〔Volk〕が公共の福祉に参与し、世間の動向を知ろうとし、公的な案件に自らの声を反映させるべく行動し身を献じようと意気込むとき、彼らは次のような新聞を求めるだろう。すなわち、万人の心を急き立てる問題に公的な議論の場を与えてくれる新聞、国民〔Nation〕の胸中を推し量る術を心得た新聞、国民の要求をひるまずに擁護できる新聞、そして大勢の人々が無意識にぼんやりと感じていることを彼ら自身がはっきりわかるようにし、かつそれにぴったりの言葉を与えてくれる新聞である。〔GS 6-8, 42〕

この記事が発表されたのは、ナポレオン率いるフランス軍とヨーロッパ諸国とのあいだに勃発した大規模な戦争がプロイセン・オーストリア連合軍の勝利でもって終結したのち、ようやく戦後処理に向けた動きが見られ始めた頃のことである。当時ドイツは大小合わせて三〇〇以上の領邦に分裂しており、一国の形を成していなかったが、それがこのときフランスという共通の敵を前に共同し、民族的統一への一歩をようやく踏み出すかに見えたのだ。とはいえ歴史が教えるところでは、その統一が実際に果たされるまでには、さらに五〇年以上の年月が必要ではあったが。

こうした事情も関係しているのであろう、引用文中ではある種の用語の混乱が生じている。すなわち、「フォルク〔Volk〕」という語が二重の意味で用いられているのである。一つには、共通の文化的共同体に属する集団を表す「民族」として、そしてもう一つには、統治者に対置される存在、中でも特に下層民を表す「民衆」として。集団的アイデンティティがいまだ確立していないこのような時代に、ゲレスは新聞という、これまた発展途上にあるメディアを介して、「ドイツ」という近代国家を形成するはずの「国民」の意志を抽出することを目指したのである。

そうした意義を与えうるゲレスのこの綱領は、ジャーナリズム史においてもまた重要なものの一つとみなされている。いわば社説の展開を目指した、現代の我々には当たり前のものとなったこの新聞のあり方は、君主による絶対主義的支配がいまなお残る当時のドイツでは画期的なものであった。「ゲレス以来、論説をなす〔Meinung zu machen〕という自覚的意志が、もはやドイツのジャーナリズムからは切り離すことのできないものとなった」〔Koszyk, 24〕と言われるように、新聞を介した自由な「公論」の形成を目指したゲレスの構想は、同時代人にも多大な影響を及ぼしたのである〔Lückemeier, 114〕。

だが、新聞を通じて「民衆」の「声」を政治に反映させることを唱えておきながら、ゲレスは「民主主義〔Demokratie〕」に対しては、それを自ら標榜することがなかったばかりか、真正面から批判してもいる。もちろん、歴史的に見て「デモクラシー」なるものが今日的な理解とは異なり、長い間「警戒の対象」であったということは、政治思想史においてしばしば指摘されることではあるが〔杉田、二八頁〕、それにしてもここまで直接的に「国民」の「意志」の体現を主張するのであれば、何らかの説明が必要であろう。また、ドイツ国民全体を念頭に置いたジャーナリズム活動によって「国民の良心」とも評されるゲレスだが〔Vogt, 5〕、初期の思想においてはむしろフランス革命の理念に接近し、ドイツから距離をとっていたこともある。

本章では、こうして「何人もの人間から成る」〔Fink-Lang, 8〕ように見えるゲレスの思想的展開を追うことで、上記の「ドイツの新聞」の構想に到達するまでに彼がたどった紆余曲折を明らかにする。ゲレスはその生涯の中で、啓蒙主義および革命主義からロマン主義へ、そしてキリスト教保守主義へと、その都度立場を変えたとしばしば言われる。だがそこには彼の一貫した政治理念があり、現実への真摯な取り組みがあった。それを明らかにするために、彼の人生のいくつかの段階のうち、革命の理念を信奉していた初期の時代（一七九〇年代後半）と、ロマン主義に接近したハイデルベルク時代（一八〇七年頃）の活動を取り上げ、それらがのちの活動、すなわち冒頭で引用した「ドイツの新聞」の理念にどのように影響しているのかを考察する。

その際にヒントとなるのが、ゲレスが最初期の論文『普遍平和について』の中で述べた「諸国民の文芸的共和国〔ein literarisch republikanischer Völkerstaat〕」〔GS 1, 57〕という言葉である。一八世紀末から一九世紀初頭の時代には、それまで自由な大学人のつながりを指す理念として用いられていた

「学識者共和国〔Gelehrterepublik〕」という言葉が、大学知識人に限定されない自由な文筆家の集合体を指して用いられるようになったが〔西村、一二六頁以下〕、こうした変化の中で、ゲレスは彼の考える文芸的な共同体を政治の領域と密接に関連づけている。以下、まずはゲレスの幼年時代にさかのぼり、その思想的背景を見ていくことにしたい。

## 2　思想的背景――市民階級、啓蒙主義、革命

ヨーゼフ・ゲレスは一七七六年に、ドイツ西部の街コーブレンツで生まれた。ライン川とモーゼル川という二つの大河の合流地点に位置するコーブレンツは、古代ローマ時代より交通の要所として栄えた、商業都市の伝統を持つ街である。ゲレスの父はいかだを用いた木材業を営んでおり、母はイタリア系の血筋を持つ商人の娘であった。父モーリッツの事業はそれなりに成功していたようだが、特別に裕福というわけでも、市政において重要な人物というわけでもなかった〔Fink-Lang, 14〕。とりわけワインと木材の商取引が盛んであったとされるこの街で、彼らはごくありふれた一家だったわけである。

教養の面でも両親は特に熱心ではなかったようだ。ゲレス自身の回想によれば、彼が育った家

には「いかなる百科事典も、シラーもゲーテもなかった。あるのはペーパーバックの暦くらいで、時計のとなり、マホガニー製の棚の上に据えられていた。家族用の祈祷書はすぐに手の届くところに置かれていた」という［Raab, 24］。ゲレスのバックグラウンドとしては、こうした両親の家の環境よりも、大小さまざまな船が行きかう自由闊達な街の風土の方が重要な意味を持っている。当時コーブレンツでは、「啓蒙専制君主」とされるクレーメンス・ヴェンツェスラウス選帝侯の指揮のもと、商業活動の自由が広く保障されたほか、啓蒙主義の原理にもとづく学校制度が整えられていた［Fink-Lang, 12f.］。一七八五年から一七九三年秋まで、すなわち九歳から一七歳になるまでの八年間、ゲレスは当地のギムナジウムに通っているが、そこでは「死せる言語」としてのラテン語ではなくドイツ語の運用能力が重視され、雄弁術や国家学、物理学、自然法、自然史、数学といった実用主義、合理主義を旨とする教育に力が入れられていたのである［Fink-Lang, 20ff.］。

周知のように、ゲレスのギムナジウム在学中にあたる一七八九年七月には、隣国フランスの首都パリで、蜂起した民衆がバスティーユ牢獄を襲撃、制圧するという歴史的事件が起こる。「自由、平等、友愛」を原理とするこのフランス革命に対し、啓蒙主義的風土の中で育った若きゲレスが親近感をおぼえ、期待を抱いたのは何ら不思議ではない。革命勃発の情報がもたらされると、ギムナジウムでは教師も一緒になって歓喜し、ゲレスも「自由、人民の幸福、人類の安寧」に心を躍らせた［Raab, 25］。このような、フランス革命を「自由」の勝利として歓迎する態度は、とりわけ革命勃発直後にはドイツ知識人のあいだで広く共有されていたが、ライン川沿岸地域として地理的にフランスと近接したコーブレンツでは、革命とその影響はいっそう間近なものとして感じられたに違いない。一七九二年よりフランス革命軍と他のヨーロッパ諸国とのあいだにひき起された革命戦争に際し、オーストリア・プロイセン連合軍が迎撃の拠点に選んだのもコーブレンツであったし、そうでなくともライン川はフランスからの亡命者を乗せた船でいっぱいであった [Fink-Lang. 27]。こうして少年ゲレスは、革命とその後の動乱を肌で感じながら成長していったのである。

## 3　ラインラントの葛藤――共和主義の理想と被占領地の現実

一七九二年一〇月二三日、プロイセン・オーストリア軍を破ったフランス革命軍は、コーブレンツと同じラインラント地方の街マインツを占領した。その五か月後の一七九三年三月一八日、マインツはフランス軍の指導・協力のもとで君主制と決別し、共和国の成立を宣言する。ドイツ史上初の共和国となるこの地を、一六歳のゲレスは、占領が決まった一〇月の時点で恩師とともに訪れた [Fink-Lang. 33]。

このマインツの先例もあり、ラインラントの共和主義者たちにとって、フランス軍の占領下に入ることは、依然として君主の支配力の強いプロイセンの手を離れ、共和主義の理想を実践に移すための好機と捉えられた。マインツ共和国自体は、成立宣言の翌月にはすぐさまプロイセンを中核とした反革命連合軍によって包囲され、フランス軍の撤退とともにわずか四か月で崩壊する。だが、一七九四年の夏から秋にかけてフランス軍は再び反攻に転じ、ライン川左岸地域を次々と占領していった。八月にはトリーアが、九月にはアーヘンが、一〇月にはケルン、ボン、そしてコーブレンツがフランス軍の支配下に置かれる。共和主義の信奉者へと着実に成長していたゲレスは、このとき期待に胸をふくらませていた。「力強い腕でもって、貴殿の戦士たちは屍を乗り越えてラインへの道を切り開きました〔……〕。そのとき我々の胸中にも自由の最高の感情が生まれ、これから起こることにわくわくしながら、隊列を組んでやって来る貴殿の軍団を出迎えたものです」［Fink-Lang, 34］——これは占領から三年後の回想であるが、フランス軍に対するゲレスや周囲の者たちの当時の期待を伝えるに十分だろう。

だが実際には、共和国への夢は、彼らが思い描いたようには叶わなかった。というのも、武力によって一瞬で制圧されたマインツ共和国の命運や、フランス本国での革命勢力（とくにジャコバン派）の過激化を目の当たりにして、彼らの活動は慎重にならざるをえなかったからである［浜本、一一二頁］。また、フランスの革命派内部でも、対外政策に関して意見の対立が生じ始めていた。かたやフランス軍を解放軍と位置づけ、占領地においても自由と平等の理念にもとづく共和国の設立を目指す立場がある一方で、他方ではまた、占領地ではフランスの国益を優先させようとの声も上がり、結局は後者が多数派を占めるようになったのである〔浜本、八〇頁〕。こうして、単なる他民族支配の色合いが日増しに濃くなっていく状況下で、ラインラントの共和主義者たちは、自分たちが信じた「自由」の理想のためにフランスの支配を受けるという皮肉な立場に立たされることとなる。自分たちで独立し共和国を樹立するという案も出ないわけではなかったが、そのためには彼らはあまりに非力であった。

さて、ラインラントの統治権をめぐる一連の戦争ののち、一七九五年四月五日、スイスのバーゼルで、フランスとプロイセンのあいだに講和条約が締結される。このバーゼル条約により、ライン川がドイツとフランスを分かつ「自然国境」とされ、この国境線にもとづいて、フランスはライン右岸〔東側〕の地域をプロイセンに返還する代わりに、ライン左岸〔西側〕については引き続き占領下に置くことが正式に認められることとなった。この決定を受け、同年、一八世紀啓蒙主義哲学の権化とも言うべきイマヌエル・カントは『永遠平和について――哲学的草案』と題した論文を発表する。真の平和のための条件について、「ただのがり勉〔Schulweise〕」による、政治的実践とは無関係な「中身のない理念」〔Kant, 38〕とうそぶきながら論じたこの論文は大反響を呼び、これに触発されて、幾人かの思想家たちが「平和〔Frieden〕」をテーマとした論文を立て続けに発表した。ゲレスの最初期の論文『普遍平和について――一つの理想像』もまた、このときカントへの応答論文として執筆されたものである。副題にあるように、カントにならって現実への適応を度外視し、あくまで理想主義的なヨーロッパ新秩序構想を展開したこの論文は、「現実にはそぐわない」と評されながらも〔Raab, 26〕、ゲレスの初期思想の重要な面を占めている。この論文は一七九七年の夏には完成していたが、出版の可否に関する諸般の事情で、ようやく同年末に、コーブレンツに新設されたばかりの印刷所で、おそらくはそこの最初の印刷物として上梓された〔Fink-Lang, 39f.〕。

カントは論文の中で、永遠平和のための第一の条項として「将来の戦争の種を隠し持つ平和条約」は単なる「停戦条約」にすぎず、それを「平和条約とみなしてはならない」と定めている〔Kant, 39〕。続く第二の条項は、「独立して存続している国は、その大小にかかわらず、継承、交換、売買、贈与によって他の国の獲得物とされてはならない」〔Ebd.〕というものであり、これらがライン左岸地域をフランスに引き渡すことによりさらなる紛争の原因を用意したバーゼル条約を批判しているのは明らかだろう。その上で「国際法〔Völkerrecht〕」および「世界市民法〔Weltbürgerrecht〕」といった、国家間での適正なルール作りを要求していく論法からは、彼が世界市民的立場に立ちながらも、一元的な世界国家ではなく、文化的差異を有する複数の国家の存立を目指していることがうかがえる〔細見、一九頁〕。

これに対し、まさにフランスに譲渡されたラインラントの地に生きるゲレスが描き出したのは、「あらゆる国民〔alle Nation〕の意志を一つに統合」した、「複数の国から成る大共和国〔eine große

Völkerrepublik〕」〔GS 1, 44f.〕という、あまりに理念的な世界秩序であった。「ドイツの共和主義者」より「フランス国民へ」との献辞を扉に掲げたこの論文の中で、ゲレスはフランス主導による「数ある専制国家の共和国化」〔GS 1, 59〕を要求している。彼はまず、フランス革命という「大変革」の歴史的意味を改めて考察する。それによれば、「これまでどの国家の権力者も、野蛮人同士の関係とほとんど変わらない形で相対し、臣民に対し向き合う」のみであったが、こうした社会上の関係性をフランス革命が大きく変えた。そして、この変化こそが「国際法」の理念の実現を可能にするというのだ〔GS 1, 44〕。こうしてゲレスは自由や平等といった理念のみならず、国際関係においてフランスがもたらした成果をむしろ強調し、今後の世界秩序へ向けた主導的役割をフランスに期待するのである。

とはいえ、ゲレスはここでフランスへの追従に終始したわけではない。というのも、こうした諸理念の実現を彼はフランスの「義務〔Pflicht〕」と呼んでいるからである〔GS 1, 44〕。ゲレスはフランスがもたらした共和主義の理念を自らが全面的に信奉していることを表明し、フランスの顔を立てることを忘れていない。しかし同時に、その理念にしたがえば当然生じるはずの「義務」を改めて確認することにより、フランスがラインラントにおいて「専制国家」にならないよう牽制するのである。ここには、理念の国としてのフランスへの期待と実際上の占領軍への不安とのあいだで揺れるドイツ共和主義者の苦悩を垣間見ることができる。

ゲレスは現実主義的な判断から、フランスへの「再合併〔Reunion〕」の必要性を唱えたことも少なくなかった〔Fink-Lang, 45, 56〕。しかしその後、宿営地における不正や過度の税収といった実際的な問題、使節団の一員として実際に見たパリの情景、そしてナポレオンの台頭を目の当たりにして、合併に疑念を感じ始める〔Fink-Lang, 59〕。フランス占領軍に対するコーブレンツ市民の不満の声も高まり、ゲレスの活動はそれに応じて徐々にフランス占領軍への抵抗を意図したものへとシフトしていく。

## 4　「民衆なし」の共和主義とジャーナリズムの役割

フランスによる占領という対外的問題にさいなまれていたラインラントの共和主義者たちであったが、彼らを悩ませたのはそれだけではなかった。フランスに比べて組織の確固たる支持基盤を欠いていたドイツの共和主義者たちは、自由・平等を理念に掲げながらも、その活動に際しては「民衆なし」の知識人集団にすぎなかったのである〔浜本、一二頁〕。特にフランスでの革命の過激化を受け、これまで革命を歓迎していたドイツの知識人たちがこぞって保守派に転じると、彼らもまた政治的に未成熟な民衆の動員に慎重にならざるをえず、民衆とのあいだの深い溝を自覚しながら活動することを余儀なくされた。

こうした内外の問題を抱えた状態で、ゲレスの本格的なジャーナリズム活動は開始された。この時期のゲレスの主たる活動は、一七九八年二月に彼自身が編集主幹となって創刊した政治紙『赤新聞〔Das Rothe Blatt〕』に集約される。これは当初、フランス共和国の暦に合わせた形式で発行されたが〔Fink-Lang. 48〕、内容は創刊時よりフランスに対する抵抗そのものであった。第一号に付された「序文」ではまず、「二つの国民〔Nation〕のあいだ」に位置するラインラントの地で激化した、「我々と我々の祖国〔Vaterland〕に出血を伴う深い傷を与えた戦争」が回顧される。この時点で、ゲレスがフランス対ドイツという枠組みの中で思考しているのは明らかだ。そしてこのときゲレスは、「この破局に伴って生じた倫理的な害悪〔die moralische Uebel〕」〔GS 1. 74〕を問題にし、その原因をフランスに帰している。

> 物理的幸福の減退とならんで、普遍的倫理の退行や、道徳的腐敗の広がりがあった。これはすでに先の時代に、政治批判の蒸散作用がフランスで最初に起こったとき、いまわしきことこの上ない放出物を通じて過剰な養分を得てしまったのだった。〔GS 1. 75〕

前節で取り上げた「平和」論文の発表からわずか二か月後、ゲレスはもはやフランスの顔を立てることがないばかりか、敵意をむき出しにしていると言えよう。

とはいえ、フランス革命の理念自体については、ゲレスはいまなお否定しない。それどころか、このときゲレスは、占領軍の傲慢な振る舞いによってラインラントの住民が「フランスに対する憎悪」を抱き、それが高じて「自由が憎まれ、共和主義が憎まれ」てしまうことをおそれてすらいる〔GS 1, 75〕。こうして『赤新聞』の目的は、「自由が勝利をおさめ、独裁者の反発をも抑えつけた」ことのあるラインラントの地で本来育まれていたはずの「倫理的素養〔die moralische Kultur〕」〔GS 1, 74〕をしかるべき形で取り戻すこととされるのである。

そのための手段として、ゲレスは第一に「教育〔Erziehung〕」、すなわち新聞を通じて読者を「教導〔belehren〕」し、自由と共和主義への目を開かせることを挙げている。しかしこれは、例えば民衆を煽動して革命を促すことを意味しているのではない。というのも、その直後に第二の手段として「公権力の活動〔Geschäft der öffentlichen Gewalten〕」が挙げられるからである。「共和主義に対し徐々に門戸を開く」ために、ゲレスはあくまで政府による対応を求めたのである。そしてこれら二つのものを支え、「盲目の政治的因習と戦うための武器」として第三に挙げられるのが「公開〔Publizität〕」という手段である〔GS 1, 76〕。

ゲレスがここで提示した「公開」の役割について理解するために、一七九八年に『赤新聞』に掲載された小論『我が信仰告白』を取り上げてみたい。「私は信じる〔Ich glaube〕」という表現を多用しながら自らの政治的信条を明らかにしたこの論文の中で、ゲレスはまず、「文化と人間性の理想に向けた、人類の絶えざる進歩」への「信仰」を告白している〔GS 1, 195〕。ゲレスによれば、その「進歩」に伴って共同体は「野蛮状態から社会状態へ」と発展する。具体的には、専制から代表制へ、さらには純然たる民主制へと移行し、最後には無政府状態へ行き着くとされる発展過程について説明した後で、ゲレスは宣言する。「私は信じる。我々の世紀は専制の形式を、よりふさわしい形式に変えるまでに成熟したことを」〔GS 1, 195〕。だが、この力強い調子に反して、ゲレスが表明した政治的態度は慎重なものであった。

私は信じる。民主主義の形式〔die demokratische Form〕に適した世紀を、我々はいまだ迎えてはいないということを、そして今後もすぐには迎えないということを。私は信じる。全体規模での無政府〔Anarchie〕の時代、すなわち人間が、いかなる統治をももはや必要としないがためにそれを手放す瞬間は、有限の時間においては訪れないということを。〔……〕私は信じる。代表制〔Repräsentativsystem〕こそが、我々の時代の文化にふさわしいということを。そして世界市民〔Weltbürger〕たるものは、代表制を採用した国家が専制に後退するのを、あるいは性急にも民主主義の形式に向かおうと思い上がるのを、力の限り阻止する義務を負うということを。〔GS 1, 196〕

先に取り上げた「平和」論文では、カントの主張とは異なり、ゲレスが「民主制はその本質に従えば専制にはならない」との立場をとっていたとすれば〔Batscha; Saage, 173f.〕、ここにきて「民主主義の形式」を「専制」と並置し、双方への移行を阻止する必要を唱えたこの「信仰告白」は、二か月のあいだに彼が自らの政治的信条を変えたことを示す証左となろうか。

いずれにせよ、このときゲレスは「民衆」を、手を取り合ってともに歩む存在ではなく「教化〔Bildung〕」すべき存在と考えた。

> 私は信じる。〔……〕より良きものへと絶えず前進し続ける改革こそが、全共和主義者が目指すべき目標であるということを。この改革は、民衆の教化〔Bildung des Volkes〕を通じて下から、権力者の教化を通じて上からなされなければならない。〔GS 1, 225f.〕

ここで掲げられる「改革」という目標は、その後、一九世紀に入ってドイツの多くの政治思想家が目指し、プロイセン政府が実際にとった路線と合致する〔熊谷、一四頁以下〕。また、「民衆」と「権力者」の双方に対し「教化」を試みるというスタンスは、「王侯貴族と下層階級に挟まれた単なる中間階級の身分から国民・国家の中心へと、政治と文化における精神的指導者層へと脱皮する契機」

〔田口、四〇頁〕（強調は原文）を虎視眈々とうかがっていた啓蒙主義的教養市民層に広く共有されていたものである。

ところが、このときゲレスが「民衆」へ、そして「権力者」への「教化」として念頭に置いていたのは、通常の意味での「教育」とは性質を異にするものであった。ここで言われる「教化」とは、なんらかの理論を教示し、それに従わせることではない。

私は信じる。公職に就く者全員が、ただ実直でありたいと思い、それゆえに実直であるようなときを迎えるまでは、不足した原則に代わるものを用意し、実直でなければならない理由を与えることで彼らを実直に振舞わせなければならないということを。この代わりとなるのが公開〔Publizität〕である。その機会を得た市民〔Bürger〕は誰でも、公的役人の行動をつぶさに監視し、違反行為があればそれを民衆〔Volk〕に告発〔denunzieren〕すべきである。諸原則によってはなしえないものも、名誉や恥辱への感情が完全になくなっていなければ、さらし柱〔Pranger〕への恐怖が実現してくれる。〔GS 1, S. 226〕

ゲレスが「教化」という言葉によって企図しているのは、新聞を通じて役人の違反行為を「民衆」に「告発」することである。それ以上のことについて、例えば統治者を批判するための理論を構築することや、民衆に対し行動を呼びかけることなどについては、ゲレスはここでは述べていない。彼は「民衆」を統治者への監視者として、ひいては暴力装置として機能しうる潜勢力と捉え、こうした「民衆」の影をちらつかせることによって統治者が自らの振舞いを正すことを期待したのである。

この「教化」の方法は、実際にいくつか成功をおさめたようだ。少なくとも、占領軍の幹部たちはゲレスのこの新聞を危険視し、圧力をかけた〔Fink-Lang, 49ff.〕。当局からの誹《そし》りをおそれ、この新聞は一七九八年九月より『リューベツァール〔Rübezahl〕』と名を変え月刊紙として刊行されたが、最終的には一七九九年七月にコーブレンツにおける発禁処分が決まった。

## 5　ロマン主義への接近――「民衆本」と「受容」の機能

統治者の不正行為の告発を通じて「民衆」と間接的な連帯を図ろうとしたように見えるゲレスだが、こうした方法は、本来の意味での民意の体現とは言い難い。本章の冒頭で引用したような「公論」の実現を、民主制を拒否したゲレスはどのように果たそうとしたのだろうか。

これらを架橋するための着想は、意外なところに発見される。一八〇六年一〇月、ハイデルベルク大学の私講師として職を得たゲレスはコーブレンツを離れ、当時ロマン主義者たちが集まっていた大学町に移り住む。こうしてゲレスはジャーナリズムの舞台を一旦退き、大学での講義の傍ら、文芸活動にいそしんだ。一見無関係のように見えるこのときの活動が、ジャーナリスト・ゲレスにとって大きな意味を持つのである。

当時、ハイデルベルクでは「民衆文学〔Volkspoesie〕」が一大流行を巻き起こしていた。すでに一八世紀後半に、フランス宮廷文化至上主義に対抗したヨーハン・ゴットフリート・ヘルダーによって、自然なものとドイツ的なものを同時に体現するものとして称揚された民衆文学への関心が〔川原、一五〇頁以下〕、「民謡〔Volkslied〕」や「民話〔Volksmärchen〕」の蒐集という形でこの地に受け継がれていたのである。アーヒム・フォン・アルニムとクレーメンス・ブレンターノが共同で民謡集『少年の魔法の角笛』〔第一巻一八〇五年、第二巻・第三巻一八〇八年〕を編み、グリム兄弟が民話の蒐集を開始したのもここハイデルベルクであった。文学史的には、イェーナにおける初期ロマン主義と区別して「盛期ロマン主義〔Hochromantik〕」〔Segeberg, 49〕と呼ばれるこの運動にゲレスもまた加わり、その成果は一八〇七年に『ドイツ民衆本〔Die teutschen Volksbücher〕』として結実した。

これらの取り組みはかならずしも一定の綱領にもとづいてなされたわけではなかったが、彼らが共有していたものとして、一八世紀末より盛んになった民衆啓蒙運動に対抗するという意図があった。ロマン主義者たちは、知識人が民衆を教育するために作った書物に対し、彼らが考える真に

「民衆的」な文学を称揚したのである。ゲレスもまた『民衆本』の序文の中で、民衆啓蒙家ルードルフ・ツァハリーアス・ベッカーによるベストセラー『農民のための救難便覧』（一七八八年）を「慢性病を患った時代精神」としてあてこすり、「何世代にもわたって民衆の住まいで分娩を続けている」「野性的な」民衆文学をそれに対置している〔VB, 24f.〕。

しかしながら、ゲレスのこの『ドイツ民衆本』を、他のロマン主義者たちによる民謡・民話の蒐集あるいは創作活動と同一視するには違和感がある。というのも、副題を合わせると『ドイツ民衆本――一部のものは内的価値によって、一部のものは偶然によって何世紀にもわたって我々の時代まで保持されてきた美しき物語、天気、薬の本への詳細な価値評定』という長い表題を持つこの書物は、いわゆる文学作品だけでなく実用書の類や人生訓、笑い話といったものも多数取り上げているからである。その意味でこれは、ゲレス自身が批判した民衆啓蒙運動における民衆向けの本にも近い。もちろん、だからと言ってゲレスが民衆啓蒙運動に与したというわけではないが、それにしても彼は一般的なロマン主義者以上に「民衆的」であることの意味を民衆が好んで読むという点に求めたのである。

それゆえゲレスは「民衆本」の起源にはさほど関心を示さなかった。通常、民衆文学を匿名の集団によっておのずから生み出された「自然文学〔Naturpoesie〕」と定義し、それを特定の個人による「創作文学〔Kunstpoesie〕」と区別しようとするのであれば、取り上げる作品の起源には慎重にならならざるをえない。だが、ゲレスは「民衆本」の選択にあたって、それがいつ誰によって書かれたものであるかという点にはさして留意していないばかりか、現代の個人の手に成る作品をも「民衆本」に数えている［Kreutzer, 23f.］。

また、ゲレスは民衆文学の文字化にもためらいがなかった。そもそも民衆文学を、それが民衆のあいだに活き活きと広まっている点において評価しようとする者は、口承で伝えられる物語を知識人の手で文字に起こすことには葛藤をおぼえるはずである。たしかにゲレスも「民謡［Volkslied］」における「声」の重要性を挙げ、そうした性質を持つ文学を「人為の作品ではなく、自然が生んだ作品である」と呼んでいる［VB, 16］。しかし、それらを文字に起こし、さらには書物に仕立てることに対し、ゲレスはまったくといってよいほど躊躇しないばかりか、文字化がもたらす効用の方を強調してさえいるのである。

書くという方法が発明され、のちにそれが印刷技術となって音を形にしたとき、そこにあった命がつやを失ったことは言うまでもない。だが、それと同じだけその命は粘り強くなり、歌は内的強度の点で失ったものを、少なくとも外への拡大という点において獲得し直した。それにより歌はページの中で固定され、風の翼に乗るが如くにありとあらゆる土地へと運ばれた。こうして、民衆の口の中で鳴りやんでいったものを、紙のページは少なくとも保存し、思い出さ

せてくれるのである。〔VB, 17〕

ここでは保存と拡散という二つの点において文字化の利点が語られている。だがゲレスにとって、こうした文字化は単に利点を持つにとどまらない。続く箇所では民衆文学が「口伝えから書かれたものへと変わることにより、拡大し完成する」〔VB, 18〕と述べられている。要するに、ゲレスは民衆文学を「民衆本」、すなわち書物の形態にすることこそを重要視したのである。

このような保存と拡散に優れた書物という形態をとることによってゲレスが目論んでいるのは、文学に「多数者と時間の試練〔Prüfung der Menge und der Zeit〕」〔VB, 16〕を与えることである。

この試験〔Probe〕に合格するもの、すなわち個人や世代を越えてあらゆる人々が気に入るもの、あらゆる人々に、パンと同じように力の湧く栄養を与えるものは、パンに匹敵する力を内に宿し、生命に活力をもたらしてくれる。作品を選ぶときに誰かの押しつけがあり、その意味でたとえ選択に偶然が作用しようとも、受容〔Aufnahme〕に際しては、偶然は何ら力を及ぼさない。受容されるのは、それを求める強い気持ちを絶えず民衆が持ち、そのもの自体を気に入ったということであり、その結果としていつまでも保持され続けていくのである。劣悪なものが偶然によってしばし残留することもないわけではないが、遅かれ早かれそれは民衆自身の手で潰さ

れることとなる。［VB, 12］

ゲレスは民衆の「受容」をこのように評価し、その過程を経て受け継がれた「民衆本」は偶然の産物ではないと考えた。現にある世界を最善のものとするオプティミズムを彷彿とする考え方ではあるが、残されたものの背後には民衆によって「潰された」無数の選択肢があったことも彼は忘れていない。その意味で「受容」とは「試験」に他ならず、それに耐えて残ったものは――副題が示していたように――「評定／価値の認定〔Würdung〕」に値するものとなる。こうしてゲレスは民衆文学の蒐集というロマン主義の方法を借用しつつ、文学上の特性とは異なる観点から真に「民衆的」なものを導き出そうとしたのである。

## 6　文芸共和国のレトリック

『ドイツ民衆本』においてゲレスが提示した、民衆の「受容」による「試験」という考えは、彼の政治的関心を如実に反映している。ゲレスは民衆自身が好んで「受容」する「民衆本」という概念を用いることで、民衆が判定者の役割を担いうるということを確認するとともに、本当はいまだ十分な識字能力を持たないはずの実際の民衆をも彼が想像する政治共同体に抱き込もうとしたのである。

ゲレスは『ドイツ民衆本』の冒頭で、「ここで取り上げる文書」が「上層階級の閉じた領域」を越えて「民族という本来の意味での集団全体〔die ganze eigentliche Masse des Volkes〕に作用する」と宣言したが〔VB 1〕、これは「上層階級」と「民衆」を「文書」を介して一つの空間内に捉えることを意味している。もちろん実際には彼らが同じものを読むなどということは考えにくく、詭弁であるという印象はまぬがれない。それでも彼は「文芸国家〔Literaturstaat〕」なるものを掲げ、「偉大な文芸国家は共同の家を持ち、その家の中で国民は直接に自らを具現する〔repräsentieren〕」と主張してはばからない〔VB, 9〕。ここには「国民」なき時代に「ドイツ」に生きる人々をつなぐための共通の基盤を、ドイツ語で書かれた「文書」に求めようと模索した跡を見ることができる。

このゲレスは再びジャーナリズムの領域に戻るが、その際の関心および方法は「民衆本」への取り組みとつながっている。『ドイツ民衆本』においてゲレスは、文字化の効用について論じた箇所の続きで次のように述べていた。

〔一部の歌曲は音によって魂を吹き込まれた。〕それ以外の歌曲〔Gesänge〕は、音にもまして形〔Bild〕に結びついた。それらは魔法の鏡のごときものとなり、民衆は自らと自らの過去、未来、さらには別の世界や、自らの最も深いところに秘められた感情、そして自分自身では名づけることのできないもののすべてが、くっきりとした輪郭をもって表現されるのを、その鏡の中に見るのである。〔VB, 17f.〕

民衆が自分自身では理解しきれないものを、くっきりと映し出す「魔法の鏡」――ここで「鏡」の比喩で表現されているものは、本章の最初に引用した新聞のあり方、すなわち「大勢の人々が無意識にぼんやりと感じていることを彼ら自身がはっきりわかるようにし、かつそれにぴったりの言葉を与えてくれる」新聞のあり方と合致している。

あくまで共和主義の立場をとり、「専制」を何よりも忌避したゲレスは、知識人による一方的な教示にならざるをえない啓蒙に対して全幅の信頼を置くことができなかった。かといって「民主主義」に対しても、それが無政府状態を招きかねないという危惧を拭い去ることはできなかった。この板挟みの状態から「公論」を実現するために、ゲレスはロマン主義の民衆文学運動に接近し、民衆の「受容」による「試験」という考え方を編み出したのである。そして、これをジャーナリズムにも適応させることで、新聞を介した文芸共和国の創出を目指したのである。

## 文献

Görrs, Joseph: Gesamelte Schriften. Bd. 1: Braubach, Max (Hrsg.): Joseph Görres, Politische Schriften der Frühzeit (1795-1800). Köln 1928. [GS 1]

Görrs, Joseph: Gesamelte Schriften. Bd. 6-8: Ester, Karl d'; Münster, Hans A.; Schellberg, Wilhelm; Wentzke, Paul (Hrsg.): Rheinischer Merkur, 1. Band (1815/16). Köln 1928. [GS 6-8]

Görres, Joseph: Die teutschen Volksbücher. Nachdruck der Ausgabe Heidelberg 1807. Hildesheim; New York 1982. [VB]

---

Fink-Lang Monika: Joseph Görres. Die Biografie. Paderborn; München; Wien; Zürich 2013.

Kant, Immanuel: Zum ewigen Frieden—Ein philosophischer Entwurf. In: Batscha, Zwi; Saage, Richard (Hrsg.): Friedensutopien. Kant, Fichte, Schlegel, Görres. Frankfurt am Main 1979.

Koszyk, Kurt: Deutsche Presse im 19. Jahrhundert. Berlin 1966.

Kreutzer, Hans Joachim: Der Mythos vom Volksbuch. Studien zur Wirkungsgeschichte des frühen deutschen Romans seit der Romantik. Stuttgart 1977.

Lückemeier, Kai: Information als Verblendung. Die Geschichte der Presse und der öffentlichen Meinung im 19. Jahrhundert. Stuttgart 2001.

Segeberg, Harro: Phasen der Romantik. In: Schanze, Helmut (Hrsg.): Romantik-Handbuch. Stuttgart 1994, S. 31-78.

Vogt, Klaus: Joseph Görres. Ein Journalist wird zum Gewissen der Nation. Berlin 1953.

Raab, Heribert: Joseph Görres. Ein Leben für Freiheit und Recht. Paderborn 1978.

川原美江「フォルクのいない文学――ヘルダーからグリム兄弟にいたる民衆文学の構築」『ドイツ文学』第一四八号、日本独文学会、二〇一四年、一四〇―一五七頁。

杉田敦「デモクラシー」古賀敬太編『政治概念の歴史的展開　第六巻』晃洋書房、二〇一三年、二八―四八頁。

田口武史『R・Z・ベッカーの民衆啓蒙運動――近代的フォルク像の源流』鳥影社、二〇一四年。

西村稔『文士と官僚――ドイツ教養官僚の淵源』木鐸社、二〇〇二年。

浜本隆志『ドイツ・ジャコバン派――消された革命史』平凡社、一九九一年。

細見和之『「戦後」の思想――カントからハーバーマスへ』白水社、二〇〇九年。

熊谷英人『フランス革命という鏡――一九世紀ドイツ歴史主義の時代』白水社、二〇一五年。

# 第4章　祖国再生とメランコリー
## ――グラッベのバルバロッサ作品

児玉 麻美
KODAMA Asami

### 1　バルバロッサ伝説の受容

「赤髭王バルバロッサ」として知られる神聖ローマ皇帝フリードリヒ一世（一一二二年頃―一一九〇年）は、父であるフリードリヒ二世からシュヴァーベン大公位を継承し、ホーエンシュタウフェン朝を代表する皇帝（在位一一五五―一一九〇年）として権勢を振るった。皇帝権力の強化をめざすバルバロッサはイタリアへ度重なる遠征を行なったが、第三回十字軍遠征の途上で沐浴中に溺死するという謎めいた最期を遂げる。この皇帝に関しては、グリム兄弟の『ドイツ伝説集第一部』（一八一六年）に収められた次の伝説がよく知られている。

この皇帝に関しては多くの言い伝えが広まっている。彼はまだ死んでおらず、最後の審判の日まで生き続けるとか、この皇帝の後には真の皇帝たる者は現れなかったとか。最後の審判の日まで、彼はキフホイザー山にじっと隠れている。姿を現すときには、彼は枯れ木に盾を掛ける。すると木は緑の芽を吹き、よりよき時代が到来する。時おり彼は山に来る人びとと話し、外の様子を見に出ることもある。ふだんは長いすに腰掛けて丸い石造りの卓につき、頬杖をついて眠っている。つねに頭をこくりこくりと動かし、眼をしばたたかせている。髭はながながと伸び、石の食卓を突き抜けているとも言われるし、また別の言い伝えによれば食卓をぐるりと一巡りしているらしい。この髭が三周したときに彼は目覚めることになっているが、今ようやく二周した所だそうである。［GS, 55f.］

グリムは典拠としてヨハネス・アグリコラの『七五〇のドイツのことわざ』（一五三四年）などを挙げており、この伝説が中世以前に由来するものであることがうかがい知れる。バルバロッサ伝説を特徴づけるのは何よりもキフホイザー山地という舞台設定、石造りの卓についたまま黙して動かない皇帝、蔦植物のように伸び続ける髭のモチーフであり、これらはノヴァーリスの『青い花（原題：ハインリヒ・フォン・オフターディンゲン）』（一八〇二年）などにおいても同様に提示されている。

フランス革命からナポレオン戦争、神聖ローマ帝国の解体を経てナポレオンのドイツ支配を終わらせた解放戦争へと至る動乱の時代にあって、「帝国〔Reich〕」のテーマは広く注目を集めたが、政治的ロマン主義がくりかえし召還したのは、今まさに滅亡したばかりの神聖ローマ帝国ではなく、はるか昔に栄華を誇ったホーエンシュタウフェン朝時代の帝国であった。とりわけフリードリヒ一世は、最後の審判の日に復活する伝説のイメージもあいまって、失われた統一帝国再建のシンボルと見なされていた。[Bulang, 15]

文学作品の題材としての眠れる皇帝像は、保守とリベラルの双方によって利用されてきた歴史をもつ[Bulang, 193; Wiemer, 122f.]。プロイセン王室で教育係をつとめた劇作家ヴィルヘルム・ニーンシュテットや当時絶大な人気を誇った大衆作家エルンスト・ラウパッハらのホーエンシュタウフェン劇は、輝かしい皇帝時代の賛美を通じて絶対君主制の擁護と正当化に努めているが、保守陣営のバルバロッサ利用が演劇というジャンルに偏っていることには、「秩序と安寧の維持に腐心するドイツ政府」による劇場への働きかけが背景にあったと考えられる[Denkler, 50]。

一方、リベラルの視点におけるバルバロッサ文学として、特筆に値するのはフェルディナント・フライリヒラートによる詩『バルバロッサの最初の目覚め』（一八二九年）である。ホーエンシュタウフェン家の末裔コンラディンの悲惨な最期を知らされた皇帝は、静かな怒りをたたえながら深い眠りより目覚める。その威厳に満ちた身振りによって、不満を抱えた民衆たちの憤怒の咆哮が呼び覚まされる。

ツィンクが鋭い音をあげて／吹き鳴らされる。殺人だ！／王の合図が見えるか、お前たちよ／その圧倒的な言葉が聞こえるか？／ひとりの騎士がすばやい動きで／我ら民衆のもとに手袋を投げつける。／民衆は低いうなりをあげる、嵐によって呼び覚まされた／海底の深い穴のように。［F, 93］

一八三一年にこの詩の原稿を受け取った劇作家クリスティアン・ディートリヒ・グラッベは、ドイツの民衆へと蜂起を促す若い詩人への返歌として、絶望と諦念にみちたバルバロッサ詩をおくった。彼は一八二九年の時点では、ドイツに団結を呼びかけ戦う皇帝の姿をきわめて肯定的に描いていたにもかかわらず、わずか三年の時を隔てて全く異なるバルバロッサ像を示すに至っており、この急激な態度の変化は注目に値するものである。第二節ではまずグラッベの悲劇『皇帝フリードリヒ・バルバロッサ』に描かれるバルバロッサ像が、前述のフライリヒラートの作品と同様の愛国的熱狂を映し出すものであったことを確認する。第三節以降では、グラッベのテクストにおける政治と文学の関係について、メランコリーと自然表象の結びつきを手がかりに考察する。そのうえで、政治と文学の間に引き裂かれたグラッベの内部に萌《きざ》した変革への諦念が、パリ七月革命によるブルボン王朝の転覆（一八三〇年）、ロシアの支配からの解放をもとめたポーランド十一月蜂起（一八三〇―一八三一年）を経て深化し、一八三一年の詩『赤髭王フリードリヒ・バルバロッサ』において完全にネガティブなものへと変化していったことを明らかにしたい。

## 2　グラッベとホーエンシュタウフェン家のドラマ

一八〇一年から一八三六年までのグラッベの生涯は、その文学的傾向によって三つの時期に大別される。ハインリヒ・ハイネがその荒々しい天才性に賛辞を送った陰惨なデビュー作『テオドーア・フォン・ゴートラント公』（悲劇　一八二二年：初版＝一八二七年、初演＝一八九二年）とともに第一期は開始され、最初の歴史劇『マリウスとスラ』（悲劇　一八二三―一八二七年：初版＝一八二七年、初演＝一九三六年）などが次々に発表された後、論文『シェイクスピア狂について』（一八二七年）によってひとつの区切りを迎える。

つづく第二期において、グラッベはドイツの国民的素材を立て続けに取り上げ、『ドン・ファンとファウスト』（悲劇　一八二八年：初版、初演＝一八二九年）や『皇帝フリードリッヒ・バルバロッサ』

（悲劇 一八二九年：初版＝一八二九年、初演＝一八七五年）、『皇帝ハインリヒ六世』（悲劇 一八二九年：初版＝一八三〇年、初演＝一八七五年）を書き上げるが、『ナポレオンあるいは百日天下』（劇 一八二九―一八三一年：初版＝一八三一年、初演＝一八九五年）を執筆する頃ふたたび作風に変化が生じる。

第三期のグラッベはポーランド・リトアニアの英雄を描いた『コシチューシュコ』（劇断片 一八三五年：初版＝一九〇〇年、初演＝一九四一年）や『ヘルマンの戦い』（劇 一八三五―一八三六年：初版＝一八三八年、初演＝一九三六年）などに取り組んだが、過度の飲酒と不摂生により脊髄癆《せきずいろう》をわずらった彼は、三五歳の若さで世を去ることになった。

グラッベの執筆活動に最初の転機をもたらした論文『シェイクスピア狂について』の執筆を境として、彼はドイツの歴史と伝説を題材とした悲劇への取り組みを始める。ゲオルク・ビュヒナーやゲオルク・ヘルヴェークといった同時代の作家たちと異なり、グラッベは政治的な活動に自ら参与することはなかったものの、この頃の書簡には彼の愛国的な情熱がいたる所に読み取れる。

他の何にもまして偉大で祖国にふさわしいのがホーエンシュタウフェン家であり、他に比べていっそう偉大で祖国にふさわしいのが、これを描くドラマです。ドイツ中がポエジーの燃えさかる色彩に包まれるのです。［G. V 223］

こうした調子は、彼の劇作品のテクストにも次々と噴出する。続けて発表された『ドン・ファンとファウスト』、『皇帝フリードリッヒ・バルバロッサ』、『皇帝ハインリヒ六世』、『ナポレオンあるいは百日天下』の四作はすべて、ゲルマン語地域とロマンス語地域の対立を中心に据えているのに加えて、劇中には廃墟となったイタリアが繰り返し登場し、打ち捨てられた偉大な過去の象徴として提示される。非ゲルマン世界に立ち向かうゲルマンの勇士たちは、男子結社的な一致団結のもとで祖国愛を叫びつつ蜂起するが、名誉と忠誠を重んじるドイツ民族の優越性は、『皇帝フリードリヒ・バルバロッサ』第一幕第二場で発せられる皇帝の台詞においても強調される。

皇帝フリードリヒ：古代ローマの民はかつて地上で／最高の民族だった――太陽の輝く限り、／彼らの英雄性に比肩しうる存在はなかった／それゆえ彼らは勝利を収め、世界を／支配したのだ。だが彼らの子孫ときたら／臆病者に成り下がった。――そこでドイツ人が勢力を増し／奴らの偉大なご先祖様の後任を引き受けた／かつてローマの鷲がそうしたように、ドイツはかぎ爪で捕らえたのだ／この地球を。それゆえ我らはローマの後継者であり／その正統なる息子なのだ。我らに備わる価値こそが／我らの正統性！〔G. II 25f.〕

グラッベは、全八作の予定で構想したホーエンシュタウフェン劇連作の幕開けを飾る皇帝として、シュヴァーベンの赤髭王を選び出した。五幕の悲劇『皇帝フリードリヒ・バルバロッサ』は、バルバロッサにより蹂躙され廃墟と化したミラノとロンバルディアの市民たちが、復讐のため結集する場面より始まる。皇帝は世界を覆い尽くす鷲の翼のごとき権勢を誇示し、裏切りを厳しく罰する苛烈さをもって封建家臣たちを見事に統率しているが、イタリア遠征の途上でハインリヒ獅子王との友情に亀裂が生じる。この戦いを無益なものと見なし撤退を促す獅子王の決意は固く、ひざまずいて翻意を懇願するバルバロッサの言葉も容れられない。両者が一触即発の状態に陥ったところで敵軍の接近が告げられ、皇帝と獅子は戦場で離ればなれになってしまう。

ドラマ後半部ではバルバロッサとハインリヒの対立が中心に据えられる。皇帝のかつての親友にして命の恩人、もっとも忠実で勇敢な家臣であったハインリヒ獅子王の姿は偉容をそなえ、道を違えた二人の英雄の衝突は、心を引き裂く悲劇として雄大なスケールをもって描き出される。ヴェーザー河畔での死闘を経て、ザクセンへと敗走したハインリヒは東フリースラントの浜辺に力なく横たわるが、妻マティルディスから妊娠を告げられて生きる気力を取り戻し、ヴェルフェン家の血脈を未来に伝えるべく、イングランド行きの小舟に乗り込む。

一方、ゴスラーの城館の豪華な広間にて、バルバロッサは海を渡る獅子の姿に思いを馳せる。皇帝の息子ハインリヒ王子はシチリア王女コンスタンツェを花嫁として迎え、祝福のファンファーレが鳴り響くなか、バルバロッサがイェルサレムへの十字軍遠征を宣言するところで劇全体は締めくくくられている。

　一人の政治的英雄の手によって歴史が切り開かれる瞬間に対し、グラッベは強い憧憬を抱いていた。戦いの中に生の充実を読み取ったグラッベは「私はナポレオンと同じ調子です。大きな戦を愛しています。小競り合いなどは私を弱らせるのです」〔G, V 222〕と主張し、ヨーロッパの征服者に自らの姿を重ね合わせる。また、皇妃ベアトリーチェに対する皇帝バルバロッサの台詞「おそらくは愛だ、それ以外で／戦場ほどにすばらしいものは存在しない」〔G, II 29〕（以下、本章中の強調箇所はすべて原文による）は、一八三一年一月のケッテムバイル宛て書簡における主張にそのまま重なる。「医者は私に、ふたつのキャリアを積むことを命じました。私のこれまでの流儀とは全く異なるようなキャリア、すなわち結婚あるいは出征せよと言っているのです」〔G, V 321〕と述べるグラッベは、自らの心身の不調を癒す特効薬として、愛と戦いに彩られた華々しい生こそが必要なのだと訴えている。

　壮大にして絢爛たる王朝史、理想の皇帝像、強大な統一ドイツのイメージに魅了されたのは無論グラッベのみに限られない。一八世紀には、ホーエンシュタウフェン家についての大規模な連作劇はまだ存在していなかったが、神聖ローマ帝国解体前後からノヴァーリスやヨーゼフ・ゲレスによって騎士の時代への注意が喚起されはじめ、アウグスト・ヴィルヘルム・シュレーゲルもまた「ホーエンシュタウフェン朝という騎士の輝かしい時代」〔S, VI 291〕をドラマの理想の題材として掲げた〔Kaul, 86f.〕。流行を生み出す直接の契機となったのは、フリードリヒ・フォン・ラウマーによる『ホーエンシュタウフェン家とその時代の歴史』（全六巻、一八二三―一八二五年）の出版であり、以降はこの資料にもとづく劇作品が立て続けに発表された。ニーンシュテットの『ホーエンシュタウフェン家』（全七部、一八二六年）やカール・インマーマンの『皇帝フリードリヒ二世』（全三部／未完、一八二八年）は、長大な構想をもつ懐古趣味の帝国賛美ドラマである点において共通しているが、とりわけ「国民の教育者」を自称するラウパッハの『ホーエンシュタウフェン家』（全六部、一八三七年）に関しては、「〔自由主義運動の取り締まりを目的とした〕カールスバート決議以降のあらゆるリベラリズムに対する監視的弾圧を、国家にとって必要かつ正当な義務として美化する」ことにより、「デマゴーグの迫害や予防検閲、大学の監視といった歴史的現実を言いつくろう」ものであったと指摘されている［Kutzmutz, 103, 111, 113-114］。

保守であれリベラルであれ、この時代の文学が理想の英雄像を一二世紀にまで遡って求めねばならなかったという事実は、政治的変革への要求とその封じ込めが絶えずくり返された三月前期ドイツの停滞状況をはっきりと示しているように思われる。それぞれ異なる気質をもちながらも、利害関係を共有し団結するドイツの諸地方、それらをまとめあげる求心力をもつ英雄、豊かな自然を背景として繰り広げられる激戦と華麗な勝利など、グラッベが理想として思い描いたイメージは、彼の生きた時代においては何ひとつ実現をみなかった。偉大さを収める器としては不十分な、「あまりに狭苦しく劣悪すぎる現在」［G. II 64］のイメージは、バルバロッサ劇の第三幕第一場、教皇アレクサンデルの台詞にもありありと読み取れる。

ホーエンシュタウフェン家は時代と戦い／何百年にもわたって筆頭を務めるだろう／たとえ未来が暗い予感に充ちていようとも！／彼らの誇り高い精神にとって、あまりに狭苦しく劣悪すぎるのが／この現在だ。〔……〕この暗くよどんだ時代に、力では／力に抗し得ないとしたら、諸侯や騎士の反乱を／手なずけるのが教会ではないとしたら／自らを神と見なし思い上がるヴァイブリンゲン人こそが／惰弱《だじゃく》なる世界を暴君的に支配するのだ／ローマのテベレ川にも増して！［G, II 64］

英雄性への渇仰とドイツ的性格の誇示を盛り込んだグラッベのバルバロッサ劇は、イェルサレムへ向かう皇帝と廷臣たちの台詞、「みずから死せよ！　十字軍においてそれは勝利なのだ！」［G, II 105］によって幕を閉じる。偉大さ、名誉、勝利への執着を示すこの斉唱は、ホーエンシュタウフェン劇第一作の締めくくりにふさわしく、グラッベの他の作品に頻出する自虐的ユーモアはここでは影を潜めている。

ところが、グラッベは三年後に取り組む詩作品『赤髭王フリードリヒ』の中で態度を一変させ、生への倦怠を吐露する皇帝の憂鬱と絶望を描くことになる。一八二九年の絢爛たるホーエンシュタウフェン劇と、一八三一年のきわめてネガティブな詩作品の連続性を検討するうえで、先の劇作品に密かに含まれていた否定的要素として無視しがたいのが、王と詩人の心につきまとうメランコリーの描写である。

## 3　特権としてのメランコリー

勇猛さや統率力などの描写にもまして、バルバロッサ劇のなかで皇帝と獅子王ハインリヒの非凡さをいっそう際立たせる要素が、彼らの内奥を曇らせるメランコリーである。喜劇役者じみた狂言回しを繰り広げるマインツ大司教やザクセンの槍兵たちと異なり、ホーエンシュタウフェン家とヴェルフェン家の両君主は裏切りの苦悩に責め苛まれ、誰にも理解されない心の傷を独白のなかで訴えつづける。

ハインリヒ：（暗く）そして――まもなく友が友に対峙する！／神にかけて、私は思う、生まれてこなければよかったと！／生の重みが恐ろしくのしかかってくる。地上の偉大さが／のしかかる――王国を表す王冠は、／王国よりもずっと重い！／万歳、自由な人間万歳！　自由な人間は／みずからの手仕事によってみずからを養うことができ／夜になっても隣人に恐れを抱くことなく／「おやすみなさい」と言うことができる。あくる朝には／その隣人と、戦場で敵として対峙せねばならない、／などという恐れを抱かずともよいのだ！〔G. II 37〕

「生まれてこなければよかった」〔Ebd.〕、「遠くにまたたく美しいあの星に生まれていればよかった」〔G. II 90〕という台詞のなかに苦しみを吐露するハインリヒと同様、バルバロッサも心に深い傷を負うことになる。心腹の友に別れを告げられ、「太陽が地に墜落し、雪解けの春のごとくにアルプス山脈が溶け去る」〔G. II 41〕ほどの衝撃を受けたバルバロッサは、誇り高く無慈悲な皇帝の顔を捨てて弱さを曝け出し、ハインリヒの膝を抱きながら嘆願を繰り返す。「彼の離反は、人間存在の価値への疑念を私に抱かせる」〔G. II 46〕と述べる皇帝の胸中は、以降も消えることのない獅子への追慕の念に引き裂かれ続ける。

教皇：お前たちは／もっとも深い部分で結びついた友だったのではないか？／

皇帝フリードリヒ：かつてはそうでした。私は今なお／獅子の胸にもたれかかり、心に愛を抱いているような気がするのです！――／ええ、あの男は獅子なのです――今もずっと私の心に／牙を突き立て、心を引き裂くのです！〔G. II 70〕

最終幕最終場、ゴスラーの城館の豪奢な広間で勝利の行進曲が鳴り響くなかでも、「いま獅子は／どこを孤独にさすらっているのか？　ああ、きっと／荒れた海の上だ！」［G, Ⅱ 104］と独白するバルバロッサは、獅子を失った悲しみから立ち直っていない。息子ハインリヒ王子の華々しい結婚、十字軍遠征に猛り立つ廷臣たちの様子と比べて明確なコントラストを示すバルバロッサの悲哀は、統治者として重圧を背負う者の運命が、他の人間のそれとははっきりと隔たっていることを強調する。そして、グラッベのバルバロッサ劇においては偉大な英雄のみに許されるメランコリーの独白を、王族以外において唯一行なうのが詩人ハインリヒ・フォン・オフターディンゲンである。

第四幕第一場、マインツの野外において繰り広げられる家臣たちの槍試合を目の当たりにして、バルバロッサは「わがドイツの素晴らしきこと！」［G, Ⅱ 79］と述べ、歓喜に胸を震わせる。ラインの葡萄とワイン、ブルグント出身の気高き皇妃ベアトリーチェ、勇敢なる騎士ホーエンツォレルン伯らが織りなす華々しいイメージの世界は、詩人に対しても強い印象を与えるが、そのあと突如としてオフターディンゲンは耐えがたいメランコリーに襲われる。

悲哀の疼きが／私の精神を貫きわたり、震わせる！――やがて消え去るのだ／この栄光のすべては！　あまりに大きすぎるのだ！　偉大なものは、／幻想の王国においてのみ永遠なのだ。

しばしば／私は幸福のなかで落涙した。だが、群衆はそれを／理解してくれない！ ［G, II 80］

栄華の極みにある君主を前にして昏い予感にかられた詩人は、空想世界における無限性と現実の有限性の間にその身が引き裂かれるのを感じる。一方で、「だが群衆はそれを理解してくれない」という台詞は、この分裂状態がある種の特権意識と結びついていることを暴露している。最上の瞬間においてなお陶酔に身をゆだねることをせず、その先にある滅びまでをも見通す詩人の俯瞰的視野は、神のそれを彷彿とさせる。偉大なものを永遠にとどめることのできる「幻想の王国」の統治者として、詩人は明らかに皇帝や獅子王といった政治的英雄よりも一段上に立っているのである。

第四幕第一場の冒頭を飾るハインリヒ・フォン・オフターディンゲンの台詞、「この地上で私が選ばねばならないとすれば／私は詩人か皇帝を選ぶ――この両者に／世界は付き従うのだ――というのも、皇帝がその手で創り出すものを／詩人は魔術的な力によって創り出すことができるのだから！」［G, II 77］という宣言は、ほとんど傲慢といってよいほどの響きを内に含んでいる。しかし、バルバロッサはオフターディンゲンを自身の「同類」と認めた上で、次のような評価を下している。

皇帝フリードリヒ：あの男は私の同類だ！――／あの男は黙っているが、あれは大洋の静けさ、／大地と空をきらきらと映し出している。／ここでは音声《おんじょう》は発せられず、槍が／折られることもなく、愛のまなざしも送られない、／彼はそれらすべてを胸の内で感じている。それらは彼の胸の内で、ふしぎな円環のなかで／巡り続けるのだ！［G, II 81］

地上の王国の統治者として君臨するバルバロッサに対し、ハインリヒ・フォン・オフターディンゲンは空想の王国のなかに無限の生を与えられている。「夢見ることが詩人の運命、現実さえも／私の胸の中では夢になる！」［G, II 78］と彼自身も述べる通り、沈黙と夢想によって特徴付けられる詩人の性質は、バルバロッサの活動性とは好対照を成す。一方で、ここで提示される「ふしぎな円環」のイメージは、肯定的なものとも否定的なものとも捉えがたく、まだ真空状態のなかに留められている。夢想世界の無限の広がりを示す円環構造は、地上の生の有限性を際立たせることによって詩人の心にメランコリーを産み落とすが、こうした連想はのちのバルバロッサ詩の中で、完全に否定性を帯びて現れることになる。

## 4　自然と歴史の循環

『皇帝フリードリヒ・バルバロッサ』の結末部においては、獅子王の子を宿して生き延びる王妃マティルディス、帝国の将来を託されたバルバロッサの息子ハインリヒ六世らの若い世代へと血脈が受け継がれることにより、彼らの運命は未来に向かって開かれた状態で終幕を迎える。一方、一八三一年にわずか一日のうちに書き上げられた詩『赤髭王フリードリヒ』においては、三年前に示されたものとは全く異なる皇帝像が示されることになる。

先の劇作品のなかでは存命中の皇帝を描き、その英雄的魅力を活写したグラッベは、ここではグリムやノヴァーリスらによって描かれた伝説のイメージを引き継ぎ、作品の舞台を皇帝の死後の世界へと移している。

> 石造りの卓につき／燃えさかる瞳は／覆い隠されている／きつく閉じられた瞼によって。／彼の赤髭は／卓を突き抜けて成長しつづけ／もう数百年になる――〔……〕彼は甘いまどろみに包まれる、／生よりもその方がずっと好ましいのだ――／彼は自分を苦しませるものの正体を知らない／ただ厭わしいことに、夢だけが／彼の頭の中を通りぬけてゆく、／一匹の蠅が無上の幸福を妨げると／腹立たしげに／彼は頭を振る。［G, IV 348］

キフホイザー山地の墓所にて、「一匹の蠅」がバルバロッサに地上の歴史の移ろいを伝える。ホーエンシュタウフェン家の没落、ルターの宗教改革、三十年戦争、フランス革命、ナポレオンの支配、ブルボン家の復古、パリの七月革命に関する報告を受け、同じ所をめぐり続ける歴史の円環的展開を俯瞰したバルバロッサは、強いメランコリーにとらわれて目覚めの要請を拒絶する。

たしかに自由は結構だ、／美しく心を惹きつける——／諸国民は蜂起する——／それぞれの海は子を産み落とすかもしれない／星辰は互いに戦うかもしれない／いくつもの大地、いくつもの太陽の／魂たちが／姿を現し、争い合うかもしれない——／新たな神々／名づけえぬ世界たちが／押し入って来る——／だが神も人間も世界も決して幸福になど値しないのだ／自分自身へと帰らぬ限りは誰も！／砕けよ、世界——／私はまどろみ続けたい、——目覚めるよりも死んでいる方がずっといい／私自身がこの——バルバロッサ以上に良い存在でない限りは。［G. IV 349f.］

作詩の契機をもたらしたのは、同郷デトモルトの九歳年下の詩人フライリヒラートであった。一八三一年に彼から『バルバロッサの最初の目覚め』の原稿を受け取り、恋人ルイーゼとともにこれを読んだグラッベは、その日のうちに極めてネガティブなバルバロッサ詩を書き上げた。「彼と私がどれほど異なっているかを、ここに同封するバルバロッサについての私の破天荒な作品が示しています」［G. V 344］というルイーゼ宛てのコメントからは、英雄の目覚めに期待を寄せるフライリヒラートとの間が、深い裂け目によって隔てられていることをへの確かな自覚が読みとれる。「フライリヒラートはまだ詩人マティソンの流派に属していますーーもう間もなく我々を遥かに凌ぐようになるかもしれませんね。何しろ彼はずっと若いのですから」［Ebd.］と述べて、年若き詩人の才能に期待を寄せたグラッベは、神聖ローマ帝国盛期の皇帝ではなく、年老いてキフホイザーの墓所に眠る皇帝の方へと自らを重ねているように見える。戦場を駆ける皇帝に憧れを抱いた過去とすでに訣別している彼は、自虐的な笑いの背後へとその姿を隠してしまう。

『赤髭王フリードリヒ』を一読すれば、かつて描かれた絢爛たるホーエンシュタウフェン劇の面影はすべて拭い去られてしまったように思われるが、グラッベのふたつのバルバロッサ作品は、ひとつのモチーフによってひそかに結びついている。両作品の連続性を検討する上で手がかりとなるのが、愛、憎しみ、裏切りとともに移ろう人の世の営みの背後にあって永遠に栄え続けるもの、すなわち「卓を突き抜けて成長しつづけ／もう数百年になる」赤髭に象徴される、植物的生命力のイメージである。

グラッベのバルバロッサ劇において、復活の機が訪れることへの期待と植物的な比喩の重なりは、第三幕第一場における教皇アレクサンデルの台詞においてまず提示される。

**教皇アレクサンデル：猛々しき皇帝の額のひしめく／ホーエンシュタウフェンの誇り高き家門**

は、／海を越えて遠ざかって行く／嵐のように跡形もなくなるだろう！／だがロンバルディア人の都市は／この戦がすべて終わってからも／春の嵐のあとの薔薇のように花開き／栄え続ける。［G, II 65f.］

同様の表現は、第四幕第二場、バルバロッサとの決戦を間近に控えた獅子王の独白にも現れる。彼は孤立状態に陥りながらも、再び返り咲く日を待ち望んで次のように述べている。

獅子王ハインリヒ：都市も領邦も私のもとを離れていく／枯れた落ち葉のように――たしかにハルツ山地は秋模様だ！／だが、秋になるならそれでよい――私はここハルツの岩にしがみつく／私とハルツはなおもここに在る／揺らぐことの無いふたつの山脈は／何千もの新しい春を生み出す強さを／十分に備えている！［G, II 88］

四季の移ろいと歴史の循環とを重ね合わせるこうした表現は、グラッベの歴史劇『ナポレオンあるいは百日天下』（一八三一年）においても頻出している。ホーエンシュタウフェン劇と同時期に着手され、少し遅れて完成をみたこのナポレオン劇は、悪意と私利私欲に満ちた民衆描写によってどぎつい印象を放つが、そうした極端さとかけ離れた唯一の例外として、第二幕第一場の楽園的情景を挙げることができる。パリの植物園を舞台にしたこの場面は、年老いた庭師とその姪エリーゼが、春の太陽に照らされた美しい朝に感激を述べるところから始まる。エリーゼは政治に関心をもたない無邪気な子供として振舞い、草花の生命と現実の政治を同列のものとして扱ってみせる。

そう――一八一四年と一八一五年、ここには違いがある。――お花と同じで、支配者たちの具合は良好ね――毎年新しくなるから。――ああ、見てちょうだい、また新たに芽の出たわたしのニレの樹を！［G, II 356］

第一幕第一場の元近衛兵ヴィトリの台詞、「我らの美しいフランスでは、毎春スミレの花が咲く。陽気さと愛はまた新たになり――父なるスミレが戻ってくる」［G, II 323］という予言が示すとおり、エルバ島から帰還したナポレオンはまたたく間にテュイルリー宮を占拠する。しかしながら、スミレという符丁で呼ばれるナポレオン、また百合の紋章によって象徴的に示されるブルボン家は、枯れて種子を落とし新たに芽吹く永遠の循環から抜け出すことはできない。庭園に駆け込んできた婚約者ピエールは、ナポレオンのエルバ島からの帰還を報じるが、自然の美しさに魅了されているエリーゼはこれに関心を示さず、「あのサクラの樹の下まで、ついて来て」［G, II 357］という呼びかけをもって対話を打ち切ってしまう。

人間の背後にあって歴史の移ろい全てを支配する田園的情景のイメージは、『皇帝フリードリヒ・バルバロッサ』につづく連作第二部『皇帝ハインリヒ六世』の第五幕第三場においても印象的なかたちで現れる。バルバロッサの息子ハインリヒ六世がノルマン人を打ち負かしたことを報じ、「皇帝はたいそう残忍とのこと、パレルモは血の海に沈むと言われています」〔G. II 234〕と不安を述べる下男に対し、農家の主人はこの政治的変節の無意味さを次のように説く。

主人：父なるエトナ山が私たちを養い育ててくれる。ノルマン人の男、ホーエンシュタウフェン家の男、いずれがシチリアの地を征服しようとも、村の娘たちは今晩ダンスを踊るだろう。
下男：皇帝はあまりに恐ろしい存在です。
主人：だが、いずれは死ぬ――そして我らの国々はいつまでも育ち続ける。――羊たちを牧草地に連れて行け。〔G. II 234〕

グラッベがこうした田園的表象をどのような意図で導入したかについては解釈が分かれる〔Löb. 58f.; Köhler, 72〕。ひとつ確かなのは、生命力あふれる自然との対比のもとで、歴史上の英雄は刹那的な命しか持ち得ないということが、すべてのテクストに共通して示されている事実である。

政治の世界とポエジーの領域、有限性と無限性のイメージを鋭く対置させながら、一八二九年以前のグラッベは、詩的な英雄、あるいは英雄的な詩人の存在可能性にまだ希望を抱いていたように思われる。政治や戦争の場面に頻出する「進め」「下がれ」「片付けろ」といった命令、あるいは「皇帝万歳」「我らが祖国に栄えあれ」といった斉唱の簡潔さは、英雄や詩人が心情を吐露する際のゆたかな詩的表現と対照関係にある。メランコリックな独白のなかに盛り込まれた四季や緑のイメージは、バルバロッサ劇においては敗北と破壊のあとに訪れる再生のメタファーとして機能し、未来への期待を内包したものであった。

一方、七月革命と十一月蜂起へ向けて緊張の高まる中で執筆され、その帰結を見届けたのちに書き上げられたナポレオン劇においては、この表象は一種の空虚さにつきまとわれることになる。第四幕第一場における革命家ジューヴの台詞、「終わりにはね、あなた、つねにまた始まりが続くのです」[G. II 398] が端的に示すように、グラッベのナポレオン劇においては類似のエピソードが短いスパンで何度も繰り返されることにより、それぞれの出来事のもつかけがえのない一回性は破壊される。グラッベは、人間が歴史における主体的な行為者であることを望み、英雄の創造力に憧れを抱いたが、同じ所を巡りつづける歴史の虚しさから次第に眼をそらせなくなってしまうのである。

キフホイザーの地中深くで、革命と復古の報せを繰り返し告げられ、伸び続ける髭だけが年月の経過を示すなかで、グラッベのバルバロッサはついにこの拷問じみた反復に耐えきれなくなり、「砕けよ、世界！」の呼びかけによって全てを灰燼に帰そうとする。脅迫的なまでに人間を追い詰める、植物の生命力による支配のイメージは、のちにグラッベが死を間近に控えながらしたためる書簡において、再び姿を現すことになる。

## 5　バルバロッサとの訣別

グラッベの没後、皇帝バルバロッサへの期待のまなざしには次第に翳《かげ》りが見え始め、一八四〇年頃からは革命的スローガンのもとで、バルバロッサ神話の脱魔術化が図られることになる〔Wiemer, 122f.〕。フライリヒラートの詩『バルバロッサの最初の目覚め』への応答として『赤髭王フリードリヒ』を対置させたグラッベと同様に、ヘルヴェークもまた『バルバロッサの最後の目覚め』（一八四〇年）を提示し、フライリヒラートの楽観的態度に批判的な視線を差し向ける。「死ぬがよい、年老いた皇帝よ！　お前の国は自力で自身を助け出すのだ」〔HG, II 133〕という高らかな宣言は、中世以前の世界に失われた理想の実現をみるロマン的精神からの離別を明確に示すものである。

さらに、政治詩人ヘルヴェークの名をドイツ全土に知らしめた詩集『生者の詩』（第一巻　一八四一年）の中の一篇、印刷術の発明者グーテンベルク〔Gutenberg〕を讃える詩『最高の山〔Der beste

Berg〕』（一八四一年）においても、すでにキフホイザー山〔Kyffhäuserberg〕はドイツ国民の精神的支柱としての役割を終えたことが強調されている。作詩のきっかけは一八四〇年のグーテンベルク祝祭であったが、印刷術という偉大な発明を回顧する催しはドイツ各地で盛り上がりを見せ、リベラル陣営はこの機に乗じて政治活動と出版の自由を訴えていた。カールスバート決議やハンバッハ祭後の厳しい取り締まりなど、度重なる弾圧のたびにフラストレーションを蓄積させた三月前期の作家たちは、ついに救世主の役割を神話的表象に仮託することを止め、行動者としての自己意識を目覚めさせるに至ったのである。

ハイネもまた、『ベルネ回想録』（一八三九年）のなかで「ドイツを解放するのはバルバロッサではない。民衆はそう信じているようだが。惰眠をむさぼり夢の世界でまどろむドイツの民衆は、自分たちの救世主のことを、年老いた眠れる者の姿でしか思い浮かべられないのだ」〔HH. IX 370f.〕と断じ、また『ドイツ冬物語』（一八四一年）においては「共和主義者たちはわれわれを笑いとばすだろう／われわれの先頭に／王笏をもち王冠を戴いたこんな幽霊がいるのを見たら／彼らは下手な洒落をとばすだろう」〔HH. II 330〕と述べて、すでに亡霊と成り果てた皇帝バルバロッサに歴史の舞台からの退場を促している。

グラッベがバルバロッサ詩によって救世主幻想と訣別したのは一八三一年のことであり、これは後にヘルヴェークやハイネが示した態度を先取りしたものであったと言える。ナポレオン劇の執筆を境に、グラッベはそれまでの作品に必ず与えていた悲劇／喜劇の区分を用いなくなり、半神的英雄の没落を悲劇として描き出そうとする試みを完全に放棄した。ヨーロッパ各国の革命を経てなお代わり映えのしないドイツの現状、生活と健康上の不安、歴史劇を手がけるたびに深まる疑念に胸を塞がれて、グラッベもまた彼の主人公たちから英雄性を剥ぎ取り、その姿を「さまよう死者の霊」へと変えてしまう［Maes, 16-19］。

故郷デトモルトで生涯を終えるおよそ一年前の一八三五年六月六日、グラッベはカール・ゲオルク・シュライナーに宛てて一通の書簡を書き送った。ここには六年前に発表した『皇帝フリードリヒ・バルバロッサ』第三幕第一場から次の台詞が引用され、救いがたい段階まで深化した彼の絶望が次のように吐露されている。

「教皇（ミラノの使者に向けて）：猛々しき皇帝の額のひしめく／ホーエンシュタウフェンの誇り高き家門は／嵐のように消え去るだろう、だがお前たちの都市は／嵐の後の薔薇のように花開き、栄え続ける」。――大まじめな話、私はもう人生に飽き飽きしています。ヘルマン劇を完成させて、清算を済ませることが怖いのです。もう十分楽しみすぎました。足も通風です。戦争があれば良かった。それが私の唯一の救いの道だったのに。医者たちでさえ、私が出征できるようにと願っていました。［G, VI 242］

二度の婚約破談を経て、一八三三年にルイーゼ・クロスターマイアーと結婚したグラッベは、かつて医者から与えられたふたつの助言――結婚か戦争か――のうちひとつをすでに実行済みであった。争いの絶えない夫婦生活を送るなかで、心身ともに消耗し尽くした彼に残されたのはもう片方の選択肢のみとなったが、戦いが解放をもたらすものでは無いことを彼はすでに認識していた。

このあと、一八三五年から三六年にかけて執筆された遺作『ヘルマンの戦い』のなかで、ローマに戦いを挑むゲルマンの英雄ヘルマンの愛国的表象を、グラッベは徹底的に解体する。ゲルマン諸民族の協力と団結を呼びかける説得に失敗し、戦いの放棄を余儀なくされるヘルマンの挫折が描かれるとき、グラッベが抱き続けた英雄憧憬のすべてはついに清算の時を迎えるのである。

## 文献

Freiligrath, Ferdinand: Gedichte. Stuttgart und Tübingen (J. G. Cotta) 1841. [F]

Grabbe, Christian Dietrich: Werke und Briefe. Hrsg. von der Akademie der Wissenschaften in Göttingen. Bearb. von Alfred Bergmann. Emsdetten (Lechte) 1960–1970. [G]

Grimm, Jacob und Wilhelm (Hrsg.): Deutsche Sagen. Ausgabe auf der Grundlage der ersten Auflage. Ediert und kommentiert von Heinz Rölleke. Frankfurt am Main (Dt. Klassiker-Verlag) 1994. [GS]

Heine, Heinrich: Säkularausgabe. Werke, Briefwechsel, Lebenszeugnisse. Berlin (Akademie-Verlag) 1970ff. [HH]

Herwegh, Georg: Herweghs Werke in drei Teilen. Hrsg. von Hermann Tardel. Berlin (Bong) 1909. [HG]

Schlegel, August Wilhelm: Kritische Schriften und Briefe. Hrsg. von Edgar Lohner. Stuttgart (W. Kohlhammer) 1962-74. [S]

Baumgartner, Stephan: Bilder des mächtigen Subjekts. Die Entwicklung des ‚großen Mannes‘ bei Christian Dietrich Grabbe. In: Grabbe-Jahrbuch 33 (2014), S. 47-62.

Baumgartner, Stephan: Weltbezwinger. Der ‚große Mann‘ im Drama 1820-1850. Bielefeld (Aisthesis) 2015.

Borst, Arno: Reden über die Staufer. Frankfurt am Main (Ullstein) 1978.

Bulang, Tobias: Barbarossa im Reich der Poesie – Verhandlungen von Kunst und Histrismus bei Arnim, Grabbe, Stifter und auf dem Kyffhäuser. Frankfurt am Main (Peter Lang) 2003.

Denkler, Horst: Restauration und Revolution. Politische Tendenzen im deutschen Drama zwischen Wiener Kongreß und

Märzrevolution. München (Fink) 1973.

Görich, Knut; Schmitz-Esser, Romedio: Barbarossabilder. Entstehungskontexte, Erwartungshorizonte, Verwendungszusammenhänge. Regensburg (Schnell & Steiner) 2014.

Halling, Torsten: Melancholie im Werk Christian Dietrich Grabbes. Bielefeld (Aisthesis) 2010.

Hausherr, Reiner (Hrsg.): Die Zeit der Staufer. Geschichte, Kunst, Kultur. Katalog der Ausstellung. Stuttgart (Württembergisches Landesmuseum) 1977-1979.

Kaul, Camilla G.: Friedrich Barbarossa im Kyffhäuser. Bilder eines nationalen Mythos im 19. Jahrhundert. Köln (Böhlau) 2007.

Köhler, Kai: „Da fiel was Großes“. Sterben bei Grabbe. In: Grabbe-Jahrbuch 32 (2013), S. 61-79.

Kopp, Detlev; Vogt, Michael (Hrsg.): Grabbes Welttheater – Christian Dietrich Grabbe zum 200. Geburtstag. Bielefeld (Aisthesis) 2001.

Kutzmutz, Olaf: Grabbe – Klassiker ex negativo. Bielefeld (Aisthesis) 1995.

Löb, Ladislaus: Christian Dietrich Grabbe. Stuttgart (Metzler) 1996.

Maes, Sientje: Souveränität – Feindschaft – Masse: Theatralik und Rhetorik des Politischen in den Dramen Christian Dietrich Grabbes. Bielefeld (Aisthesis) 2014.

Münkler, Herfried: Die Deutschen und ihre Mythen. Berlin (Rowohlt) 2009.

Wiemer, Carl: Der Paria als Unmensch – Grabbe-Genealoge des Anti-Humanitarismus. Bielefeld (Aisthesis) 1997.

ラウマー、フリードリヒ・フォン・『騎士の時代――ドイツ中世の王家の興亡』柳井尚子訳、法政大学出版局、一九九二年。

# 第5章 女性解放をめざす男性作家たち
## ――「若きドイツ」と一八三五年の二つの小説

西尾 宇広
*NISHIO Takahiro*

### 1 政治の時代の文学――「若きドイツ」の群像

カール・グツコー（一八一一―一八七八年）とテオドーア・ムント（一八〇八―一八六一年）という名前をご存知だろうか。ウィーン体制下（一八一五―一八四八年）のドイツ語圏で精力的な文筆活動をおこない、一般に「若きドイツ〔Junges Deutschland〕」という名で知られる文学運動の一翼を担ったこの作家たちのテクストは、現在ではほとんどかえりみられることがない。しかし、まだ二〇代だった頃の二人が、新しい世代の文学の旗手として、一躍ドイツ語圏の言論界に躍り出た一八三〇年代には、事情はまったく違っていた。彼らに早くから注目し、その活動に無視しがたい重要性を認めていたのは、ほかでもない、時の政府当局である。

フランス革命から約二五年、ヨーロッパ全土を巻き込むかたちでつづいたナポレオン戦争がついに終結の時を迎えると、各国の代表団を集めてひらかれたウィーン会議（一八一四―一八一五年）で、主要な大国がかつての領土を回復・拡張することが取り決められた。ドイツ史におけるいわゆる「復古時代〔Restaurationszeit〕」の幕開けである。オーストリア宰相クレメンス・フォン・メッテルニヒの主導のもと、厳格な国際協調の原理にもとづく新しいヨーロッパ秩序の構想が打ち出され、その要として、あらたに三〇以上の侯国と四つの帝国自由都市からなる「ドイツ連邦」が発足すると、当時台頭しつつあった市民階級の自由主義的気運を厳しく牽制する体制が、しだいに整えられていく。同時代を生きたある歴史家の言葉によれば、それは「静穏の時代」〔熊谷、四二頁〕であった。

この時代のムードを一変させることとなったのは、一八三〇年七月にパリで起きた革命である。この七月革命に呼応するかのように、その四か月後にはポーランドで帝政ロシアの支配にたいする十一月蜂起（一八三〇―一八三一年）が勃発、ドイツにおいても、自由主義陣営の集会としてじつに二万人以上の規模の動員に成功したとされるハンバッハ祭（一八三二年）など、復古的政府にたいする反乱の試みが頻発し、一五年にわたって維持されてきた政治的秩序は大きな動揺にさらされた。むろん、連邦当局も黙ってはいない。七月革命後の「ドイツの安寧の創出と維持のための措置」

（一八三〇年）、ハンバッハ祭後の「六条項」および「一〇条項」の公布（一八三二年）など、一連の事件にたいする行政・立法措置がつぎつぎと講じられていく。こうして政府と反体制的運動のあいだのせめぎ合いがつづくなか、ドイツ社会は「静穏の時代」から一転、「動乱の時代」としての「政治」の時代（歴史家ゲルヴィヌスの言葉）を迎えることとなる〔熊谷、九一頁〕。

グツコーとムントの作家としてのキャリアは、ちょうどこのような時代に開始された。彼らを含む「若きドイツ」の文学は、やや年長の詩人ハインリヒ・ハイネやジャーナリストのルートヴィヒ・ベルネらと並んで、当時の反体制的な言論活動の急先鋒であり、政府が彼らの動向を注視せざるをえなかった理由もそこにあった。グツコーやムントとともにこの文学グループに属していた作家ルードルフ・ヴィーンバルク（一八〇二―一八七二年）は、美学および文学にかんするみずからの講義録『美学出征』（一八三四年）に付された「献呈の辞」のなかで、「若きドイツ」の作家たちに呼びかけながら、彼らが掲げる価値観をつぎのように表明している。

若きドイツよ、わたしはこの講義録を、年老いたドイツにではなく、おまえに捧げよう。〔……〕リベラルか非リベラルかという標識は、真の区別を告げるものではけっしてない。リベラルというその盾を、いまでは老ドイツのために健筆をふるう作家の多くが装備しているのだから。〔……〕若きドイツに向けて書くものは、つぎのように表明する。すなわち、自分はあの老ドイツの貴族階級を承認せず、あの老ドイツの死せる学識に呪文をかけて、その姿をエジプトのピラミッドの墓穴へと変化させ、そして、老ドイツのあらゆる俗物どもにたいして宣戦布告する〔……〕ものである、と。〔W. 3〕〔以下、引用文での強調はすべて原文による〕

ここには一八三〇年代に頭角をあらわした新しい世代の作家たちの自己理解が、鮮明なかたちで打ち出されているといえるだろう。どのような政治的立場をとるにせよ、いまや〈自由〉という価値を標榜することが常套的な身ぶりとなった時代にあって、もはや「リベラルか非リベラルか」という基準は、政治的勢力を判断する尺度としては役に立たない。代わりにヴィーンバルクが提示するのは、〈若さ〉と〈老い〉という新しい対立軸である。「若きドイツ」という標語が広く人口に膾《かい》炙《しゃ》するうえで、このテクストは大きな役割を果たしたといわれるが、世代交代にともなう価値転換というレトリックに支えられたこの宣言文によって、〈若さ〉はウィーン体制下の伝統的な価値観にたいする抵抗の構えの身分証明として、最重要のキーワードとなったのだ。

ヴィーンバルクは具体的な名前こそ挙げていないが、グッコーとムントはともにこの「若きドイツ」の中心的な担い手と目される人物だった。本章で着目するのは、彼らの活動がひとつの頂点をきわめ、と同時に、急速にその勢いを失っていく分水嶺となった一八三五年、その年に二人が発表したいくつかのテクストと、それらが置かれていた社会的・文化的文脈である。この同じ年にグッツコーとムントによって書かれた二つの小説のコンセプト——両者のヒロインは、奇しくもともに、キリスト教への信仰と懐疑のあいだで葛藤を抱える若い女性として構想されていた——が端的に示唆しているように、ウィーン体制下の道徳規範を問題化した彼らのテクストは、しばしば〈性〉と〈宗教〉を主要な論点として取り上げていた。裏をかえせば、当時、書物のなかでこの二つのトピックに言及することは、明確に政治的な意味をもつ行為だったのである。

ここでかりに近代という時代の特徴を、〈世俗化〉や〈性別役割〉の観念の案出といった文化的手続きを介して、性と宗教が公的＝政治的な領域からしめ出され、しだいに私的＝非政治的な領域の問題へと切り詰められていく過程と考えるとき、忘れてならないのは、そのようなあらたな社会秩序を構築するために、それらの主題をめぐる積極的な「言説化」〔フーコー、二〇頁〕の作業が必要とされたという事実だろう。とりわけ一八世紀の啓蒙主義と感傷主義の流れのなかで、封建社会の身分制に代わる新しい秩序原理として〈自然の差異にもとづく男女の性差〉に注目が集まり、ジェンダー秩序を再編・整備するための言説が大量に生み出されていった歴史的事情にかんがみれば、当時、ジェンダーという主題が、まさしく市民社会の正当性の根幹にかかわる公的な重要性を帯びたものであったことはあきらかである。本章では、性差をめぐる議論が活況を呈することになる一八世紀後半以来の時代状況を念頭に置きつつ、いわゆる「女性解放〔Frauenemanzipation〕」の潮流が生まれたこの近代フェミニズムの黎明期に、女性ではなく男性の作家たちによって文学的に試みられた解放論の内実に光をあて、その限界と意義について考察したい。

## 2　一八三五年のスキャンダル――検閲と批評

具体的なテクストの検討へと進むまえに、まずはウィーン体制下の文学を考えるうえで最重要の制度上の前提、すなわち検閲の問題について、簡単に確認しておこう。

ウィーン会議後の一八一五年六月に締結された「ドイツ連邦規約」のなかには、まだ「出版の自由」の容認を示唆する条項（第一八条）が残されており、検閲の規定には国ごとにかなりのばらつきがあった。文学者たちにとって事態が決定的なものとなったのは、一八一九年のことである。当時、反動派の代表的人物とみなされ、ロシア皇帝のスパイ疑惑がもち上がっていた詩人アウグスト・フォン・コッツェブーが、三月二三日、急進派のブルシェンシャフト（学生組合）に所属する神学生カール・ルートヴィヒ・ザントによって暗殺されるという事件が起きた。これによって革命の恐怖に駆られた政府関係者たちから、連邦規模での検閲制度の必要性を訴える声が一斉に上がると、早くも同年九月の連邦議会で、統一的な基準にもとづく検閲の導入を求める同決議案が全会一致で採択される。議会の開催地にちなんで「カールスバート決議」と呼ばれるこの決定は、新聞や雑誌を含む全紙二〇枚（三二〇頁）以下のすべての刊行物にたいして事前検閲の義務化をさだめたもので、これ以降、文学者と検閲のあいだの葛藤は厳しさを増していくこととなった。

その一方で、すでに上述の要件からもあきらかなように、おもに政治的パンフレットのような拡散力の高い刊行物を優先的に規制することをめざしたカールスバート決議の法制度のもとでは、三二〇頁を超える分量の書物には事前検閲義務が課されない、という、明白な法の抜け穴も用意されていた。限定された学識者のみを読者層とするような浩瀚《こうかん》な書物は、それだけいっそう一般に流布する可能性も小さく、反政府的な思想を喧伝するメディアとしては危険性が比較的低いと判断されたのである。

なかば当然のなりゆきとして、この抜け穴をついて出版の実現を図る反体制的な作家たちもあらわれた。一八三五年に上梓された二つの小説、ムントの『マドンナ――ある聖女との会話』（以下『マドンナ』）とグツコーの『疑う女ヴァリー』（以下『ヴァリー』）は、その典型だ。同年四月にライプツィヒで出版された前者は、初版の分量にして四三六頁、後者にいたっては、三一三頁の本文だけでは事前検閲規定をクリアできなかったため、さらに巻末付録として文学論的なエッセイを追加することでテクストの総量を三二七頁にまで水増しし、同年八月一二日、見事マンハイムでの出版へとこぎつける。

もっとも、こうして日の目を見ることとなった著作であっても、事後検閲という運命までは免れえなかった。「風紀をいちじるしく乱すもので、それゆえ間接的には政治的にも危険な影響をもたらす恐れがある」〔Hermand, 333〕と検閲官によって判断された『マドンナ』は、刊行後まもない五月には早くもプロイセンで禁書指定を受けることとなる。グッコーの『ヴァリー』の場合、事態はさらにセンセーショナルだった。この本にたいし、検閲に先んじて最初に激しい非難の声を上げたのは、当時のドイツ語圏の言論界をリードする文学者のひとりヴォルフガング・メンツェル（一七九八―一八七三年）である。『ヴァリー』の刊行から約一か月後に発表されたその辛辣な批評を皮切りに、作品は一躍世間の注目の的となり、これ以降小説について書かれた論評の数は、同年一二月までの約三か月間で約四〇本、その後の数年も含めれば、現在確認されているだけでじつに八〇本以上にのぼる。こうした批評家たちによるキャンペーンと並行して、九月二四日に、まずはプロイセンで同作品の発禁処分が決まり、その後も各地で同様の処分がつづくと、ついにはこれが裁判沙汰に発展、一一月三〇日にマンハイムで事情聴取を受けたグッコーは逮捕拘束され、翌年二月まで約二か月間の勾留処分を受けることとなる。

こうした「文学スキャンダル」〔Wabnegger〕の火つけ役となったメンツェルの批判は、換言すれば、グッコーの作品が当時の道徳規範に抵触していることにたいする告発だった。この告発者は「わが国の女たち」に向けて、「病んで神経をすり減らし、それでも若い、あのドイツが、よろめきながら売春宿を出てこちらにやってくる」という揶揄に満ちた警告を発し〔GW. 278f.〕、グッコーの小説を「キリスト教の有害さを確信しきって」「みずから新しい宗教を打ち立てる」〔GW, 282〕企てと断じて切り捨てた。皮肉なことに、批評家と検閲によってあおられたこのスキャンダルがきっかけとなって知名度が一気に高まった結果、『ヴァリー』はグッコーの生涯でもっとも売れた小説となる。当時の役人が書き残した報告書には、書店でこの小説の品切れが続出し、二倍ないし三倍の値段でこの本の地下取引がおこなわれ、世間では「若きドイツ」というトピックが話題をさらい、教養層から下層階級にいたるまで、広範な読者層のもとで『ヴァリー』が読まれている状況がありありと描写されている。

もっとも、こうした事態が当の作家にとって有利にはたらいたというわけではけっしてない。むしろ結果はその逆だった。『ヴァリー』をめぐる一連の騒動を受けて、一八三五年一二月一〇日、ドイツ連邦議会ではつぎのような決議案が採択される。

> 最近のドイツにおいて、とりわけ「若きドイツ」ないし「若き文学」という名のもとに、ひとつの文学的流派が形成されている。この流派のあからさまな目標は、全階級の読者に入手可能な大衆的文書のなかで、キリスト教を無礼きわまりない仕方で攻撃し、現行の社会状態を貶め、あらゆる規律と倫理を破壊することにある。それゆえドイツ連邦議会は〔……〕以下の決定についての合意にいたった。

（一）ドイツの全政府は、「若きドイツ」または「若き文学」という名で知られ、ハインリヒ・ハイネ、カール・グッコー、ハインリヒ・ラウベ、ルードルフ・ヴィーンバルク、テオドーア・ムントが名を連ねる文学的流派の文書を作成・出版・印刷・流通させるものにたいし、当該国の刑法および警察法ならびに出版の濫用にたいする罰則規定をきわめて厳格に適用することと〔……〕を義務とする。［Ziegler, 13f.］

「若きドイツ」の全面的な活動禁止を宣告したこの決議は、その法的な実効性は乏しかったにもかかわらず、その後の反体制的言論活動を牽制するうえで大きな意味をもったとされている。事実これ以降、「若きドイツ」は徐々に、しかし確実に、その勢いを失っていく。

しかしそもそも、この運動にはそれを「文学的流派」と呼ぶに足るような確固たる基盤などあったのだろうか。すでにみたように、「若きドイツ」がヴィーンバルクの「献呈の辞」の名宛人に指名されたとき、そこでは誰か特定の作家の名前が列挙されていたわけではない。しばしば誇張と皮肉をともなって、「若きドイツ」とは一八三五年の連邦議会決議文によって、つまり、運動の外部からの政治的な圧力によって、いわば否定的に成立した文学グループであるといわれるゆえんが、ここにある。

実際、「若きドイツ」は一枚岩の運動などではまったくなかった。あとで詳しく検討する二つの小説は、その好例だろう。たとえばムントは、グッコーの『ヴァリー』に寄せて書いた書評のなかで、この小説におけるキリスト教の扱い方を強い口調で非難している。「キリスト教の理念自体は永遠であって、いつの時代にも新しく発展することができる」〔GW. 303〕と信じるムントにとって、一見したところ懐疑主義の立場を貫いているようにみえるグッコーの態度は、断じて見過ごすことのできないものだった。

以下では、彼らがその小説においてともに取り上げていたもうひとつの主題、すなわち〈性〉の問題について、二人の作家の立場の違いを検討していくことになる。そのための予備作業として、次節では、二つの小説に共通するさらにひとつの前史をひもといておきたい。

## 3　虚像の女と男たちの物語――シャルロッテ・シュティーグリッツ

『ヴァリー』のスキャンダルからさかのぼること約八か月前、一八三四年の大晦日を間近にひかえたベルリンで、ひとりの女性がみずから命を絶った。女性の名はシャルロッテ・シュティーグリッツ（一八〇六―一八三四年）。夫のハインリヒはのちに自殺した妻のことをふりかえって、つぎのように述懐している。「この神々しい女性をこの世の困窮した領域へと引きずり降ろそうとすること、そうして彼女をその近しさにおいて物質的に呼び出すことは、わたしにとっては文字どおり聖霊にたいする冒瀆的なふるまいである」［Briese, 255］。

詩人として出発しながらも大成せず、やむなく図書館員として生計を立てながら鬱屈した日々を送っていたハインリヒは、妻の死後、自身の書簡や出版物のなかで、彼女の自殺を美化する言葉を書き連ね、ついにひとつの伝説をつくり上げた。それは、凡庸な日常に苦しむ才気ある夫のすがたを嘆いた妻が、彼をその詩人としての危機から救い出すべく、悲劇的な不幸によって夫にふたたび詩的な霊感をあたえようとして、みずからの命を投げ出すという、聖女さながらの自己犠牲の物語である。

まったくもって理解に苦しむとしかいいようのない、ひとりの女性の自死にたいするこの男の側からのご都合主義的な解釈が、しかし、当時は大きな反響を呼んだ。このことは、信じがたいほどに献身的な女性像を理想視するこうした詩的な文法が、ハインリヒという個人の専売特許などではけっしてなく、同時代の社会と文化に深く根ざした構造的なものだったことを示唆している。グツコーもその例外ではなかった。シャルロッテの死に寄せて書かれた一八三五年二月二五日付の追悼記事のなかで、彼はつぎのような見解を示している。「この悲劇的な行為の第一の動機は、ここでもまた愛なのだ。それは高貴な妻が夫にささげた犠牲だったのだから。しかし、この愛は満ち足りた愛だった。偉大な事実によって熱くなる愛、そして、唯一男を幸福にできる愛である」［Briese,

266]。

政治的には抵抗勢力であったはずのこの作家が、ある点においては、同時代の支配的な価値観とまさに一蓮托生の関係にあったことがはっきりとわかる一節だろう。もっとも、のちにグッコーは、このときのみずからの考えから明確に批判的な距離をとることになる。一八三九年、彼は三〇年代の文芸をふりかえった半自伝的な評論のなかで、シャルロッテの死に言及して、「あの女性の不幸な結末は、彼女自身の、あるいは彼女の夫の愚かさがもたらしたものだったのかもしれない」としたうえで、事件をつぎのように総括している。「たしかなことは、ただみなが彼女の死に、理念と現実との葛藤を示唆する解釈をあたえたということ」だけであり、「この件に関連し、また、わたしとしてはそれについて口を閉ざしておきたいと思うもろもろの事柄について、ひとびとはきわめて理性的に、しかし、そこに真実などほとんどないような仕方で判断をくだしたのだった」[GS, 1191f.]。

興味深いことに、この同じ回顧録のなかでグッコーは、「シュティーグリッツの死がなければ、自分が『疑う女ヴァリー』という小説を書くことはなかっただろう」[GS, 1192]と告白している。これより四年前、まだ彼女の献身的な自己犠牲の物語を言祝いでいた頃のグッコーが書いたその作品は、主人公のヴァリーが自殺するという物語の結末において、たしかにシュティーグリッツへのあきらかなオマージュを含んでいる。しかし、はたしてその小説は、あの追悼記事の内容のたんなる文学的な焼き直しにすぎないものだったのだろうか。この点については、のちにあらためて検討することにしたい。

ところで、シャルロッテの自殺にかんして、グッコー以上にそれと深いかかわりをもったのはムントだった。生前からシュティーグリッツ夫妻と親交のあった彼は、彼女の死からまもなく『シャルロッテ・シュティーグリッツ――ある記念碑』と題された評伝を書き上げる。豊富な一次史料にもとづき、シャルロッテが経験した陰鬱たる結婚生活の内情――この妻が残した手紙からは、理想と現実の乖離に苦悩する夫の影響下で、彼女が心身ともに憔悴し、自殺した当時はほとんど鬱病に近い状態にあった様子がうかがわれる――を書き残そうとしたムントは、一面において、たしかに彼女の夫がつくり上げたあの自己犠牲の美談とは、明確に異なるシャルロッテ像を描き出そうとしていたようだ。しかし他方、その伝記もまた、彼女の死を美化する言説の養分となってしまう側面をもっていた。つぎに引用するのは、命を絶つ瞬間のシャルロッテのすがたを描写した一節である。

それから彼女は、ふだんまどろむときのように自分のベッドに横たわると、恐ろしいほどに確固たる手つきで、まさに心臓の芯めがけて、鋭い短刀を突き下ろしたのだった。〔……〕みるものを驚かせたのは、高貴で慎み深く、いかにも整然とした彼女の死にざまである。なんとも落ち着いたそのすがたは、たしかな平穏をたたえていた。〔……〕そのからだのどこをとっても、断末魔の苦悶を伝える痕跡などひとつとして見当たらなかった。雪のように白く美しい手足は、穏やかな調和のうちに横たえられ、頬はまだ赤く、両手はかすかに垂れ下がり、ただ数本の指だけがわずかに痙攣していた。彼女は精神的な完成を遂げたのだ。［Briese, 262］

グリム兄弟の『子どもと家庭のためのメルヒェン』（一八一二―一八五八年）におさめられた有名な「白雪姫」の一場面を彷彿とさせる、この極度に美化された死の描写は、オラーフ・ブリーゼの指摘によれば、ゲーテからハイネにいたるまで連綿とつづく、一八世紀末以来のひとつの文学的伝統に連なるものである。「美しい」「女性」の「死」というイメージのアマルガムに、さらに「キリスト教」のベールをまとわせる、こうした美的表象の系譜に立脚することで［Briese, 262ff.］、結果的にムントは、シャルロッテの苦悩に満ちた内面生活の苛酷さをかなりの程度まで削ぎ落とし、読者が彼女の死を無害で美しいものとして、戸惑いなく受容するための美的な枠組みづくりに、大きく貢献してしまう。

もっとも、シャルロッテを取り巻く男たちによってなされた彼女の神話化の作業は、かならずしも同時代のすべての読者の歓心を得たわけではなかった。批評家のメンツェルは、『ヴァリー』にたいするあの辛辣な批判から約一か月後の一八三五年一〇月二三日、みずからが主宰する文芸誌『文学草紙』にムントの伝記についての書評を寄稿している。そこで彼は、この作品に「心からの感動」を呼び起こされたとしながらも、同時に、それに「劣らぬくらい深い反感」を抱いていることを隠さない。メンツェルいわく、「このかわいそうなシャルロッテもまた、女の解放という荒涼たる理念にたぶらかされてしまったのだ」。彼にとって、すでにひとりの男性の妻であったにもかかわらず、みずからの意志で命を絶ったシャルロッテは、同時代の進歩的な女性知識人ラーエル・ファルンハーゲン・フォン・エンゼよろしく、「結婚」をすべからく「自由な精神の妨害物」とみなして「自由という偉大な名前を冒涜する」、不穏な存在にほかならない［LB, 433f.］。

メンツェルが理解するところ、「結婚」とは「心の欲求と社会の目的に唯一かなう単純な絆」［LB, 435］であり、いきおい、「自然」にもとづくその制度からの逸脱をうながす「女の解放」は、「自由」の意味をはき違えた不当な要求として退けられることになる。一方では結婚そのもの、他方ではそこからの解放という、二つのまさしく対極的な状態が、ともに「自由」なものとして理解されうるということ――このいかにも恣意的な「自由」の解釈がまかりとおってしまうほどに「自由」という言葉の意味が空転している状況は、ヴィーンバルクがあの「献呈の辞」で示していた時代診断の正しさを、間接的に裏づけるものといえるだろう。しかしその一方で、ムントやグツコーがめざしたとされるその「女の解放」は、はたして本当に女性に「自由」をもたらすものだったといえるのだろうか。シャルロッテの死の翌年に二人が書き上げた小説からは、この問いにたいするけっして楽観的とはいいがたい展望と、同時に、わずかにではあれ、たしかな光明を垣間見ることができる。

## 4　喜劇としての女性解放――『マドンナ』

まずはムントの場合からみていこう。彼の『マドンナ』は、一般的な意味での小説というよりは、むしろ一種の旅行記のような体裁で書かれた作品である。テクストの大半は、自身を「ベルリン出身の温和な書斎学者」〔M. 69f.〕と称する一人称の男性の語り手が、各地を遍歴しながら書き送った手紙によって構成されている。これらの長大な手紙の宛て先は、彼が旅の途中にボヘミアの農村で知り合った、マリアという名の若く美しい娘であり、カトリックの家に生まれながらもその信仰に帰依することができず、世界への強い憧れとのあいだで引き裂かれ苦悩している彼女のなかに、語り手は、現世と彼岸、精神と肉体の対立が克服され、調和しているさまを見出して感銘を受ける。彼にとって、彼女はまさに「この世の聖女〔eine Weltheilige〕」〔M. 143〕ともいうべき存在なのだ。外の世界に惹かれながらも、年老いた父を残して村を離れることができない彼女のために、語り手は、自分が見聞したこの世界のすばらしさについて、すべてを手紙で書き伝えることを約束する。

こうして綴られた一連の手紙のうち、われわれの文脈にとってわけても興味深いのは、プラハを訪れた語り手が戯れに「ボヘミア乙女戦役〔Bohemiconymphomachia〕」と題して書き起こした、プラハの町の創設神話にもとづく物語断章だろう。この神話によれば、チェコ民族の統治者クロクの娘で、予言の能力をもつリブシェ（ドイツ語名は「リブッサ」）は、父の死後にそのあとを継ぐと、農夫であったプシェミスルを夫に迎えてプラハの町を創建したが、彼女の死後、この国の統治のあり方をめぐって、リブシェにつかえていた女たちとボヘミアの男たちとのあいだで大きな戦争が起こったとされている。

中世以来さまざまに変奏されながら語り継がれてきたこの伝承は、とりわけ一八世紀から一九世紀にかけて、ドイツ語圏の多くの作家たちによって取り上げられ、その翻案が試みられた。背景には、第一節の末尾で言及したように、新しい秩序原理としての性差に注目が集まっていた当時の歴史的状況がある。やがてフランス革命を機に、女性の地位の向上を求める近代フェミニズムの先駆的言説があらわれ、また実際に、みずから街頭に出て政治的要求を掲げる女性たちが歴史の表舞台に登場すると、公的領域で活動する女性のすがたを比喩的に表現するためのモチーフとして、古代ギリシアのいわゆるアマゾン族の神話が文学のなかでしばしば参照されるようになった。女性による政治的支配の象徴であるリブシェ伝説と、その後の戦争譚への文学的関心の急騰も、これと同じ文脈で理解できるものだろう。クレメンス・ブレンターノの『プラハの建設』（一八一四年）やフランツ・グリルパルツァーの『リブッサ』（一八四八年）といった作品と並んで、ムントの『マドンナ』もまた、この系譜に連なる知られざる一例であったといえる。

『マドンナ』の作中の語り手は、プラハ出身のドイツ語詩人カール・エゴン・エーバートがこの題材にもとづいて創作した叙事詩『ヴラスタ』（一八二九年）を引き合いに出しながら、それがボヘミアの娘たちの戦争を「なんとも感傷的に描くことで、台無しにしてしまっている」点を非難する。「八世紀というはるか昔のもっとも向こう見ずな女性の解放の試み」であったとされるこの事件を、彼は「ユーモラスな英雄詩」もしくは「歴史喜劇ふうの物語」にこそふさわしい素材と考え、みずからエーバート作品の「退屈さに一矢報いる」〔M. 300f.〕ことを思い立つ。そうして構想された「ボヘミア乙女戦役」では、たとえばリブシェを失った直後のプシェミスルの様子が、つぎのように描かれている。

リブッサが〔……〕埋葬されてしまうと、やもめとなったプシェミスル侯はしだいにこう考えるようになった。妻がいないというのもいいことじゃないか。〔……〕かつて彼は、一介の実直な農夫であったが〔……〕予見の才に突き動かされたリブッサが、彼が将来の夫となることを予言したのだった。〔……〕しかしまもなく、聡明な妻をもつことがどれほどの苦悩をともなうものなのか、彼は思い知ることとなる。彼女が哲学的な話をはじめると、彼には口をさしはさむことなどまったくできなかったし、彼女が熱狂するたびに、間の抜けた顔をしてそれを眺めている彼のすがたは、まるで敗残の男さながらだった。〔……〕彼が自分なりに賢明な一言を彼

女にいってやりたいと思っても、深く考え込んでいる彼女には、彼のいうことなど聞こえなかった。［M, 305f.］

才気煥発な女と愚鈍な男というこのコントラストが、ある種の「ユーモラスな」「喜劇」として理解されうるということ——それはすなわち、まさしくそれとは正反対の男女観が、その前提として広く共有されているということにほかならない。語り手にとって、このような状況は現実とかけ離れた滑稽なものとしか映らないのだ。そのことは、リブシェ亡きあと、ボヘミアの娘たちを組織して武装蜂起を企てる女戦士ヴラスタのもとへ、この女王の霊が降り立って語る、予言の言葉のなかにも反映されている。ヴラスタに乗り移ったリブシェは、中世から一九世紀にいたるまでの女性の歴史を予見して、女性解放の試みにたいするきわめて悲観的な展望を告げる。たとえば市民社会の時代については、こんな具合に。

わたしたち女が顔に家族の幸福をたたえている、そんな穏やかな時代がみえる。わたしが目にしているのは、家庭的な室内生活、ひとびとが織りなす市民的な時代。そこでは女性は大切な存在だ。彼女たちは編み物をし、縫い物をし、お茶をいれて、愛らしく話す。それをみていたらつらい気持ちになってしまうから、わたしはほかに目を向ける。そして、本を書く女たちをみる〔……〕。けれど、家族の幸福も市民的な時代も、本を書くことも、わたしたち女を自由になどしてはくれないのだ。［M. 318f.］

ここで、たとえ作中人物のまなざしをとおしてであれ、物語の語り手あるいはムントが、市民社会の時代を生きる女性にあたえられた「家族の幸福」やその狭隘きわまる「家庭的な室内生活」を、「つらい気持ち」で眺めることのできる視点に立っていることは重要だろう。彼らはたしかに、こうした一九世紀の現状をただひたすらに追認するだけの、たとえばメンツェルのような立場とは、一線を画したところに位置しているのである。

しかしそれでも、この『マドンナ』という作品のなかでは、女性解放が真剣な検討にあたいするテーマとして、現実的な議論の対象になることはない。さきに引用した一節につづけて、リブシェは、一八世紀のドイツ語圏で女性の権利擁護のためにペンをとった先駆的な文筆家テオドーア・フォン・ヒッペルと、さらに、女性解放をはじめとするさまざまな社会改革のプログラムを打ち出して、一九世紀前半のフランスを中心に大きな影響力をもった「サン゠シモン主義」の名を挙げて、「リブッサが考え、ヒッペルが書いたことを、シモン主義者がついに実行しようとしている」と語っている。さらにそこでは、そのサン゠シモン主義のスローガンとして、「妻を夫と同じ高みまで引き上げる〔L'élévation de l'épouse au niveau de l'époux〕」［M. 320］という言葉が引用されるが、事実、社会的個人としての男女の同権を徹底して追求したこの思想運動は、男性の特権的地位の廃止や結婚制度の抜本的改革をとなえたことで知られているものだ。ある意味において「ボヘミア乙女戦役」が、ちょうどそうしたサン＝シモン主義の思想内容の、いわば文学的な実演として構想されていたことはたしかだろう。リブシェ伝説の翻案にあたって、語り手はつぎのように述べている。「最近ではこの問題は、ただ半哲学的で理論めいたサン＝シモン主義ふうのやり方で、世界のあちこちで一進一退をくりかえしてふらふらしているにすぎない」［M, 301］と。そして、そうであればこそなおさらに、この翻案で描かれたすべてのことは、語り手にとってサン＝シモン主義流の思想の滑稽なパロディーでしかないのである。

このことは、作品の結末にも端的にあらわれている。『マドンナ』にはわずかに二通、マリアから語り手に宛てて書き送られた手紙が含まれているが、作品全体の最後に配されたその一通のなかで、彼女は、彼が送りつけてきたこの「ボヘミアの娘たちの戦争」の物語に「憤慨」［M, 424］したことを告白している。すでに男女のあいだの歴然たる格差を自明の前提として深く内面化しているマリアにとって、武装して男たちに戦いを挑むヴラスタのすがたは、もはや「女性の天命を見誤った真の悲劇的な実例」［M, 424］としか映らないのだ。そして、彼女のこのような固定観念が、作中で批判的に問題にされることはけっしてない。マリアは同じ手紙のなかで、自分が晴れてプロテスタントに改宗したこと、そして、それによって心の平穏と幸福を手に入れたことを報告しているが、カトリックとは異なり、「世界史とその進歩を一望するためのより自由な視界を開いてくれる」〔M. 204〕この信仰に帰依したことで、敬虔な信仰心と此岸への愛着のあいだで引き裂かれていた彼女の葛藤は、めでたく解消されたことになっている。

もしかしたらそれは、結婚の呪縛から逃れられずに命を絶ったシュティーグリッツの悲劇にたいし、ムントが提示した別種の回答だったのかもしれない。しかし、ここでマリアにあたえられたその「自由」が、きわめて限定的なものでしかないことはあきらかだろう。自分のことを「あわれで無教養な、描写の才を使いこなすことのできない娘」〔M. 105〕と卑下し、さらに、「女は書いたり描写したりする才能を自然からほとんど受け取って」おらず、「女が何か特別なものを生み出したり実践したりできるのは、ただ彼女が本当に不幸なときだけ」〔M. 421〕とまでいいきってしまうマリアには、事実、作中においてごくわずかな発言の機会しかあたえられていない。じつに全体の約五分の四の分量が、語り手からマリアに宛てられた手紙、すなわち男性の言葉によって埋め尽くされたそのテクストは、自殺を遂げたひとりの物言わぬ女性をめぐって男たちが紡ぎ上げた、あの現実の言説空間を、まさしく象徴的に再現したものにほかならないのである。

## 5　女性解放の悲劇的帰結――『ヴァリー』

それでは、グツコーの場合はどうだろうか。三部構成をとる小説の主人公は、ヴァリーとツェーザーという若い貴族の男女で、物語は、おおよそ作品成立と同時代のドイツ語圏とパリを舞台に展開する。美しく「コケット」〔GW. 5〕な女性と形容されるヴァリーは、日々の退屈をまぎらわすために享楽的な生活を送っているが、同時に、信仰にたいする強い葛藤を抱えてもいる。一方、「現代」の「若者」が経験する「理想的な熱狂の最初の階梯」はすでにのぼり終え、「教育が完了」し「成熟」しているツェーザーは、もはや「懐疑主義者」でしかない〔GW. 6〕。作中で描かれるのは、ともに人生にたいして冷笑的な態度をとっていたこの二人の主人公たちが出会い、惹かれ合いながらもすれ違い、最終的に、ツェーザーが若いユダヤ人の娘と幸福な結婚を、たいするヴァリーが絶望のすえに自死を選ぶまでの顛末である。

かたや幸福な家庭生活を手に入れる男と、かたや絶望から自殺する女、というそのあからさまなジェンダー・バイアスは、しかし、この作品の一面にすぎない。さきにみた『マドンナ』が、男女の性差を自明の前提として引き受けたうえで、宗教のなかに、いわば女性が幸福に生きるためのひとつの避難先を求めた作品であり、なおかつ、男性の語りを相対化することにはまったく無関心であったことに照らすとき、おそらく『ヴァリー』の最大の功績は、同時代の女性解放への直接的な貢献というよりも、むしろ、特定の言説の配置のなかで女性にたいする抑圧が生じる過程そのものを、テクストを介して可視化しようとした点にこそあったといえるだろう。それはツェーザーという、多分にグツコー本人の自己投影の産物である男性主人公に仮託して、みずからの言説がもたらす作用を実験的に検証しようとした、作者による「自己批判」［Horrocks. 160］の試みにほかならない。

そのような言語実践を可能にするうえで重要な役割を担っているのは、小説の語りの構造である。作品の第一部と第二部は、物語外部の語り手によるいわゆる三人称小説の形式で書かれており、この語り手は、ヴァリーとツェーザーの両者にたいして一定の距離を保ちつつ、ときに彼らに批判的な言葉を投げかける。たとえば、ヴァリーに熱を上げるツェーザーにたいし、語り手はじつに冷ややかな注釈をくわえることで、読者に注意をうながしている。「彼を駆り立てていたのが愛でなかったとすれば、それはヴァリー、つまり、この御しがたく手に負えない女を征服したのだという彼の虚栄心が、みずからに課した使命なのであった。女性読者の諸君、気をつけたまえ！　たいていの男の愛など、彼らが自分にたいして表する敬意にすぎないものなのだ」［GW. 31］。

注釈者としての語り手の導入によって、読み手には個々の人物の発言を相対化するためのひとつの視点があたえられ、そこに潜在する力関係が浮き彫りにされる。たとえば『マドンナ』が、書簡体という作品形式の採用にともない一人称の語り手を設定した結果、実質的に、テクストの大半が彼のモノローグによって占拠されてしまっていたことを思い起こすとき、こうした『ヴァリー』のテクスト構成がもつ意義は疑うべくもないだろう。
このような前提があればこそ、われわれはツェーザーの言説がヴァリーに及ぼす影響にたいしても注意深くあることができる。ツェーザーとの出会いをきっかけに、はじめて自分が置かれている状況について反省的に思考するようになったヴァリーは、とある女性の友人に宛てて、つぎのような手紙をしたためる。

ああ――わたしは癒しがたい痛みに苦しんでいます。なぜってそれを名づけることができないのだから。〔……〕教育によってわたしたちが投げ込まれた観念の輪というものがあるでしょう。わたしたちはもうそこから出てはいけないの、やるべきことは、ただこの円塔の鉄格子に沿って、とらえられた動物のように優美にのたうち回ることだけ。わたしたちの意見が閉じ込められているこの牢獄――　〔GW, 42〕

まさしく女性解放の言説の先駆的な一例ともいえるこうした記述が、しかし、ヴァリーにとって何らかの解放の契機となることはけっしてない。ツェーザーとの「才気に満ちた会話」によって彼女のなかに芽生えたものは、「自分の役割がどうしようもなく固定されていることへの意識」にすぎず、ヴァリーが〈女性〉から「人間になる」というツェーザーがめざした解放の計画は、ここであえなく挫折する［Rippmann, 119f.］。ヴァリーに女性であることへの反省をうながすことのできるツェーザーの言葉は、それだけいっそう強く彼女を束縛し、結果、彼が彼女のもとを去ったとき、ヴァリーは一気に死の決意へと飛躍してしまう。「わたしはツェーザーと生き、ツェーザーと死ぬ。わたしが生きられるのは、ただツェーザーの愛があってこそなのだから」［GW, 92］。

この小説が、男性が主導する女性解放の言説をつうじて、女性の抑圧が解消されるどころか、逆に強化されてしまう過程を問題化したものだとするならば――それは、男性の語り手がほとんどたえまなく女性に向かって語りかけつづける『マドンナ』においては、完全に欠落していた観点である――、ここにはまさに、一八三〇年代の男性作家たちがめざした女性解放の致命的な限界点が露呈していたことになるだろう。その袋小路のつきあたりで、われわれはヴァリーの死に直面する。自殺した彼女の最期のすがたを伝える語り手の語調には、しかし、それでもなお解放の挫折を潔しとしない、わずかばかりの抵抗の構えが示されている。

発見されたとき、彼女はベッドのうえで大の字になっていた。〔……〕赤い布にくるまれた〔……〕短刀を、両手で自分の心臓へと突き立てたのだ。そして、こういう場合、ふつうならそれが正鵠を射た表現ということになるのだろうが、彼女は平穏な顔つきでほほえみをたたえていた、わけではなかった。その美しい顔をひきつったようにゆがめて、凝視したままの両目のなか

にぞっとするような絶望の表情を浮かべながら、彼女はそこに横たわっていたのである。〔GW, 127〕

シュティーグリッツの臨終の様子を描写したときの、あのムントの筆致を思い起こしてほしい。その痛ましい死を幾重もの修辞でつつみ込んで美化しようと腐心したムントにたいし、ここでの語り手ないしグッコーの意図はあきらかだ。のちに、シュティーグリッツの自殺を「ひとつの悲劇」〔GS, 1190〕だったと語るグッコーは、すでにこの小説の結末において、愛や宗教をめぐる価値観のくびきから自由になるすべをもたなかった女性の最期を、そこからいっさいの美しさをはぎとって、ただその苦痛に満ちた死の壮絶さにおいて描き出すことで、女性解放の挫折をしるしづける鮮烈な墓標としたのである。

『ヴァリー』において、グッコーが女性解放をめぐる言説の思想的な内容の伝達以上にこだわったのは、おそらく〈言葉〉そのものがもつ威力だった。わずか数か月前に、シャルロッテの自殺に熱狂的な追悼文を寄せたのと同じ書き手のものとは思えぬほどに、言葉が発揮する、ときに暴力的なまでの力に自覚的なそのテクストは、悲劇から苦痛の痕跡をとりのぞき、それをただ美しいものとして無害化する言説への対抗を試みているばかりではない。〈ツェーザーによる一人称の語り〉という選択肢をあえて放棄して、三人称の語り手を導入し、さらに小説の第三部では、そのほとんどをヴァリーの「日記」にわりあてることで、女性自身の声を――もっといえば、彼女の言葉の随所に、シュティーグリッツやフランスの女性作家ジョルジュ・サンドといった、同時代の女性たちのテクスト、彼女たちが書き留めた言葉からの部分的な引用をしのばせることで、現実の女性たちの声をも積極的に取り込もうとするその作法は、文学という〈形式〉に込められた大きな可能性を示唆するものとして、ここであらためてその意義を強調しておいていいだろう。シュティーグリッツの死をめぐって男たちが紡ぎ出した物語において典型的にみられるように、文学はしばしば特定のステレオタイプの産出と反復によって、現実を理解するための認識の枠組みを致命的にゆがめ、狭めてしまう。しかし、それと同時に、文学がそうした言葉の使用法それ自体を批判的に問題化する、いわば自浄的な潜勢力を秘めたメディアでもありうることを、『ヴァリー』という歴史的事例は力強く体現しようとしているのだ。

　そのことを踏まえたうえで、最後に本章の議論をまとめておきたい。普遍的な人間性という概念を後ろ盾に、客観性や中立性を標榜する言説の多くが、実際には「水面下の男性バイアス」のもとに「〈男〉の利害関心の絶対化」〔ボーヴェンシェン、一六頁〕を遂行しているにすぎないことを看破した、二〇世紀以降のフェミニズム理論の知見に照らすなら、一九世紀前葉に男性作家たちによって着手された女性解放の試みからは、何らかの積極的な意義というよりも、むしろ、その明確な限界を読み取るほうがはるかにたやすい。かたや抑圧の主体であり、かたやその対象である、二つの集団のあいだの非対称な関係のことを思えば、男性によって主唱される女性の解放論が、得てして既存の「男性バイアス」のたんなる再生産に帰結してしまうことはたしかだろう。ドイツ語圏において、女性たちによる女性解放運動の流れが本格化するのは、主として一八四〇年代以降のことだが、事実、研究によれば、三〇年代の「若きドイツ」による「女性解放のテーマ化」がのちの時代にあたえた影響は、ごく「限定的な」〔Rippmann, 128〕ものにとどまったとされている。

しかし、少なくとも、本章で光をあてたグッコーの言語実践のような一例は、ほかならぬ男性作家みずからが、そうした「男性バイアス」の存在を自覚的に主題化する認識の萌芽が、一九世紀においてすでに芽生えつつあったことを証言する、雄弁な記録なのではないだろうか。そして、その前提に立てばこそ、われわれは、いまからおよそ二世紀もまえの男性作家たちが唱えた女性解放論のなかに、少なからぬ意義を見出すこともできるように思われる。それは、抑圧する側の当事者が、自身がとらわれている規範的な価値体系を批判的に意識化することで、いわば間接的に、抑圧される側の当事者と利害関係を、それも、両者の非対称な関係性を自覚したうえで、共有しようとする試みとして、評価しうるものである。「文化における機会均等を高らかに誓」い、「男と女の文化的運命のはなはだしい差を抽象レベルで否定する」〔ボーヴェンシェン、二二頁〕以前に、まずはその「はなはだしい差」それ自体を言語化するという手続きがなされないならば、〈平等〉に向けたあらゆる政治的努力は、結局のところ、そうした目標を語るための社会的機会と言語的資源を優先的に活用することのできる特権者たちが、その空疎な標語をただ自己満足的に消費することにしかならないだろう。

## 文献

Gutzkow, Karl: Wally, die Zweiflerin. Studienausgabe mit Dokumenten zum zeitgenössischen Literaturstreit. Hrsg. von Günter Heintz. Bibliographisch ergänzte Ausgabe. Stuttgart 1998. [GW]

Gutzkow, Karl Ferdinand: Schriften. Bd. 2: Literaturkritisch-Publizistisches, Autobiographisch-Itinerarisches. Hrsg. von Adrian Hummel. Frankfurt am Main 1998. [GS]

Literatur-Blatt 109 (23.10.1835) [Redigirt von Dr. Wolfgang Menzel]. [LB]

Mundt, Theodor: Madonna. Unterhaltungen mit einer Heiligen. Leipzig 1835 [Reprint Frankfurt am Main 1973]. [M]

Wienbarg, Ludolf: Ästhetische Feldzüge. Hrsg. von Walter Dietze. Berlin; Weimar 1964. [W]

---

Briese, Olaf: Charlotte Stieglitz (1806-1834). Eine Kunstfigur. In: Hundt, Irina (Hrsg.): Vom Salon zur Barrikade. Frauen der Heinezeit. Mit einem Geleitwort von Joseph A. Kruse. Stuttgart; Weimar 2002, S. 255-279.

Eke, Norbert Otto: Einführung in die Literatur des Vormärz. Darmstadt 2005.

Hartmann, Petra: „Von Zukunft trunken und keiner Gegenwart voll“. Theodor Mundts literarische Entwicklung vom *Buch der Bewegung* zum historischen Roman. Bielefeld 2003.

Hermand, Jost (Hrsg.): Das Junge Deutschland. Texte und Dokumente. Stuttgart 1966.

Horrocks, David: Maskulines Erzählen und feminine Furcht. Gutzkows *Wally, die Zweiflerin*. In: Jones, Roger; Lauster, Martina (Hrsg.): Karl Gutzkow. Liberalismus – Europäertum – Modernität. Bielefeld 2000, S. 149-163.

Köster, Udo: Literatur und Gesellschaft in Deutschland 1830-1848. Die Dichtung am Ende der Kunstperiode. Stuttgart; Berlin; Köln; Mainz 1984.

Köster, Udo: Literatur im sozialen Prozess des langen 19. Jahrhunderts. Zur Ideengeschichte und zur Sozialgeschichte der Literatur. Frankfurt am Main 2015.

Rippmann, Inge: „… statt eines Weibes Mensch zu sein“. Frauenemanzipatorische Ansätze bei jungdeutschen Schriftstellern. In: Kruse, Joseph A.; Kortländer, Bernd (Hrsg.): Das Junge Deutschland. Kolloquium zum 150. Jahrestag des Verbots vom 10. Dezember 1835, Düsseldorf, 17.-19. Februar 1986. Hamburg 1987, S. 108-133.

Wabnegger, Erwin: Literaturskandal. Studien zur Reaktion des öffentlichen Systems auf Karl Gutzkows Roman „Wally, die Zweiflerin“ (1835-1848). Würzburg 1987.

Watanabe-O’Kelly, Helen: Beauty or Beast? The Woman Warrior in the German Imagination from the Renaissance to the Present. Oxford; New York 2010.

Willms, Johannes: Von der Rute der Zensur zerbrochen: Theodor Mundt. In: Kogel, Jörg-Dieter (Hrsg.): Schriftsteller vor Gericht. Verfolgte Literatur in vier Jahrhunderten. Zwanzig Essays. Frankfurt am Main 1996, S. 89-101.

Wülfing, Wulf: Zur Mythisierung der Frau im Jungen Deutschland. In: Zeitschrift für deutsche Philologie 99 (1980), S. 559-581.

Ziegler, Edda: Literarische Zensur in Deutschland 1819-1848. Materialien, Kommentare. Zweite revidierte Auflage. München 2006.

熊谷英人『フランス革命という鏡——十九世紀ドイツ歴史主義の時代』白水社、二〇一五年。

フーコー、ミシェル『性の歴史I——知への意志』渡辺守章訳、新潮社、一九八六年。

ブロイアー、ディーター『ドイツの文芸検閲史』浜本隆志・宇佐美幸彦・芳原政弘訳、関西大学出版部、一九九七年。

ボーヴェンシェン、ジルヴィア『イメージとしての女性——文化史および文学史における「女性的なるもの」の呈示形式』渡邉洋子・田邊玲子訳、法政大学出版局、二〇一四年。

# 第6章 「三月後期」の政治的リアリズムと詩的想像力
## ――ヘッベルのドイツ統一思想

磯崎 康太郎
ISOZAKI Kotaro

### 1 一八五〇年代の政治的リアリズム

クリスティアン・フリードリヒ・ヘッベル（一八一三―一八六三年）は、一八四八年に前後して活動した作家である。一八四八年を精神史上の分岐点とみるとき、時代上の区分がほぼ明確化している三月前期〔Vormärz〕（一八一五―一八四八年）と比して、三月後期〔Nachmärz〕はその限りではない。三月後期は、政治的区分では、一八四八年からの一連の革命運動に対する弾圧が取り除かれる一八五〇年代末まで、あるいはドイツ帝国が誕生する一八七一年頃までと考えられたり、文化的観点からは、リアリズム〔Realismus〕文芸と軌を一にするという意味で一八九〇年頃までと考えられたりすることもある［Plumpe, 40f.］。近年の研究では、三月後期は、破壊や幻滅をこうむった、旧来の表象の想起やその加工が、現代的思考や美的モデルネの端緒へと流れ込んでいるという意味で、「モデルネの実験室」［Weigel, 9］とも称されている。分岐点としての一八四八年革命は、これが鎮圧されたという結果だけ見れば、旧態に復した様相も思い描かれる。ヘッベルも一八四八年の年末の日記のなかで、「わが民族のあらゆる遺伝的欠陥がふたたび花盛りである。こちらには過激派、あちらには反動派！〔……〕われわれが堂々たる、基礎のしっかりした一つの国家形態にまで到達することはないだろう」［T III, 318］と、停滞した政局を嘆いている。しかし他方で、革命の「莫大な利得」［T III, 318］が話題にされるとともに、「〔一八四八年〕三月一五日からドイツは新たな時代を迎える」［W X, 60］という政治的期待も寄せられている。そこで以下では、時代背景として三月後期の政治的言説を眺めた後に、ヘッベルの革命期の政治活動を概観する。そして、彼の三月後期の政治詩、および最晩年に至るまでの政局に対する見解を辿りながら、そこで強く打ち出されたドイツ「統一思想〔der Einheits-Gedanke〕」［Br VII, 123］がいかなるものであったかを再考したい。

三月後期においては、リアリズムの思潮が重要な世界観を形成している。リアリズムの概念については、今日なおさまざまな議論があるところだが、少なくとも同時代の、とりわけ政治的文脈のなかでは、その輪郭はある程度明確なものである。政治学関連の事典の一八六四年の記述によれば、「リアリズム」は「イデアリズム〔Idealismus〕と対立」する考え方である。芸術的には「自然を美化する代わりに、自然を模倣する方向性」を特徴とし、これに応じてグスタフ・フライタークの『借方と貸方』が、ゲーテの『ヴィルヘルム・マイスター』より好まれる。広範に流布しているのは、「ドイツは、芸術や学問のイデアリズムに代わり、生のリアリズムにもっと邁進してほしい」という見解である。この見解は、「産業主義と、「実際の」手段や利害がすべてを決する金権政治」とを志向するものである〔Stemmler, 84〕。この政治的リアリズムの考え方は、革命への無力感から非政治化の傾向を強めていた人々に対しても、自然科学や国民経済への期待に乗じて働きかけ、リアリズム思想を普及することに寄与した。それればかりか、一八四八年革命後の「自由主義の政治的アイデンティティの深刻な危機」〔Stemmler, 84〕という状況下で、市民層の多数派を形成していた自由主義勢力にとっても重大な路線変更をもたらした。その際に、「自由」や「統一」という三月前期以来の大きな目標は維持されたものの、従来の政治手段は問題視されることになったのである。

三月前期に登場したオーギュスト・コントの実証哲学を祖として、三月後期の政治的言説の形成に大きな影響力を及ぼした著作が、アウグスト・ルートヴィヒ・フォン・ロハウ（一八一〇―一八七三年）の『現実政治の原則』である。ロハウによれば、「時代精神」〔Rochau, 33〕としての「現実政治〔Realpolitik〕」の原則には、「自然学のような経験科学」〔Rochau, 255〕が求められる。政治学も自然科学も「具体的な素材」〔Rochau, 256〕を分析対象とし、非現実的な「政治的イデアリズム」〔Rochau, 253〕から区別されるべきものである。したがって、「形而上学的」、「宗教的」、「道徳的」な所見〔Rochau, 256〕は、かりに「ある理念」が「正しいにせよ、そうでないにせよ」、「真実」を含んでいるにせよ〔Rochau, 45f.〕、「現実政治」が要するものではない。権力政治としての「現実政治」のもとでは、「他の力を飲み込む卓越した一つの力だけ」が国民国家を実現するのであり、決して「原理」、「理念」、あるいは「協定」がそれを実現することはない〔Rochau, 191〕。この考え方のもとで捨象されるものについて、ロハウは次のように述べている。「気高い魂の持ち主が熱狂する、このうえなく美しい理想は、政治的には第一級の無価値なものであることも珍しくない。例えば、永遠の平和、周知の民主主義的標語であるところの「友愛〔Brüderlichkeit〕」、性別や人種の平等、「人間の表情に表れているもののすべて」。確固たる信念や意志や力に支えられていない、そのような幻想に対して、現実政治は肩をすくめて素通りするのである」〔Rochau, 208f.〕。こうしたロハウの政治観は、「国家的活動の合理的な目的は、公的な諸関係の有効な処理、すなわち政治的な成果〔Erfolg〕以外の何物でもないだろう」〔Rochau, 255〕と述べられているように、成果主義に貫かれたものだった。イデアリズムに代わる政治的リアリズムとそこでの実践を最重要課題とみなす姿勢は、いまだ教条や理想が支配的だった民主主義勢力とは対照的に、とりわけ一八五〇年代末から六〇年代においてプロイセンの穏健な自由主義者たちによって支持されたものでもある〔Stemmler, 94f.〕。ロハウは当初、議会の反ビスマルク勢力を支持していたが、一八六六年以降はビスマルクの支持に回り、その国家政策を高く評価した点でも、大多数の自由主義支持層と軌を一にする〔Stemmler, 89f.〕。

ロハウの「現実政治」論は、対外的には権力の行使を国民的課題とみなしている。だが同時に、この政治論は自由主義の水脈にあるという点で、内政的には「立憲政策」〔Rochau, 27〕を検討課題として扱い、成果志向のなかで何はともあれ立憲政体が実現されたことも事実である。また、ペーター・シュテムラーによれば、ロハウの政治論では、イデアリズムの遺産がすべて否定されているわけではない。ここでは「空中楼閣」〔Rochau, 27〕、例えば、「哲学的思索」〔Rochau, 25〕、「理想政治〔Idealpolitik〕」〔Rochau, 258〕、公的政策の妨げとなりうる「ありふれた道徳律」〔Rochau, 214〕は否定されたが、合目的的な思考をもたらす実践的理性は重要視された。「健全な政治的悟性」〔Rochau, 259〕としての「理性」は、具体的な政治問題の処理のために不可欠なものである。この「理性」のあり方は、一八五〇年代においても質的変更をこうむっておらず、「人間性〔Humanität〕の進歩」〔Stemmler, 102〕という目標に合致したものである。そのため、ロハウの政治論に代表される政治的リアリズムは、必ずしも古いイデアリストに対する裏切りではなく、革命という否定的経験により、政治手段を現実へと適応させたものであろう〔Stemmler, 102f.〕。

シュテムラーが、ロハウの「現実政治」論を、三月後期の自由主義の推移の過程で生じた必然的かつ妥当なものと考えているのに対して、この政治的リアリズムの側からの主張には、批判の矛先も向けられている。ゲルハルト・プルンペによれば、一九世紀後半のドイツ市民の「現実政治的」志向は、外的政治状況への「順応の精神性」であり、これがドイツの政治文化における民主化の過程の妨げとなっていた。政治と道徳とを切り離すというあり方は、一九世紀に進行した様々な分野での個別化、専門化の過程において、政治システムの分離独立を意味するものでもある。だが結局のところ、こうした革新と伝統との差別化は、長年有効であった社会的、政治的指標の瓦解にもつながったのである［Plumpe, 39-41］。プルンペが引き合いに出しているセオドア・スティーブン・ハメロウは、次のように述べている。

現実政治は、すべての理想を犠牲にすることによって自らの目標に到達した——そうすることによって、一つの国家的形成物が生まれたが、ここではかねての内面的な確信が欠如していた。この内面的な確信だけが、政治機構にある種の持続性を与えることのできるものである。ビスマルクの外交的手腕は、オーストリア人も領邦分立主義者も自由主義者も押しのけるには十分であったが、実際に新しい秩序を創るには不十分だった。〔……〕だが、政治におけるリアリズムがイデアリズムよりもはるかに恐ろしい敗北に至りうるということをドイツ人たちに証明するには、さらに二つの世界大戦と残忍な独裁制が必要だったのだ。［Hamerow, 46f.］

当時の政治的リアリズムと二〇世紀の二つの世界大戦やナチズムとの関連づけについては、一九世紀中葉には想定不可能な要因も絡んでくるため、結果論に陥らないためにも慎重を期すべきだろう。しかし、民主主義との比較から言えば、上からの成果主義や権力政治は、目的達成の手段としては有用であったにせよ、そこではさしあたり人心が度外視されていることは否めない。人心が伴わなければ、その国家体制の「持続性」は当然のごとく危ぶまれる。「理想」や「道徳」は、かりに「現実政治」には役立たなくとも、国家の礎となる人々の共感やアイデンティティの対象となる。例えば、国民意識や愛国心といった形で、これらの理念は人々の集合的アイデンティティが宿る場となり、国家の「持続」をもたらす要因ともなりうる。そのため、長期的な展望に立てば、国家形成に際して「理想」や「道徳」を排除することはできないはずである。目先の政局に専心するあまり、抽象的要素を安直に切り捨てようとした「現実政治」は、いまや逆説的なことに、個人のレベルでは考えにくい、非人格化された「抽象的」国家の形成を促すことになってしまった。

個人の立場から見通しがたくなったものは、政治だけではない。大都市空間とその人口、人々の往来、産業化なども、計り知れない規模まで拡大の一途をたどる。この時期のドイツ語圏の「市民的リアリズム」と称される文学傾向は、前後するロマン主義や自然主義と異なり、文学理論や綱領に基づく共通の自己理解に乏しい。この傾向を代表する作家として、例えば、テオドール・シュトルム、ゴットフリート・ケラー、ヴィルヘルム・ラーベらは、その見通しがたいものには手を出さず、あえて村落共同体や小都市といった見通すことのできる空間、伝統的な生活領域や私生活の葛藤を描くことに邁進した［Plumpe, 41］。だがこの点は、ドイツ語圏のリアリズム文学が、他国の近代的リアリズム文学、例えば、イギリスやフランスのそれに比べると、「あまり近代的ではなく、（したがって）そもそもリアリスティックでない」［McInnes; Plumpe, 9］と言われる所以ともなる。当時のドイツ語圏のリアリズム作家が総じて二の足を踏んだ、国際舞台における政治的現実との取り組みは、むしろ一般にはリアリズムに属さない作家であるとみなされているヘッベルの言動や詩作からよく読み取れるのではないか。

## 2　一八四八年革命とヘッベルの政治活動

一八四八年三月一三日、ウィーンで始まった市民のデモ行進は、すぐにプロレタリアートの暴動へと転じた。翌一四日に、ヘッベルは友人ジークムント・エングレンダーとともに、群衆でごった返していたヘレン通り《ガッセ》に出向く。二人は、なんとかたどり着いた領邦議会の議場の中庭で演説を聞いた後、「メッテルニヒを倒せ！　憲法を！」の叫び声が起こり、窓ガラスの破壊や投石がこれに続くのを目撃した。この状況下で軍隊が投じられるのではないかというヘッベルの予感は的中し、押し寄せた兵士たちが発砲したとき、その群衆の只中に二人もいた。そのためか、『〔アウクスブルク〕一般新聞』にヘッベル死去の誤報が掲載され、その後、彼自身がこの誤報を否定する通知を出すことにもなった〔Kuh, 228f.〕。一四日夜に、皇帝フェルディナント一世の名で発布された勅書を受け、早くもヘッベルはその翌日に、「いまや私は、別のオーストリアで生きている。このオーストリアでは、私はメッテルニヒ侯より安全な身であり、出版の自由が宣言され、国民武装体制が導入され、憲法というものが約束されている」〔T III, 298〕と日記に記している。彼はオーストリア人ではなかったが、ウィーンでの革命運動の発端とその推移を誰よりもよく把握した「冷静な観察者」〔Steves, 15〕としてこれを新聞に書き綴る一方で、オーストリアと他のドイツ語圏との統合を主張に掲げて、フランクフルト国民議会への派遣議員として立候補した。しかし、当時のウィーンでは、ドイツ語圏の統合によって、ウィーンが皇帝居住都市としての地位を失いかねないという懸念を表する人々も少なくなかった〔Steves, 20〕。さらに、ヘッベルの話す北ドイツ方言が、ウィーンでは異質な印象を与えたことも、人々の賛同を得られない理由となり〔Steves, 21〕、彼は選挙で落選してしまう。

しかし、ヘッベルの政治活動は、この落選により終息することはなかった。一連の革命騒動とこれに伴うオーストリア皇帝の逃亡により、ウィーンでは社会不安が蔓延していた。この状況を打開するために、ヘッベルも創設に関与した作家協会の使節団が、皇帝への請願書を携え、皇帝の逃亡地であるインスブルックまで赴くことになった。ヘッベルもこの使節団の一員に選ばれ、一八四八年五月に同地へ派遣されている。使節団と皇帝との間を取り持ったフランツ・カール大公に対して、ヘッベルは、次のように腹蔵なく話したという。同年六月五日付妻クリスティーネ宛の書簡によれば、「皇帝は、平穏、秩序、安全がふたたびもたらされたら、ウィーンに戻ると主張しています。しかし、平穏、秩序、安全を完全にもう一度回復させるためには、その前に皇帝が戻っていなくてはならないと、ウィーンは確信しています。状況はこうした具合で、ウィーン市の言い分はもっともですから、皇帝はいかなる条件付きであっても帰らなくてはなりません！」〔Br IV, 116〕大公は使節団に対して、皇帝はまもなく帰還するだろうと請け合い、使節団もこの報せをもって帰路に就く。ヘッベルによれば、この報せにより、「まだ完全に節度を失っていない人は、誰でも安心することになった。そのため、作家の使節団は無駄なものではなかった」〔W X, 91〕。彼が派遣団に加わって皇帝の帰還に一役買ったことは、大公への言葉のなかでも「平穏、秩序、安全」が反復されているように、自身とウィーンでの新たな家族の身も含めて、人々の市民生活や社会秩序を守るために必要な措置であった。

一八四八年一一月に『一般新聞』に発表された記事のなかでヘッベルは、「なぜグリルパルツァー氏やバウエルンフェルト氏等々は、隅に立って拱手傍観していたのか。かれらはオーストリアの、いや部分的にはドイツの精神上の国民軍の一員であるのだから、出動するか否かは、かれらの随意にゆだねられているわけではないのだ！」〔W X, 138〕と、ウィーンの作家たちを批判している。この年、フランツ・グリルパルツァーは革命の騒乱を避け、ウィーン近郊のバーデンへと逃れており、書斎から怒りに満ちたエピグラムを手掛けていた。同様に、エドゥアルト・フォン・バウエルンフェルトも同年五月からバーデンに滞在し、野山を散策しながら、革命の風刺劇を執筆していた［Steves, 43］。ウィーン出身ではないものの、長年ウィーンで生活を送っていたアーダルベルト・シュティフターも同年五月に地方都市リンツへと転居している。これらの作家も、各人各様のあり方で革命と向き合い、これを新たな執筆活動のエネルギーに変えていったという意味では、ただの傍観者ではない。だが、さしあたり戦禍の及ばない、安全地帯に身を置いたという意味では、かれらのヘッベルとは対照的な側面が浮かびあがることも否めない。むしろ詩人としては、ヘッベルの行動主義が異例だったと言うべきかもしれない。生命の危機に晒されながら、騒乱の渦中に出向いた経験は、『一般新聞』との機縁を結び、ここからヘッベルのジャーナリストとしての活動も本格化することになる。議員としての落選は、彼にとって挫折の経験ではあるが、このとき主張されたドイツ民族の統一思想が、以後、詩作としても活用されるばかりか、彼のドイツ人としての自覚をも促すことになる。当時のウィーン市民の平穏と秩序を求める声の代弁者として、作家の立場からインスブルックに赴いた経験は、「皇帝」の存在意義を再認識しつつ、市民生活という、いわば下からの視点で国家レベルの政治を眺めるまなざしを開くことにもなった。ヘッベルがその後の三月後期の活動を展開するに際して、革命時の行動主義から得たものは大きい。

## 3　ヘッベルと「三月後期」の政治的現実

一八四八年革命の波及となるシュレヴィヒ・ホルシュタイン地方におけるドイツ系住民の民族運動は、プロイセン・オーストリア連合軍とデンマーク王国との間で争われた第一次シュレスヴィヒ・ホルシュタイン戦争へと突入した。しかし、プロイセンは一八五〇年七月の休戦協定によって、ひとまずこの戦争から身を退くことになる。ドイツ系住民にとっては不利な戦況となるこの出来事に心を痛めていたヘッベルは、同年八月三一日付のフェリックス・バンベルクに宛てた書簡のなかで次のように記している。

一八四八年まで、私はただの人間でした。一八四八年に、私はまたしてもドイツ人であることを自覚せざるを得ませんでした。一八五〇年に、私はシュレスヴィヒ・ホルシュタイン人であることとさえ、意識せざるを得なかったのです。もっとも、私がすぐにシュレスヴィヒ・ホルシュタイン人に、そうでしかありえない自分の姿に戻ったのは、アルトナにおいて、死者や負傷者を乗せた鉄道列車がいくつも到着するのを見たからです。これを目にすれば、同じ部族の親近性が強い効果を発揮することになるためです。そもそも私があなたに申しあげなくてはならないのは、ドイツの不名誉と不幸は、一つの私的な苦しみのように、私の心を圧迫しているということです。われわれを巻き込み、奈落の底へと沈ませたかのような、事態の恥ずべき急変を迎えてからようやく私は、人間を祖国と結びつける自然な絆を知ったということです。［Br IV, 241f.］

一八五〇年代のヘッベルには、革命時のような政治活動に奔走する姿はもはや見られない。だが、それでも政局への発言を続ける背景には、同郷人たちの痛ましい姿を目撃したことにより、シュレスヴィヒ・ホルシュタイン問題に対しても、彼はもはや他人事ではいられなくなったからであると考えられる。ヘッベルが分裂する「ドイツの不名誉と不幸」を「私的な苦しみ」と感じているということは、あたかもこの問題に対する責任の一端が自らにもあると受けとめていることを意味する。政治的に策定された人為的な国境線ではなく、言語や文化に基づく「人間を祖国と結びつける自然な絆」を説く彼は、具体的にはデンマーク王国の支配を受けているシュレスヴィヒ・ホルシュタイン地方のドイツ人たちを、「ドイツ」という枠組に組み替えることを期している。

一八四八年八月の『一般新聞』に寄せた記事のなかでヘッベルは、「あらゆる場所で読んだり、聞いたりするように、プロイセンはもはやドイツに合併されることを望まない。なぜなら、これは「オーストリアに」合併されることになるからだ。〔……〕単調な、悪しき分立主義的風潮が存在し、これは最悪の結果を招きかねない」［W X, 116］と述べている。ここでは、プロイセンが標榜する分立主義、いわゆる小ドイツ主義への懸念が表明されるとともに、「抽象的コスモポリタニズム」〔W X, 114〕は、時代情勢を考慮していないという点で、将来的な目標にはなりえても、現時点では時期尚早なものであると考えられている。一八五三年のオーストリア皇帝フランツ・ヨーゼフ一世の暗殺未遂事件は、ヘッベルにとってドイツ統一を改めて訴える契機となり、「オーストリアの皇帝陛下に宛てて（襲撃事件を機に）」と題された一種の機会詩を発表している。この詩のなかではまず、皇帝への襲撃が失敗したという事実には、「皇帝の生は、聖別されているため、不死身のものだ！」〔W VI, 306〕という神託が表れている、と告げられている。そしてだからこそ、皇帝は自らを信頼し、世界の期待を背負い、また新たな王位に就くべきだと説かれた後に、次のように続けられている。

カール大帝をかつてあれほど高く掲げたように、／いま一度地上に日が昇るとするならば、／ヨーロッパの心臓がふたたび動き出すに違いないのだから！

鉄の鎹《かすがい》でしっかりとつなぎ留めよ、／自らの帝国を、古いドイツ帝国に。
そうすれば、汝の不幸はすべて終わりを告げる、／気高いドイツ民族の不幸もまた然り。〔W VI, 306〕

アレクサンドロス大王やカエサル、そして何よりナポレオンの姿をまとった「神の申し子」〔W VI, 307〕の手によって、「古いドイツ帝国」は屈したが、完全に滅んだわけではないと告げられ、詩の末尾は次のように結ばれている。

古い帝国は気を失って倒れているが、力尽きたわけではなく、／これがかりそめの死であるなら、ひょっとすると天恵をこうむるかもしれず、／たとえ一つの夢だとしても、往々にして力を燃え立たせる、／われわれは、数々の小人がまたもや動き回っているのも目にする、これは、大胆かつ反抗的に力を奮い立たせた小人たちである。／あらゆる英雄のなかでも第一の者がいまだに眠っているのはなぜか？／主よ、この者に触れよ、ハプスブルクのごときものなら、この者を起こすことができる！〔W VI, 307〕

「数々の小人」として揶揄されているのは、ハプスブルク帝国領内で独立の機運を高めていた諸国のことである。そしてこれらを束ねる力として、またドイツ民族の統一を主導する力として、君主国オーストリアに大きな期待が寄せられている。とはいえ、詩の内容は、同時代現象の枠にとどまるものでもない。ここで言及されたカール大帝は、ヘッベルから見れば、「古い帝国」の象徴的英雄であり、現在のオーストリア帝国をカール大帝以来の（神聖）ローマ帝国の伝統に接続するように説かれている。「古い帝国」を英雄の力で再興せよという主張は、同時代の政局的観点からすれば時代錯誤であるにせよ、自身のルーツへの意識が、詩人の直接的な経験をはるかに超えたドイツ史に接続していることを示している。

一八五三年以降、ヘッベルの政局についての言及は減るが、一八五九年のオーストリア・サルデーニャ戦争に際しては、同年二月一七日付ユリウス・カンペ宛の書簡のなかで、自身の見解が表明されている。「一方でシュレスヴィヒ・ホルシュタイン両公国をドイツから引き離そうとする政治より破廉恥なものはないでしょう。これは協定が民衆の意志より上に置かれているからです。他方で、ロンバルディア・ベネチア王国をオーストリアから引き離そうとする政治も同様です。民衆の意志が協定を超えているからです」[Br VI, 239]。ヘッベルはこのように述べ、民衆の意志と統治体制との均衡関係という観点から、政局の現状を批判している。さらに同年七月二五日付フリードリヒ・フォン・ウエヒトリッツ宛の書簡では、自らの立場が次のように語られている。「私の立場は、プロイセンの立場でもオーストリアの立場でもなく、ドイツ全般のそれなのです。生来のシュレスヴィヒ・ホルシュタイン人からすれば、この立場こそがおそらく然るべきものであるように、われわれの主要な両勢力のなかで、私はドイツ的利益をもっともよく擁護してくれる側につねについているのです」[Br VI, 267]。一八四八年のヘッベルが、オーストリア主導の「ドイツ」に期待し、プロイセンの分立主義を批判していたことを思えば、一八五〇年代の両国の力関係の変化は、彼の見解にも影響を及ぼしていたと考えられる。プロイセン主導の「ドイツ」が現実味を帯びるようになったということである。ヘッベルの最晩年に見られる、統一という目的ありきの発言には、成果主義を掲げる政治的リアリズムの影響力も看取されるところである。

一八六一年七月一四日にプロイセン国王ヴィルヘルム一世の暗殺未遂事件が起こる。これにまたもや憤激したヘッベルは、「プロイセン国王ヴィルヘルム一世陛下に宛てて」という詩を発表する。ここでヘッベルはまず、オーストリア皇帝に宛てられた先述の詩が世間に顧みられなかったことを嘆き、戦火が広がるいま、その言葉が重みを増していると訴えている。そして襲撃事件に見舞われたプロイセン国王の運命を、次のようにドイツ民族の運命に擬《なぞら》えている。「〔……〕汝のドイツ民族のうえには／かねてより、汝に迫ったような運命が浮かんでいる。／それは重荷を抱えた雷雲のなかの／予期せぬ非業の死」［W VI. 413］。この死の危機を免れた国王には、次のような期待がかけられている。

死が汝のもとを通り過ぎ、／神が恵み深く、汝をお守りくださった、／いまや汝は、嬉しくも不安な心で、／自らは偉業を果たすために世に残されたと感じている！／何にもまして偉大なことがある、／それは、汝が汝の民族を／新たな美しい生へと目覚めさせることである、／汝はこれを果たし、ドイツ民族の素晴らしい末裔であってくれ！［W VI. 414］

この「偉大な」任務を前にして、詩の末尾では、次のように呼びかけられている。

オーストリアとプロイセンよ、さあ、奮闘せよ、／全ドイツが汝らに喝采する、／汝らがロマン語の人々やロシア人たちに、／ドイツ人でないおまえたちは、ともあれ安らかに眠るのだ、と教えてやるのなら！／耳を傾けよ、この声がいまより完全な、ますます完全な／和音となって帝国に隈なく響き始めているさまに。／ハプスブルクであれ、ホーレンツォレルン家であれ、／皇帝こそが、これを成就する人物である。〔W VI. 416〕

歴史上の英雄崇拝として、例えば、ナポレオンに対する賛辞は、一八三〇年代のヘッベル初期の政治詩にすでに見られる。先のオーストリア皇帝に宛てた詩でも、カール大帝の名が挙げられていた。こうした「偉大な」個人に対するヘッベルの崇拝の念は、とりわけ一八四八年革命から最晩年に至るまで、ドイツ民族の統一への現実的推進力となる「皇帝」にも向けられている。しかし、この詩は世間で醜聞を起こしたことも知られている。この詩は、作中で「従僕の民〔die Bedientenvölker〕」〔W VI. 413〕と称されているチェコ人やポーランド人の顰蹙《ひんしゅく》を買っただけではない。一八六一年一一月二八日付アドルフ・シュトロットマン宛の書簡のなかで、「プロイセン国王に宛てた私の詩により、私はドイツの命運を手中に収めている双方の偉大な王家の感情を害し、憤激を招きました」[Br VII, 116] とヘッベルは述べ、ハプスブルク家がこの詩を賛辞として受け取らなかったこと、ホーエンツォレルン家は、分岐した家系のなかでプロイセンだけが引き立てられている点を喜ばなかったことを、不評の理由として挙げている。一八六一年のヘッベルは、一八四八年革命からすでに一〇年以上が経過し、「赤い共和国」の未来も囁かれているウィーンのなかで、だが共産思想は「空虚な絵空事」であり、「盲目の鳥たちを捕まえるための、上手く鳥もちが塗られた小枝」であると断じ、「私は当地で、統一思想を代弁する唯一の人物です」[Br VII, 123] とまで告げている。同年一二月と推定されるシュトロットマン宛のここでの書簡で述べられた「統一思想こそ、ドイツ的自由主義の精神ではないのでしょうか?」[Br VII, 123] という反語的な言い方には、統一思想はもとより、三月前期以来の自由主義の体現者としての彼の自覚も見て取れるだろう。三月革命期の流行詩人にしてヘッベルの伝記作者でもあるルートヴィヒ・アウグスト・フランクルの、ヘッベルは「明らかに自由主義的であり、民主主義的ではない」[Zit. nach Steves, 73] という指摘を、ハインリヒ・スティーブスは次のように修正している。

ヘッベルは、何らかの既存の方向性に同調する党派支持者ではなかった。彼は政治を日々の闘いという一般的な意味で取りあげたのではなく、つねに自らのまなざしを人間性の根本的な関係へと向けていた。彼はある意味で保守的であったが、反動的ではなく、必要な変更に反対することはなかった。他方で、彼の自由主義は過激派へと移行することもなかった。というのも、彼は自由主義の行き過ぎを断固として批判していたのだから。［Steves, 73］

反動主義者でも共産主義者でもなかったヘッベルを自由主義者として位置づけるとき、これは党派的な意味ではなく、当時の市民層の多数派が抱いていた、立憲君主制にもとづく法治国家や市民的自由の実現といった思想基盤を共有していたという意味においてである。ただし、ヘッベルが「政治を日々の闘いという一般的な意味で」取りあげたわけではないという指摘については、留保が必要だろう。ヘッベルが自らの「統一思想」をあえて「ドイツ的自由主義の精神」と位置づけるとき、「統一思想」を内なる理念にとどめるのではなく、自由主義勢力の力を借りて、その政治的実現を求めるという姿勢が前提になっているからである。一八六三年に死去したヘッベルが、臨終のわずか数日前にも、エーミール・クーとの会話のなかで政治を話題にし、デンマークとの抗争に揺れる郷里の情勢に思いを馳せている。そして、「私が元気であるならば、今頃はアウグステンブルク公爵〔＝シュレスヴィヒ・ホルシュタイン両公国のフリードリヒ八世〕のところにいて、お役に立ちたいと言うのですが」［Kuh, 520f.］とヘッベルが述べたことは、この詩人が最期まで政治的現実に寄り添って生きていたことを端的に告げている。

## 4　現実と理念のはざまで

先ほど引用したスティーブスの論考は、一九〇九年に発表されたものである。同論の末尾では、ヘッベルの政治思想が、二〇世紀初頭のドイツの現実政策にも関連づけられている。そこでは、不満を抱いたチェコやハンガリーの危険性は、彼の時代と同じように高く、オーストリア君主国の現状を脅かしていると指摘されたうえで、次のように結ばれている。

ヘッベルがとりわけ「大地と人間」の詩で行なった植民地化の提案も、われわれが自分たちの植民地に目を向ければ、今日ではある意味、実現されている。むろんこれは、当時ヘッベルが想定できたのとは異なる、もっとはるかに大きな規模においてであるが。

われわれが知るのは、ヘッベルの見解がたんに理論的であっただけではなく、彼の願望の多くが実践に移され、彼の考えの多くがいまなお有効である、ということである。そのため、政治家としての彼の姿にもおそらく賛辞が贈られていいのである。［Steves, 73f.］

人間が未開の大地で暮らすようになったことへの称賛や、こうした移民に対する祖国の支援を訴えかけている詩「大地と人間」は、現実的な政治色の強い内容ではない。だがいずれにせよ、ヘッベルの政治詩と統一思想に見られる煽情的な内容は、単純化された理解のもとでは、そこから帝国主義や、場合によっては全体主義への発達線が認められかねない。たしかに彼の政治観には、当時独立を画策していたハンガリーやイタリアといった多民族国家ハプスブルク帝国の抱える非ドイツ語圏への手厳しい評価や、都市部の人口の増加という社会問題に関して、これには植民地政策で応じるべきであるといった見解も含まれてはいる。しかしながら、まず時代背景の相違は、無視できない問題である。ヘッベルが生きた時代は、シュレスヴィヒ・ホルシュタイン問題の決着やドイツ帝国の誕生以前の時期となる。「ドイツ」についての現状認識とこの認識に見られる一種の劣等感は、例えば、一八四八年の『ウィーン誌』に発表された「外国におけるドイツ的民族性」と題されたエピグラムのなかに認められる。

汝がイギリス人なら、外国ではイギリス人として尊敬されるだろうし、／汝がフランス人であっても、フランス人として評価されることになるが、／汝がドイツ人なら、完全に独自に力を発揮するしかない、／汝の歴史は何も、まったく何も、汝のために役立ったことはない、／だから私は難しいと思うのだ、たんなるお家騒動のなかで諸民族から、／これまでの汝の歴史

がかれらから獲得できなかったものを、奪い取ることは！〔W VII, 231〕

ヘッベルから見れば、ドイツ民族は内紛のなかで対外進出の道が閉ざされていたばかりか、そもそも分裂した現状を解消し、国家として統一できるかどうかも分からない状態にあった。そこから来る劣等感に裏打ちされた記述は、ドイツ帝国の誕生後における、二〇世紀的な意味での帝国やナショナリズムの「拡大」という文脈のなかには導くことができない側面がある。さらに、ヘッベルは詩の他にも、エピグラム、ジャーナル、日記、書簡といった多様な表現媒体を駆使して、「統一思想」を語った。媒体および資料の数が多い分だけ、その発言には揺らぎも認められる。例えば、ハプスブルク帝国領内のロンバルド・ヴェネト王国について、一八五九年のイタリア独立戦争時にオーストリアがこの地域を部分的に失うことになったとき、ヘッベルは先述のウエヒトリッツ宛の書簡において「この和平協定の報せが届いた日は、私の人生でもっとも悲しい日の一つに数えられます」〔Br VI, 268〕と述べ、オーストリアがこの地方を変わらずに領有すべきであることを説いている。このようにドイツ人の利益に偏重した政治観が表明される一方で、一八四八年四月二日付の論説文には、イタリアに関連して次のようにも記している。「諸民族はいま一度、外交に関する会議がペンで紙のうえに書き留めているような境界線が、河川や山々および言語や風習によって引かれた境界線とは異なることの証明となっている。かれらはこの点で失敗することはないだろう。このことは隠蔽されてはならないものである」［W X, 68］。ここでの見解は、最終的にはオーストリアの利害という観点に収束されてはいるが、その前提として諸民族の独立運動の妥当性も認められている。先の領有権の主張との矛盾については、背後に存在する情勢の変化がその理由となるだろう。論説文が発表された三月革命直後の時期においてヘッベルは、ハプスブルク帝国管轄下の諸民族の独立運動が、まだこの多民族国家そのものを揺るがせることはないという楽観的な認識に立っている。しかし、先の一八五九年の時点では、すでにイタリアの独立運動が成果を収めた後の発言となり、ヘッベルは一種の屈辱感に打ちひしがれている。こうした情勢や利害の変化に応じて、発言の色合いも変わらざるを得ない「政治家」的な側面が認められる一方で、論説文からの引用箇所の内容については、国境線を道義的、文化的な見地から判断する詩人らしい姿も認められる。以下の「ドイツ民族に宛てて」と題されたエピグラムも、道義的かつ文化的な観点から述べられた同胞に対するメッセージである。

果敢なドイツ民族よ！　汝はなんとも気高い欲求を備えている！／汝の首だけはこわばらせないように！　汝の首を回しさえすればいいのだ！／そうすれば、汝の背後に、すでに大半のものが見つかるかもしれない。／これは、汝がまだ見つけたことがないという理由から、いまでも声高に求めているものだ。／「皇帝悲劇！」と汝は主張する。それらは汝のウーラントが物してきた！／そこに照らして自らの姿を認めようとするならば、汝は自らの姿を余計に美化することはない！／「民衆喜劇！」と汝は叫ぶ。そちらにはシラーの陣営がおり、／色とりどりに、民族的に、茶化す力に満ちている！／いつか神々が現れ、天恵をもたらしてくれる、／毎日のように、汝から小銭をくすねる軽業師がやってくる。／こいつらを軽蔑し、やがて現れる神々を敬うことを知れ、／たとえこの軽業師が、新たに素顔を隠すうまいやり方を心得ているとしてもだ！［W VII, 231］

ドイツ民族から「小銭をくすねる軽業師」は、ドイツ民族の統一の妨げとなるような政敵のことを指す。この政敵の存在に触れられていることにより、このエピグラムが同時代の文脈のなかに置かれていることが分かる。しかしその一方で、「汝」と呼びかけるドイツ民族の「背後」に存在するものは、かれらの過去、なかでもその具体例が挙げられている文学的伝統である。ルートヴィヒ・ウーラントやシラーは、ヘッベルが偉大な先達として、自らの模範と位置づけてきた作家たちである。こうした先達から「悲劇」や「喜劇」を学び、辛抱強く待っていれば、いつか「神々」の「天恵」が与えられるという。ヘッベルのこうした道義的要求は、きわめて情緒的に訴えかけるものであり、決して論理的な主張ではない。ここでの統一思想は、ナショナリズムという観点から見れば、具体的なドイツ帝国へと収斂されていく、三月後期のそれに該当するというよりは、ここでシラーやロマン主義の作家が登場しているように、むしろフランス革命や対ナポレオン解放戦争時の教養市民層に由来する「文化国民主義〔Kulturnationalismus〕」〔Eke, 35〕の範疇での意義が認められるだろう。三月後期に批判され、ロハウの「現実政治」から捨象された道徳性という点についても、例えば、次の「諸民族に宛てて」と題されたエピグラムのなかにこの要因が認められる。

ああ、諸民族よ、憎むべきものがあることを、汝らはもうとうに心得ている。／最終的には、ただ愛し合わなくてはならないということも、学んでくれ！〔W VII, 232〕

この短い警句では、諸民族の友愛や和合の重要性が訴えられている。いかなる政治的・外交的国境線が民族にもたらされるにせよ、その後に待ち受ける民族間の共生生活や人々の市民生活は、平和裏に送られるべきものである。ヘッベルの言動や文筆作品は、一種のイデオロギー化の傾向が認められようとも、また、現実と理念との間の揺らぎが認められようとも、国家や民族という駒を操る第三者的な立場から表明されたものではなく、あくまで同胞に思いを馳せ、やむにやまれぬ気持ちから、政治に関与した同時代人という立場から生まれたものだった。ヘッベルは、次の通り、「私の同郷人であるシュレスヴィヒ・ホルシュタイン人に宛てて」と題されたエピグラムも残している。

私は長らく、他の人々と同じ人間でしかなかったのに、突如として、／またもやドイツ人であるという歴史に弾劾されてしまい、／ついに、ドイツ人であるうえにホルシュタイン人である自分さえ目覚めさせてしまった、／だが、われわれがデンマーク人に報いてやるまで、私は喜んでホルシュタイン人にとどまる、／もっとも、寛容こそがわれわれに相応しいものだろう、かりにデンマーク人に白熊が／襲いかかったら、慇懃にデンマーク人を帝国へと救いあげてやろうではないか。［W VII, 234］

ユーモラスに描かれたこのエピグラムにおいて、デンマーク人に対する因果応報ではなく、「寛容」の姿勢が提案されているところは、諸民族の和合を求める先のエピグラムの精神にも通底する。未来志向という点についても同様で、ここに記されたドイツ人の「帝国」さえまだ現実化していなかったにもかかわらず、その後となる民族同士の関係にまで想念が及んでいるのは、驚くべきことである。シュレスヴィヒ・ホルシュタイン両公国は、一八六四年の第二次シュレスヴィヒ・ホルシュタイン戦争、続く普墺戦争の結果、一八六六年にプロイセン王国に帰属することになった。これはヘッベルが死去してから三年後のことである。彼の長年の夢だった同郷人の「ドイツ」への統合は、ここに実現されたかに見える。もしもヘッベルがこのときに生きていれば、という無謀な仮定をすれば、まずは即座に喜びの声をあげたことだろう。しかし、プロイセンの武力による併合が、「効率や成果という観点からのみ肯定的に評価できる」ものであり、「シュレスヴィヒ・ホルシュタイン人の過半数の意志に反して」遂行されたものである〔Plumpe, 35〕という指摘を考慮すれば、ヘッベルの歓喜は、一時の糠喜びに終わったのではなかろうか。この地方に民族自決の原則がもたらされたのは、ようやく第一次世界大戦後のことだった。

「オーストリアのドイツへの接続は、ヘッベルの不断の検討材料だった」〔Kuh, 235〕と指摘されていることから、ヘッベルのドイツ民族およびその統一に関する思想は、「大ドイツ主義」〔佐藤、一九二頁〕と一括されることがある。しかし、本章で考察した通り、最晩年に至るまでの彼のドイツ統一思想の軌跡を辿れば、この思想は、政治的用語でいうところの大ドイツ主義か小ドイツ主義かという一義的な分類を阻むところがある。このヘッベル独自の統一思想は、たえず政局の波に晒され、政治的リアリズムの影響も受ける一方で、三月前期の「文化国民主義」にも遡るような、道義性や文学的伝統も踏まえた詩人の心の叫びであった。ここで期待された統一ドイツ像は、少なくともヘッベルにとっては、自らのアイデンティティを宿す、架空の愛国心の対象であったと言える。これは、シラーやウーラントによって描かれた国民性を抱き、シュレスヴィヒ・ホルシュタイン公国のドイツ人たちも一体化したドイツ民族の来たるべき国家として、平和と秩序に守られた市民生活を送ることができるはずのものだった。この私的な、いわば顔の見える国家像は、本章第一節で考察した、道徳や理想を切り捨てたロハウの「現実政治」論の先に見えている、非人格的、抽象的な国家像とは対照をなすものだろう。

## 文献

Hebbel, Friedrich: *Sämtliche Werke. Historisch-kritische Ausgabe*. Hrsg. von Richard Maria Werner. 1. Abt.: Werke, 12 Bde.; 2. Abt.: Tagebücher, 4 Bde.; 3. Abt.: Briefe, 8 Bde. Berlin (B. Behr) 1901-1907. この全集からの引用は、第一部の作品集をW、第二部の日記をT、第三部の書簡集をBrと略記し、［ ］内に略号、巻数、頁数を記す。

Rochau, Ludwig August [sic] von: *Grundsätze der Realpolitik. Angewendet auf die staatlichen Zustände Deutschlands*. Hrsg. und eingel. von Hans-Ulrich Wehler. Frankfurt. a. M.; Berlin; Wien (Ullstein) 1972.

---

Eke, Norbert Otto: *Einführung in die Literatur des Vormärz*. Darmstadt (Wissenschaftliche Buchgesellschaft) 2005.

Kuh, Emil: *Biographie Friedrich Hebbels*. 2 Bde. 2., unveränderte Aufl. Wien; Leipzig (Wilhelm Braumüller) 1907, Bd. 2.

Hamerow, Theodore S.: Moralinfreies Handeln. Zur Entstehung des Begriffs ›Realpolitik‹. In: Grimm, Reinhold; Hermand, Jost (Hgg.): *Realismustheorien in Literatur, Malerei, Musik und Politik*. Stuttgart; Berlin; Köln; Mainz (W. Kohlhammer) 1975, S. 31-47.

McInnes, Edward; Plumpe, Gerhard (Hgg.): *Bürgerlicher Realismus und Gründerzeit 1848-1890*. München (Deutscher Taschenbuch Verlag) 1996.

Plumpe, Gerhard: Einleitung. In: ebd., S. 17-83.

Stemmler, Peter: »Realismus« im politischen Diskurs nach 1848. Zur politischen Semantik des nachrevolutionären Liberalismus. In: ebd., S. 84-107.

Steves, Heinrich: *Fr. Hebbels Verhältnis zu den politischen und sozialen Fragen.* Inauguraldissertation der hohen philosophischen Fakultät der königlichen Universität Greifswald. Greifswald 1909.

Weigel, Sigrid: Vorwort. Der Nachmärz als Laboratorium der Moderne. In: Koebner, Thomas; Weigel, Sigrid (Hgg.): *Nachmärz. Der Ursprung der ästhetischen Moderne in einer nachrevolutionären Konstellation.* Opladen (Westdeutscher Verlag) 1996, S. 9-18.

佐藤正樹「ヘッベルと四八年革命」十九世紀ドイツ文学研究会編『ドイツ近代小説の展開――E・T・A・ホフマン『牡猫ムルの人生観』からトーマス・マン『ブッデンブローク家の人々』まで』郁文堂、一九八八年、一九一―二〇四頁。

# 第7章 「革命なんかに入らなければよかった！」——ヨハンナ・シュピーリ後期作品に見る労働運動のモチーフ

川島 隆
KAWASHIMA Takashi

## 1 ゴータから世界へ

一八七五年、ドイツ中部の都市ゴータで、二つの党派のあいだの歴史的な和解が行なわれた。一つは、一八六三年に全ドイツ労働者協会を設立したフェルディナント・ラサール（翌年に決闘死）の遺志を継ぎ、穏健な社会主義をめざした勢力（ラサール派）。もう一つはマルクスの共産主義に共鳴する勢力で、一八六九年にアイゼナハで社会民主労働者党を結成したヴィルヘルム・リープクネヒトとアウグスト・ベーベルを指導者としていた（アイゼナハ派）。五月に開かれた労働者協会と社会民主労働者党の合同大会で、今後の運動の方針を確認する「ゴータ綱領」が採択され、二つの党派はドイツ社会主義労働者党へと合流することになった。これを受けてマルクスは『ゴータ綱領批判』を書き、階級間の融和をめざす方向を否定したが、ともあれ従来分裂していたドイツの労働運動が統一された意義は大きかった。社会主義勢力の拡大を危惧したビスマルクのドイツ政府は一八七八年に社会主義者鎮圧法を制定し、労働運動を厳しく弾圧する一方、一八八〇年代には社会保険、医療保険、労災保険、養老保険の制度を次々と導入した。世界に先駆けた社会保障制度と労働運動の弾圧を車の両輪とする、いわゆるアメと鞭の政策である。

ドイツ社会民主主義の誕生の地となったゴータで一八七八年、つまり社会主義者鎮圧法の制定と同じ年、キリスト教色の強い保守系の出版社ペルテスから、匿名の女性作家の手になる短編集『故郷を失って』が刊行された。作者は一八七一年にブレーメンの教会出版を通じて作家デビューし、女性であることとイニシャル「J・S」以外は伏せつつ、普仏戦争の傷痍軍人に対する慈善事業の一環として作品を書いていたが、「子どもと、子どもを愛する人のための物語二編」と銘打った『故郷を失って』で児童文学に転向し、職業作家としての道を歩みはじめる。彼女はペルテス出版社から次々と「子どもと、子どもを愛する人のための物語」を刊行し、長編『ハイジの修業時代と遍歴時代』（一八八〇年）がベストセラーとなって以降は実名ヨハンナ・シュピーリ名義で活動した。

アルプスの自然の癒しの力を描く『ハイジ』は、自然描写が喚起するイメージの美しさゆえに世界的な人気を博する一方、古臭い現実逃避の文学として断罪されることも多かった［Doderer, 130］。しかし、一九世紀スイスのドイツ語圏の都市チューリヒで生きたシュピーリの作品には、同時代のスイス社会が抱える問題への接点が随所に見られ、とりわけ子どもの貧困はよく取り上げられる［ヴィスメール、一八七一一八九頁］。本章では、とくにシュピーリの後期作品『コルネリは教育される』（一八九〇年）と『ゴルトハルデはどうなったか』（一八九一年）の読み直しを通じ、文学と政治の接点を考えてみたいと思う。けっして真正面から社会問題を扱った作家の作品ではないからこそ、そこには文学と政治が結ぶ関係がいかに微妙なものであるか、その特徴的なサンプルを見出すことができるだろう。

## 2 貧困と労働運動と文学

西洋社会の近代化の過程は、かつてない規模の貧困を生んだ。伝統的な農村社会の解体にともなう都市部への人口流入の結果、産業革命後に各地で林立した工場は安価な労働力を得ることができたが、当時の工場労働者たちの多くはきわめて劣悪な条件で働かされていた。賃金水準は低く、一日一五時間にのぼる長時間労働があたりまえで、病気や怪我の際の保障もなかった。成人男性のみならず、幼い子どもや女性も同様にひどい労働環境にさらされていた。居住環境も最悪だった。「家には地下室から屋根の下ぎりぎりまで人が住み、家の内も外もきたなく、だれもそのようなところに住んでいそうもないように見える。〔……〕ゴミや灰の山がいたるところに散在し、ドアの前へぶちまけられた汚水が集まって、悪臭を発する水たまりとなっている」〔エンゲルス、六九頁以下〕。

一九世紀が下るにつれて、こうした現状を改善すべく、労働運動が組織されはじめる。当初の労働運動は、一八一〇年代にイギリスで盛り上がったラダイト運動のように、機械の打ち壊しを通じて産業革命に反旗を翻す傾向を示していたが、やがて労働者側の要求は工場労働の否定から工場労働の待遇改善へと推移していく。

こうした流れは、文学の領域にもはっきりと痕跡を留めている。貧困、とりわけ子どもの貧困は、一九世紀前半のロマン主義の時代からすでに、文学のテーマとして好んで取り上げられた。世紀の半ばから興隆したリアリズム文学においては、現実社会の貧富の差に対して鋭い批判のまなざしが向けられ、肥え太った資本家の醜さとともに、搾取に苦しむ労働者たちの姿が直接的に描かれるようになった。たとえばチャールズ・ディケンズは『ハード・タイムズ』（一八五四年）で労働組合運動を描き、エミール・ゾラは『ジェルミナール』（一八八五年）で炭鉱労働者のストライキを描いた。こうした英仏語圏の文学と比べると、工業化の進行が一歩遅れたドイツ語圏にあって、文学は社会へコミットする度合いが薄く、内面性への傾向が支配的だったと一般に理解されている。そのような文学傾向は、社会批判の意識を尖鋭に示す「批判的リアリズム」に対して「詩的リアリズム」と呼ばれる。実際には、ゴットフリート・ケラー、ヴィルヘルム・ラーベ、テオドール・フォンターネといったリアリズム文学の巨匠たちは多かれ少なかれ社会批判の意識を持ち、これを作品に反映させているが、たしかに同時代の労働運動に対しては否定的だった［Zenker, 158］。

以上のような総括は、あまりにも大ざっぱで通念に寄りすぎかもしれない。三月革命後の時期、カール・グツコーやグスタフ・フライターク、フリードリヒ・シュピールハーゲンといったリベラルな作家たちは、たとえ否定的・限定的にでも労働運動のモチーフをしばしば取り上げているし、世紀の終わりごろにはプロレタリア文学の芽生えが見られた［Zenker, 160ff.］ことを鑑みると、「社会に背を向けたドイツ文学」のイメージは、むしろ文学史を書く側の問題で生まれた可能性も高い。とはいえ本章では、あえてこの通念に異を唱えることはせず、逆にこの通念をむしろ強化してしまう危険性を承知で、いかにも詩的リアリズムと呼ぶべき特徴をそなえたシュピーリ文学とその社会的背景に目を向けていきたい。

ヨーロッパ大陸の中央に位置する山国スイスでも、産業革命後の状況は他の国々と似たような経緯をたどった。海から離れており、自前の鉱物資源にも乏しいことから重工業の発達は遅れたものの、チューリヒ近郊を中心に繊維工業はめざましい躍進を遂げ、とくに綿紡績の分野ではイギリスのマンチェスターに肩を並べるまでになる［黒澤、二六三頁］。チューリヒ州の都市ヴィンタートゥールなどでは後発的に鉄工業や機械工業も発展した。もともと兼業農家が多く、家内制手工業を重要な収入源としていたスイスの農村は、産業の機械化により大きな打撃を受けた。農村部に蓄積された不満は、ときに機械の打ち壊し運動の形をとって爆発し、一八三九年にはチューリヒ州の自由主義政権を農民一揆が打倒する「九月革命」が起きた［渡辺、二五三頁］。

スイスは一八四八年に憲法を制定して連邦制国家となり、自由主義政権が主導した鉄道網の整備などを通じ、さらなる経済的発展を遂げた。その一方で、スイス社会の貧困は一八四〇年代から六〇年代にかけてピークを迎える［Gruner, 21］。この時期、三月前期の「若きドイツ」の運動やドイツ三月革命の影響を受け、スイスにおいても労働運動の端緒が見られるが、いずれも短命に終わった。労働運動が大衆レベルで本格的に組織化されるのは、一八七〇年ごろを待たねばならない［Gruner, 688］。運動の成果として各州で工場法が制定され、労働者の権利保護が一定の範囲内で実現を見る。こうした社会立法の成果をスイス全体で共有するにあたっては、児童労働の制限を例外として強い抵抗があり、地方分権が強い連邦制国家ならではの困難もあったが、少しずつ中央集権化が進み、一八七四年の憲法改正を経て一八七七年には連邦工場法が制定された［イム・ホーフ、一九三頁］。この動きと並行して、労使双方の利益代表団体が連邦レベルで組織化されていく。一八七〇年にはスイス商工業連盟、一八八〇年にはスイス労働組合総同盟が設立される。一八八八年にはベルンでスイス社会民主党が結成された。

一八二七年、チューリヒ近郊の村ヒルツェルで生まれたヨハンナ・シュピーリ（旧姓ホイサー）は、ケラーと同じく生涯の大半をチューリヒ市で過ごし、ここまで概観した時代の変化をつぶさに目のあたりにした。彼女がその際、変容するスイス社会のありさまを超然たる位置から眺めていたわけではなく、特定の政治勢力のただ中に身を置きながら、一貫して特定の政治的立場からものを見ていたことには注意する必要がある。彼女の父ヨハン・ヤーコプ・ホイサーはヒルツェルの開業医で、母のメタ・ホイサーは敬虔主義的な情熱にあふれた宗教詩を書く女性詩人で、国内外の保守派の知識人と文通していた。先述の九月革命の余波を受け、リベラル派だった牧師ザロモン・トーブラーが任地ヒルツェルを追われた際には、ホイサー家の両親が追放運動の先頭に立った［Winkler, 80f.］。早くから詩作を始めたヨハンナは、保守的な母の思想的な影響を強く受けていた。さらに、一八五二年に結婚した弁護士で政治家でもあった夫ベルンハルト・シュピーリは、保守系の『スイス連邦新聞』の編集主幹として自由主義陣営に対する攻撃を繰り返し、リベラル派の重鎮たる政治家にして鉄道王アルフレート・エッシャーとは犬猿の仲だった［Helbling, 18f.］。一八六〇年代末にエッシャー体制が崩壊し、左派と保守派の発言権が一時的に増大すると、ベルンハルト・シュピーリはチューリヒ市の書記官（助役に相当）に就任し、一八八四年の死までその地位にあった。

ベルンハルト・シュピーリは『スイス連邦新聞』紙上でしばしば社会問題を取り上げ、貧困にあえぐ工場労働者の救済を訴えたが、その一方で社会主義者の主張は虚妄として退けた［Villain, 220f.］。

妻ヨハンナが同じ社会問題を見る際、やはり同様の枠組みで見ていたであろうことは、想像に難くない。その視座から見られた労働者と労働運動の像が彼女の文学にどう反映されているかを、次節からは実際の作品に即して見ていく。

## 3　『コルネリは教育される』――「反革命」小説

先に述べたように、シュピーリ作品には貧困のモチーフがあふれているが、工場労働が取り上げられることはきわめて少ない。その例外が、一八九〇年の長編小説『コルネリは教育される』である。主人公の少女コルネリ（「コルネリア」のスイス風の愛称）は、シュピーリ作品によく登場する元気溌剌とした「アルプスの少女」の一人で、ストーリー内容も『ハイジ』と連続性がある。『ハイジ』以外のシュピーリ作品では最もよく読まれているもので、日本でも一九四六年の野上弥生子《やえこ》訳『コルネリの幸福』（愛宕書房）や一九六一年の辻瑆《ひかる》訳『学校に行くコルネリ』（白水社）など数多くの訳本が出ている。以下、あらすじを簡単にまとめておく。

イラーバッハ川のほとりのイラーバッハ村で鉄工所を経営する工場主フリードリヒ・ヘルムートは、三年前に妻を亡くし、一〇歳になる娘コルネリと二人で暮らしている。天真爛漫なコルネリは、母の乳母であった信心深い老女マルテの家に入りびたり、それなりに楽しく日を過ごしていたが、母親がいないために礼儀作法を教わる機会がない娘の将来を危ぶんだ父は、自分が出張で不在のあいだの教育係として親戚のドルナー嬢を呼び寄せる。しつけに熱心なドルナー嬢とその友人グリデーレン嬢に精神的虐待を受けたコルネリは鬱状態に陥るが、遠くの町から転地療養のため訪れてマルテの家に下宿した少年ディーノとの交流を通じて救われる。コルネリはその後、ディーノの家族のもとに滞在し、温かい家庭環境の中で生活するうちに自分に歌の才能があることを知り、自己実現への道を歩みはじめる。

このような、主人公が陥る精神的危機とそこからの癒しという運動は、シュピーリ作品によく見られるものである。病弱な少年ディーノが療養のために村を訪れるというモチーフは、『ハイジ』第二部（『ハイジは習ったことを役立てる』）のクララの治癒のエピソードを髣髴とさせるが、しかし『コルネリ』ではアルプスの自然の治癒効果は中心的テーマではなく、逆に、コルネリが人の温かさに触れて自らのアイデンティティを見出す場所は、ディーノの家族が住む町である。ディーノの母（ハルム夫人）は、田舎の牧師だった夫を亡くしたあと、二人の娘がゆくゆく自活できるよう、可能なかぎりよい教育を受けさせるために町に移ってきた[27]とされる。田園に対置された都市が「悪」として描かれていない点は特筆に値する。この小説中では、文明的なものは必ずしも否定的なニュアンスを帯びていない。

それでは、この小説中で工場労働はどのように描かれているのだろうか。第一章「音高いイラーバッハ川のほとりで」の該当箇所を見てみよう。

コルネリは、ざあざあ音を立てて流れる川に沿って山肌を少し駆け下り、大きな建物が並んでいるところまで来ました。建物の中では一日中、パチパチ火がはぜる音や、ドンドン叩く音、金槌がカンカンいう音が聞こえていました。その音をかき消すことができるのは、音高く流れるイラーバッハ川ぐらいのものでした。これが、この界隈で有名な鉄工所の作業場だったのです。近隣住民は大抵ここで働いていました。［12］

以上が、この作品の中に出てくる工場労働の描写のすべてである。——いくらなんでも拍子抜けだと思う読者もいるだろう。工場労働はここでは音としてしか表現されず、大勢いるはずの労働者たちの姿は描かれない。たとえ明示的にネガティブに描かれるわけではないにせよ、生活を侵食するやかましい音として語られる工場労働が、微かに苛立たしいものと捉えられているのは間違いない。そして、ここでの労働者は、はっきりとした像を結ばないがゆえに不気味な、漠然と不快なものである。第七章「新たな悲しみ」で、出張から戻った工場主ヘルムート氏が労働者たちと面会したあとに「やつらのせいで色々と台なしにされた」［131］と吐き捨てている箇所からも、この鉄工所の労使関係があまり良好でないことは推察される。老女マルテの指が針仕事で荒れているのは「農夫や鉄工所の労働者が着るシャツ」を縫って生計を立てているせいだと知ったコルネリが、「あの人たち、自分で自分のシャツを作ればいいのよ」〔11〕と言い放つとき、それは一方では少女の幼稚さを示す発言と解釈できるが、他方では、この小説の語りに孕まれた労働者嫌悪を代弁しているようにも感じられる。

この小説の語りの水面下には、不可視の労働者たち、それも不満を抱えた労働者たちの存在がわだかまっている。そう考えてはじめて見えてくるものがある。たとえば、第六章「お友達ができた」において唐突に「革命」というものが話題になる理由がそうである。この言葉は、一二歳の少年ディーノがコルネリの気分転換のために語って聞かせるお話の中に登場する。それは「銅鍋おばさん」と「義理の弟の洗濯釜」の寓話である。あるとき銅鍋と洗濯釜は連れ立って、「ちょうど革命の最中」だったパリの都を訪れる。——ここで「革命って何?」と問うコルネリに対し、「革命ってのは、誰もが自分の持ち場から離れたがって、何もかもめちゃくちゃになることさ」〔117〕とディーノは説明する。

銅鍋はもうずっと前から、自分だって別のものになりたい、脂っこいものばかり炒めて下側が煤だらけになるのは嫌だと考えていました。もっとましなものになれるはずだと。洗濯釜も似たような考えでした。自分も他のきれいなティーポットたちと同じになり、洗濯場ではなく豪華な食卓の上にいられるはずだと考えていたのです。そんなわけで二人は革命に入り、同志になりました。二人は有名になり、よく公衆の前で演説しました。二人とも話が上手でしたから。洗濯釜は洗濯女から、銅鍋は料理女からおしゃべりを学んでいたのです。それから二人は、どんな地位に就きたいかと尋ねられました。銅鍋は、アイスペールになりたいと言いました。外側はきれいな木で、内側はみごとな氷で、きらきら光っているやつに。そして洗濯釜は、ティーポットになって豪華な食卓の上にのりたがりました。二人は望みどおりのものになりました。

[118]

しかしながら、本来の用途と別のものになってしまった銅鍋と洗濯釜は、散々に場違いな思いを味わって苦しんだあげく、革命が終わると不要のものとして投げ捨てられる。

そこで下男のルルと下女のララがアイスペールを両側からつかみ、勢いよく、裏庭に積み重なっていたクズ鉄や骨やゴミの山の上に投げ落としました。猛烈な勢いがついていたので、アイスペールは全身がメリメリ音を立てました。かつて銅鍋であったものは、関節がバラバラになりつつあって破滅が避けられないことを感じ、痛みに呻きながら叫びました。「ああ、革命なんかに入らなければよかった！　家で気持ちのいい炭火に焙られていればよかった！　こんなことなら最初から――」そこまで言ったところで完全にバラバラになりました。［120］

義理の弟の洗濯釜も同じ運命をたどり、上から投げ落とされてきた「革命で使い古された火打ち式銃」に押しつぶされて粉々になる。

小説のストーリーの進行上、この残酷寓話は、落ち込んでいたコルネリを笑わせるためという以外の機能を何も持っていない。つまり、ここでの寓話の内容が「革命」に関するものでなければならない必然性などどこにもないように見える。だが、『コルネリ』という小説がじつは水面下に抑圧された労働者たちの物語でもあることを考え合わせると、ここで露骨なまでの「革命」批判の寓話が語られねばならなかった理由は明らかになるだろう。この寓話は、一七八九年のフランス革命を批判することを通じて、同時代スイスの労働者が「自分の持ち場から離れたがって、何もかもめちゃくちゃになる」ことを牽制しているのである。

そして、この「反革命」寓話は、小説末尾の第一〇章「イラーバッハでの新しい生活」で語られるエピソードに滑らかに連続している。そこでは、ディーノの一歳下の妹アグネス（音楽の才能に恵まれた少女）が、コルネリと二人で旅回りの「歌学校」をやりたいと夢を語ったのに触発され、工場主が次のような計画を述べる。

鉄工所には労働者が大勢いる。彼らには小さい子どもがいて、その下にもっと小さい子どもがいて、一番小さい子どもたちの世話と家事で母親たちは大忙しだ。アグネスとコルネリがイラーバッハに歌学校を設立したら、子どもたちはみんなやって来るだろう。お母さんは歌っている暇なんかありませんという子どもたちがね。来てくれた子にはミルク一杯とパンを配給する。声の響きがよくなるように。[217]

先に述べたように、スイスでは一八七〇年代以降に本格的な労働運動の組織化が見られ、一八八八年にはスイス社会民主党が結成されるに至る。その二年後に世に出た『コルネリ』は、そうした動きに水をかけることを一つの目的とした小説に他ならない。工場主ヘルムート氏が語る小さな社会福祉事業の計画は、労働者たちによる「革命」を否定する代わりに提案されたものであり、いわばビスマルク風のアメと鞭の政策を一事業主の単位で実践しようとしたものだと言えよう。

## 4　『ゴルトハルデはどうなったか』――無償労働と言論否定

『コルネリ』の翌年、すなわち一八九一年に刊行された短編集『民衆文庫　第二巻』に所収の短編『ゴルトハルデはどうなったか』は、工場のモチーフこそ扱ってはいないが、より直接的に労働運動を描いている。なお『民衆文庫』シリーズは、シュピーリにあっては珍しく「子どもと、子どもを愛する人のための物語」と銘打たれてはいない。つまり、大人の読者を想定したものである。シュピーリが『ゴルトハルデ』を大人向けと見なした理由は、そこに恋愛要素が入っていることと、政治的な要素が、『コルネリ』の場合のように潜在的にではなく、顕在的に描かれていることだろう。ジャン＝ミシェル・ヴィスメールが指摘するように、これはシュピーリの全作品中で「最も明確に政治的な主張」を行なう人物が登場する〔ヴィスメール、一八八頁〕例なのである。以下では本章の締めくくりに、この短編のストーリーを追いつつ、作中で労働運動がどのように描かれているかを見ていく。

主人公の少女レージ（「ローザ」のスイス風の愛称。幼少期は指小形で「レーゼリ」と呼ばれる）は六歳で母を亡くし、手足が麻痺する難病を抱えた父マルティンと二人で、親戚筋を頼ってゴルトハルデ（「金色の山肌」を意味する）農場に居候している。農場主のヨナスはきわめて吝嗇《ケチ》で猜疑心が強く、同じ名前の跡取り息子に対し、結婚相手にはよくよく気をつけるようにと常々言い聞かせている。

物語は、この小ヨナスと、両親がいないため「拾い子」と呼ばれる少年トビ（「トビアス」のスイス風の愛称）に挟まれたレージが体験する三角関係を扱っている。

レージは、これまたシュピーリ定番の「アルプスの少女」の一人だが、作中では徹底して働き者として性格づけられている。幼い少女は嬉々として農作業の手伝いをし、さらには家事まで完璧にこなし、女中の仕事の肩代わりをする。これには、児童労働の制限など頭になく、「働きはじめるのに早すぎることはない」［114］という考えの持ち主である守銭奴ヨナスは大いに喜ぶ。少女はさらに、身動きができない父親の介護も引き受ける［118］。

ちなみに彼女は強い正義感の持ち主で、拾い子トビがボロボロの格好をしているせいで成績優秀であるにもかかわらず学校でいじめられているのを見ると、敢然と擁護する［118］。しかし、その正義感が後々、社会変革を求める方向へ発揮されることはない。そのように彼女のメンタリティを方向づけるのは、第二章「レーゼリは上の階で、ヨナスは下の階で、ためになるお話を聞く」において、難病を抱えた父の運命を嘆く娘にマルティンが語って聞かせる「生涯ずっと十字架を担いでいた男」［121］の寓話である。この男は自分の十字架の重みに耐えかね、他の人が持っているような、もっと軽い十字架と交換したいと思っている。あるとき出会った天使が男の願いを聞き入れ、十字架の山のところに連れて行き、好きなのを選んでよいと言う。男は早速、軽そうに見える小さいのや薄いのや短いのを選び出すが、どの十字架も男の身体に合わず、肉に食い込んでひどい苦痛を与える。散々探し回った男は、最後に自分に一番ぴったりくる十字架を見つけて喜ぶが、そのとき、それが自分が捨てようとした「元の十字架」〔123〕に他ならないことに気づく。――つまり、自分が置かれた現状がいかなるものであろうと、それを神から与えられた天命と受け止め、不満を抱かずに生きることが推奨されているのである。この寓話には濃厚にキリスト教色がまつわっているが、ひとたびその覆いを取り除けば、『コルネリ』で語られた銅鍋と洗濯釜の寓話との連続性は一目瞭然である。

　第三章「思いがけない展開」では、マルティンと老ヨナスはともに世を去り、レージは一九歳になっている。ここから恋愛要素が本格的に浮上するが、この小説はラブロマンスとしては、恋のお相手が二人ともやや魅力に乏しすぎるかもしれない。まず、父親の死後に農場を受け継いだヨナスは意志薄弱で、「貧乏な女」とも「金持ちの女」とも結婚するな〔125〕という父の教えを忠実に守り、女性に関心を示さない。その一方で、彼は母親のあとを追うようにレージに執着している。対するトビは才気煥発だが短気で、すぐ逆上する。彼はレージとヨナスの仲に嫉妬し、二人は結婚間近だという噂を広める〔134〕。ちょうど農繁期にゴルトハルデ農場に手伝いにやって来た親戚の女性エスターは、労賃をもらっていないレージが嬉々としてただ働きしているのを不気味に思い、ヨナスとの結婚の噂を聞いて、この少女が農場を乗っ取ろうとしているのだと誤解し、ゴルトハルデから追い出すことを決意する。ヨナスの妻の座を狙っても無駄だとエスターに面と向かって言われ、侮辱されたレージは、憤然として自ら農場を出奔する。

泣きながら山を下っていたレージは、途中でトビに出会う。彼は政治集会からの帰りで、相手のただならぬ状態には気づかず、興奮して自分の政治活動の意義について語る。

俺たちが話し合ってる内容は、そろそろ世の中を全部変えなきゃならないってことさ。そろそろ俺みたいな若者が何かになれる世の中にするんだ。生涯ずっとろくな収入もなく、定職もなく肩身の狭い思いをして、他の連中が既得権にあぐらをかいて上から命令してくるのを指をくわえて見てるなんて、もうたくさんだ。一方には自分が必要としないものまで持っている連中がいて、もう一方には飢えて死んでいく人たちがいる。これは正しいことか？　なあレージ、これがいい仕組みだとでも思ってるのか？　こんなこと全部変えなきゃならない。そろそろ国家が事態を掌握していいころだ。そうなる前に諦めたりはしないよ。何も言ってくれないんだね。おまえは、うまい汁を吸ってる側だものな。でも俺は別の側にいるんだ。[144]

紛れもなく社会主義的な主張である。ここで「国家」の役割が話題にのぼっている点は注目に値する。スイスの保守派は伝統的に、貧者の救済は国家からではなく、キリスト教的な隣人愛から派生すべきものと主張していた [Gruner, 187]。リベラル派もまた、経済活動の自由放任を擁護する立場から、一八七〇年代に入っても社会保障への国家の関与に消極的だった［Gruner, 199］。福祉国家としての国家の役割は、左派の主張としてはじめて浮上してきたものである［Gruner, 202］。シュピーリはここで、一八七四年の憲法改正および一八七七年の連邦工場法の制定へとつながった左派の運動をトビの姿で代表させているのだ。これに相対するレージの反論は、キリスト教的な保守のイデオロギーを忠実になぞっている。彼女はまず、「この世の中が不平等なのはよく分かってる」と応じ、貧民と病人が置かれた状況が改善するような「いい仕組み」が作られるならそれに越したことはないと認めたうえで、次のように言う。

でも、たくさん話し合いをしたり、方々うろつき回ったりすることで何かいい仕組みができると思ってるのなら、理由がよく分からないわ。そんなこと、なすべきことを知っている人たちに、何かできる立場にいる人たちに任せておきなさいよ。［145］

この言葉には、かつて父マルティンが語った十字架の寓話の教えが生きているわけである。これに対してトビは次のように再反論する。

誰もが自分の持ち場でやれることをやらないとだめなんだ。不当に搾取された人々のために。

だから俺は集会があれば必ず行くし、話をして広報をする。人助けのためにやってるんだよ。それで助かる人がいる。みんなが自分の持ち分を取り戻すんだ。〔145〕

これに対するレージの再々反論はこうである。

誰もが自分の持ち場で自分と他人のためにできることをすべき、というのは同感だわ。でも、あんたが自分の持ち場でできることがあるとすれば、一番いいのは、自分自身の健康な手足でできるかぎりのことをして、それ以外は神の手に委ねることだと思う。そうすればあんたは不当に搾取された側から抜け出せるし、困っている人たちの力になることもできるでしょう。それが目的なのよね。私が言った道を行けば、たくさん演説するよりもずっと早く、確実に目的にたどり着けるわよ。〔145〕

ここでレージが、社会福祉の領域に「国家」が介入することに加え、労働者たちの集会における「話し合い」や「演説」を一貫して否定的に捉えている点に注意したい。この点は、『コルネリ』の寓話の中で、フランス革命に参加した銅鍋と洗濯釜が「公衆の前で演説」を繰り返したことがとりわけ唾棄すべき所業として描き出されていた点に直接つながっている。保守系の作家としてのシュピーリは、労働運動が形成する公共圏と、そこで展開される言論活動を、他の何ものにもまして警戒しなければならなかったのである。

作中のレージとトビの論争自体は、尻すぼみに終わる。レージがすでにヨナスと訣別してゴルトハルデ農場を出ていることを知ったトビは、にわかに喜色満面で結婚を申し込むが、レージは「国家のために結婚するなんてまっぴら」〔147〕と一言のもとに撥ねつける。その後のストーリー展開をごく簡単にまとめておこう。さらに山を下る途中、レージはかつての級友リーゼとぶつかる。リーゼはちょうど、雇用先の農場があまりにも労働条件がひどいために辞職してきたところだった。レージは彼女の代わりにその農場の下女として棲み込みで働きはじめる。一年間の雇用契約を結ぶにあたり、「書面で」〔156〕契約書を作成するかと問われたレージが、そんなものは不要だと答える箇所は、基本的に労働を無償であるべきものと捉える彼女の性格をよく表しているエピソードである。少し深読みすれば、ここからは、賃金労働というシステムそのものを否定しようとする作者の欲望が読み取れるように思う。

レージは結局、農場の女主人の二人の息子に同時に言い寄られるという面倒な状況に巻き込まれ、そのさなかに納屋の屋根から落ちて片足を複雑骨折する。近くの村の病院に入院した彼女は、そこで想像を絶する「貧困と悲惨」〔169〕を目のあたりにし、それと比べて自分がいかに恵まれていたかを実感する。そこにトビが再登場する。彼は、先のレージの言葉に刺激されて「勤労意欲」

〔171〕を取り戻し、まじめに働いた結果、小さな農場を手に入れる見込みができたことを語る。再度求婚された彼女は、今度はプロポーズを受け入れる。夫婦は多くの子どもに恵まれ、一家はやがてゴルトハルデの隣の地所を買い取る。ほどなく、レージの同名の娘（レーゼリ）が黒イチゴ摘みの途中で、病気になって老け込んだヨナスと邂逅する。彼はエスターとの不幸な共同生活のせいで猜疑心の塊となっていたが、少女レーゼリとの交流で心を癒やされ、レージともめでたく和解し、レーゼリに全財産を譲ると遺言して死ぬ。こうしてレージは懐かしい「故郷」への帰還を果たす。

＊

最後に一つ、断りを入れておきたい。ここまで、シュピーリ作品に描かれた（あるいは、描かれなかった）労働者と労働運動の像を見てきたのは、その政治的なプログラムとイデオロギー性を暴き出すことにより、シュピーリという作家を現在の視点から断罪するためではない。一見すると「無害な」装いの児童文学やラブストーリーが、いかに政治的なものと縁を結びうるかを説明するのに、これらの作品が適していたからである。文学はしばしば、最も非政治的に見えるときにこそ、最も強く政治性を発揮する。

そしてまた、文学とはさまざまな読みに「開かれた」ものである。たとえば『ゴルトハルデ』作中のレージとトビの論争を読んだとき、どちらの主張に肩入れするかは、読む側の自由である。経済格差を告発しつつ政治改革を求める青臭いトビの主張に、つい説得力を感じてしまう読者もいるだろう。作者の意図がどうあれ、読者はそれに従う必要はない。作者の意図を超えた政治的メッセージを受け取らせる可能性を常に孕みながら、いわば運を天に任せて世に問われるのが、文学なのである。

## 文献

シュピーリ作品からの引用は、本文中に頁数のみを括弧に入れて示す。

Spyri, Johanna: *Cornelli wird erzogen. Eine Geschichte für Kinder und auch für solche, welche die Kinder lieb haben.* Gotha 1890.

Spyri, Johanna: Wie es mit der Goldhalde gegangen ist. In: *Volksschriften.* Zweiter Band. Gotha o. J. [1891], S. 107-199.

---

Doderer, Klaus: Johanna Spyris „Heidi“. Fragwürdige Tugendwelt in verklärter Wirklichkeit. In: *Klassische Kinder- und Jugendbücher: Kritische Betrachtungen.* Weinheim; Basel 1969, S. 121-134.

Gruner, Erich: *Die Arbeiter in der Schweiz im 19. Jahrhundert. Soziale Lage, Organisation, Verhältnis zu Arbeitgeber und Staat.* Bern 1968.

Helbling, Barbara: Eine konservative Familie im Konflikt mit Zürichs liberalem Regiment. In: Schweizeriches Institut für Kinder- und Jugendmedien (Hrsg.): *Johanna Spyri und ihr Werk. Lesarten.* Zürich 2004, S. 11-44.

Villain, Jean: *Der erschriebene Himmel. Johanna Spyri und ihre Zeit.* Zürich; Frauenfeld 1997.

Winkler, Jürg: *„Ich möchte dir meine Heimat einmal zeigen". Biographisches zu Johanna Spyri, Autorin des „Heidi", und ihren Hirzler Vorfahren.* Hirzel 1982.

Zenker, Edith: Der Arbeiter in der deutschen Literatur. In: *Neue Deutsche Literatur*, 5. Jg. (1957), H. 5, S. 142-167.

イム・ホーフ、U『スイスの歴史』森田安一監訳、岩井隆夫他訳、刀水書房、一九九七年。

ヴィスメール、ジャン＝ミシェル『ハイジ神話――世界を征服した「アルプスの少女」』川島隆訳、晃洋書房、二〇一五年。

エンゲルス『イギリスにおける労働者階級の状態――一九世紀のロンドンとマンチェスター』上巻、一條和生・杉山忠平訳、岩波文庫、一九九〇年。

黒澤隆文『近代スイス経済の形成――地域主権と高ライン地域の産業革命』京都大学学術出版会、二〇〇二年。

渡辺孝次「工業化、経済危機と社会運動――チューリヒにおける初期社会主義運動成立の社会背景」森田安一編『スイスの歴史と文化』刀水書房、一九九九年、二三五―二六一頁。

# III

# 統合と分裂の世紀

# 第8章　激動の時代に、何のために絵を描くか
## ――ジョージ・グロスとオットー・ディックスの絵画と政治

勝山紘子
KATSUYAMA Hiroko

## 1　政治に接近する芸術

ジョージ・グロスとオットー・ディックスはともに、一九一〇年代から第二次世界大戦後までの長い期間、精力的に創作活動に取りくんだ画家である。時代ごとにさまざまな画風を用いながらも、二人共に一貫しているのは、その視線が常に、社会の現実に厳しく注がれていたということである。とりわけ第一次世界大戦後の一時期の作品群には、モチーフや芸術観の相似が色濃くうかがえる。このことにより、しばしば同列に語られることの多いこの二人の画家は、しかし、その政治的態度

に目を向ければむしろ、正反対とも言える立場をとっていた。政治的にも絵画潮流においても激動の時代を生き抜いた彼らが、どのように政治に関わろうとし、また政治から距離を置こうとしたかを、作品を通じて比較考察することが本章の目的である。

第一次世界大戦が終わろうとする頃のドイツは、あいつぐ労働者のデモ、革命やクーデターの企て、皇帝の退位とヴァイマル共和国の成立など、まさに激動と混乱の様相を呈していた。一九二〇年代には経済が混乱し、急速にインフレが進み、失業者が溢れかえった。

こうした社会の不安定さは芸術にも多大な影響を及ぼした。それまで尊いものであったはずの人命、揺るぎないと思われていた国家の体制、階級や身分といった既存の価値があらゆる側面で転覆し、神の無力さが実証された世にあって、芸術もまた、その価値判断基準を失わんとしていた。すでにフランスのキュビスム、イタリアの未来派、ロシア構成主義がそれまでの美のあり方に疑問を投げかけ独自の様式を打ち出していたが、さらにドイツではダダイズム、新即物主義、シュールレアリスムなど、芸術家たちが次々に新しい芸術のあり方を模索したのである。

なかでも政治的主張と結びつきの濃かったのがベルリン・ダダである。ダダイズムはそもそも純粋な芸術表現の模索としてチューリヒで興った運動である。フランスの詩人トリスタン・ツァラが「ダダ宣言一九一八」において、ダダは共同体への不信から生まれたのだとしたその姿勢を、チューリヒ・ダダよりも顕著に政治的意図に結び付けたのがベルリン・ダダであった。一九一八年四月一二日のクラブ・ダダでの「ダダの夕べ」を皮切りに、ベルリン・ダダは雑誌『デア・ダダ』を発行し、絵画や政治の分野で過激な活動を繰り広げていった。ベルリン・ダダの活動の中心にいたのが、左翼政治的出版活動をなにより重視したヘルツフェルデ兄弟とグロスである。

ディックスはしばしば、ダダイスト・グロスの周辺画家の一人として扱われ、画家としての全体像は見逃されがちである。しかしディックスの創作人生をみてみると、ダダに接近していたのはほんの数年に過ぎない。本章では特に一九二〇年前後の時期の作品を対象に、グロスとディックスの相違を探ることとする。

## 2　ジョージ・グロスとオットー・ディックス――出自と作風について

ジョージ・グロス（George Grosz）、本名ゲオルク・エーレンフリート・グロース（Georg Ehrenfried Groß）は一八九三年にベルリンで生まれた。綴りをアメリカ式に変え、グロスと名乗るようになったのは一九一六年からである。ここでは一貫して「グロス」と表記することとする。当時居酒屋を経営していた両親は、一八九八年、ポンメルンのシュトルプ（現ポーランド領スープスク）に移り、フリーメイソンの会員であった父親が仲間のために集会所を開いた。ここでグロスは幼いながらに、予約購読の雑誌や新聞に触れ、その挿絵に親しんだ。しかしその二年後には父親が死去し、母は子どもたちを連れてベルリンへ戻った。グロスはベルリンの裏町で裕福とは言えない少年時代を過ごすことになる。生涯を通じてグロスの作風に表れる大都市のペシミズムの根幹が、この時期に形成されたようである。だがその生活も長くはなく、一家は再びシュトルプへ移住、グロスはこの街で絵を習い始めた。一九〇九年、一六歳のときにドレスデン王立美術アカデミーに入学し、本格的に絵を学ぶことになった。学生時代の油彩画は現存していないが、一九一二年頃にはすでに、その後も継続してグロスの主要モチーフとなる街角やカフェの素描が描かれ始めている。

グロスの作品に、大都市の喧騒や暴力、資本主義批判といったモチーフが明確化するのは一九一五年以降である。一九一六―一九一七年の『メトロポリス』、一九一七―一九一八年の『オスカー・パニッツァに捧ぐ』では喧騒に満ちた興奮のるつぼのようなベルリンの様相が描きだされ、こうした都会描写はグロスの代表的な表現のひとつとなった。

というのも、一九〇〇年頃に約二〇〇万人だったベルリンの人口は、都市の急速な工業化に伴う周辺部からの大量の労働者流入によって、二〇年でおよそ二倍に膨張していた。それにあわせて、当然のことながら、ひとびとの娯楽もまた多様に展開した。三〇〇〇人規模の収容を目指したマックス・ラインハルトの大規模劇場や前衛的なブレヒト演劇、また女優であり歌手としても一世を風靡したマレーネ・ディートリヒに代表されるスターの登場、さらには新しいメディアである映画の出現に加え、熱狂的な自転車レースなど、大都市ベルリンのひとびとを取り巻く環境は瞬く間に、華美に、刺激的に、魅力的に展開していったのである。グロスはそのなかでさまざまな表現様式に触れ、社会の裏表を見て、独自の様式を確立していった。そしてベルリン・ダダを活動の拠点に、資本主義批判と反戦意識を強く反映させた政治的作品を次々に発表していった。

一方、オットー・ディックス（Otto Dix）はグロスの二年前、一八九一年の生まれである。グロスと時代を同じくしながらも、グロスとは根本的に異なる環境のなかでその芸術観を形成していった。父親はゲーラ（現チューリンゲン州）の溶鉱所の労働者だった。グロス同様、裕福でない幼年時代を過ごしている。だがディックスの育った環境は、都市プロレタリアートの子どもたちとは違い、自然の溢れる牧歌的な風景に満ちていた。素描を得意とした彼は一八歳でドレスデンへ向かい、ドレスデン工芸学校に通った。グロスがドレスデンの美術アカデミーで学び始めたのと同時期である。しかし彼らの出会いについては、この時点で接触があったのか、それとももっと後になってからだったのかはっきりしていない。

一九一二年頃まで印象派的な風景画を描いていたディックスは、クラナハやデューラー、レンブラントなどの巨匠の作品を特に好んでいたが、キュビスムや未来派からの刺激を受け、作風の模索を始めた。一九一四年から一九一八年の第一次世界大戦中は兵士として戦地に赴き、副曹長にまでなっている。

ここでグロスとディックスの戦争体験の違いに目を向けると、その関わり方は対照的である。グロスは一九一四年一一月に、志願兵としてベルリンの新兵部隊に加わるが、その後兵役不適格者として除隊させられた。グロスにとって戦争とは早々に批判すべきものになったようだ。一九一五年九月末には友人に宛て、「兵士はまるで喜んで敵の砲火に身を投げ出すかのように兵舎に入り、酷使される。これが人間か？」と書き送っている［Grosz(II), 31］。一九一七年には二度目の召集を受けるが、医師による精神鑑定の結果、永久兵役不適格者として除隊となった。結果としてグロスはその後の従軍を免れた。戦争の現実に直面して強まった反戦意識はそのまま創作に反映され、戦争を引き起こした軍閥、政府、資本家へと怒りの矛先が向けられた。グロスのように戦争への参加を忌避し、反戦の意識を強くした芸術家は少なくない。

それに対してディックスは、第一次世界大戦を兵士として体験し尽くした稀有な画家である。一九一四年の夏、ディックスはすぐに志願兵に応募し、一九一五年には西部戦線の遠征に参加、戦闘に加わった。翌年には下士官に昇進し、鉄十字第二勲章を受けている。一九一六年にはソンムでの夏の戦闘に加わった。八月一二日に終わったこの戦闘について友人へレーネ・ヤーコプに宛てた手紙には戦闘の苛烈さが綴られ、ディックスがこの戦火を生き延びたことの奇跡を窺い知ることができる。一九一六年も引き続いて戦線に立ち、数か月、病気のために休暇を与えられるものの、一九一七年の春からは再び戦地に戻っている。一九一七年には「きわめて優良」の評価を受け、一九一八年には副曹長に昇進した。一九一八年八月に手榴弾炸裂により首に重傷を負うが、一〇月には自ら航空兵養成のための訓練に参加している。その後西部戦線での戦いは終結し、ディックスは一二月二二日に除隊された。

あわせて数か月の病気・怪我休暇を除いてほぼ三年間、ディックスは常に西部戦線に機関銃兵として身をおきながら生き延びたことになる。数多くの芸術家がこの戦争で命を落とし、精神に異常をきたし、戦争嫌悪の感情を露わにし距離を置こうとしたことに鑑みれば、ディックスの戦争体験の特異さには目を見張るものがある。

しかしそうした体験は、戦後すぐに作品に反映されたわけではなかった。一九一九年の作風にはキュビスム的、未来派的要素が強く表れている。油彩画『月の女』、『レダ』、『自画像』（ともに一九一九年）などを見ると、ディックスが自身の様式に新しい表現を積極的に取り入れようとしていたことがわかる。しかしこれは短い期間の試みである。

ディックスはダダ・グループには入っていなかったが、一九二〇年にはグロスらに誘われ、第一回ダダ国際見本市に出品した。とはいえディックスはダダ・グループとはつかず離れずの距離を保っていた。ディックスは絵画的流派に関して、自身をどこかのグループに属するものとは考えていなかった。ディックスは現在においてもなお、新即物主義の画家としてカテゴライズされることがしばしばであるが、ディートリヒ・シューベルトが指摘するように、「どんな政治的・社会的題材も戦争画も表現しなかった新即物主義の画家とははっきり区別されるべき」〔Schubert, 78〕であろう。ディックス自身は「表現主義者、レアリストなど。〔……〕ただ私自身はそれこそまったく遠いところにいるのだ」〔Schubert, 82〕と述べている。ディックスは、絶えず自らの表現方法を模索し、未来派やキュビスム的な作風からダダ的コラージュ法、写実主義的画法、古典的自然派のような風景画など、モチーフと時代によってその画風をさまざまに変容させた画家であった。それゆえに当時の多様な絵画流派に属さない、一匹狼的な画家であったと言える。

## 3　グロスと共産主義

ここで一九一八年からのドイツの状況を概観しておこう。西部戦線では戦況は日を追うごとに悪化し、戦争は継続不可能な状況へと突き進んでいた。ロシア革命に刺激されたこともあり、大衆の間にはコミュニズム思想が拡がり、キール軍港をはじめ、各地で次々に革命が起こる事態となった。いわゆる一一月革命の勃発である。結果的に皇帝の退位、各連邦の国王の退位が決定し、ドイツ帝国は終焉を迎える運びとなった。その後、社会民主党と独立社会党が提携して政府を樹立し、社会民主党党首エーベルトがワイマール共和国初代大統領に就任した。

こうした動きのなかで、かつて社会民主党左派が分離して結成されたスパルタクス団はドイツ共産党を名乗り、一九一九年一月にベルリンで政府打倒を目指して武力闘争を起こす。一月革命と呼ばれる暴動である。一月六日、エーベルトはドイツ義勇軍に労働者への攻撃を命じ、この武力鎮圧によって多くの労働者、市民が死亡した。政府は一月一五日にカール・リープクネヒト、ローザ・ルクセンブルクらを首謀者として逮捕し、彼らは連行途中に義勇軍によって虐殺された。以降、各地に広まっていた労働者の武装蜂起も義勇軍によって次々に制圧され、労兵会も解散させられていった。

ベルリン・ダダの主力となる、グロスとヘルツフェルデ兄弟の弟ヴィーラントの関係に目を向ければ、二人が出会ったのは一九一五年の夏のことだった。画家ルートヴィヒ・マイトナーを介した出会いは、グロスよりもヴィーラントにとって決定的な意味を持っていた。グロスの素描、水彩画、版画の数々に衝撃を受けたヴィーラントは、その後交渉を重ね、グロスの仕事の版権を獲得した。そして、弟同様、グロスに感化された兄のヘルムートとともに、その作品を載せることを目的に新しい雑誌の立ち上げに奔走した。マリク書房はグロスの作品のための出版社として立ち上げられたといっても過言ではない。そしてグロスはこの媒体を場に、思う存分に自身の絵画における政治的主張を発表していった。一九一八年一二月三〇日にベルリンでドイツ共産党が創設されたとき、グロスはヘルツフェルデ兄弟とともにその日のうちに党員となった。革命の現場に馳せ参じたことはなかったものの、マリク書房から次々に出された政治的な雑誌は彼ら流の革命参加であったと言えるだろう。

　この頃グロスが関わった政治的にラディカルなマリク書房の雑誌には、『誰もが自分のサッカー』、『破産』（一九一九年三月―一九二〇年二月）、『敵対者』（一九一九―一九二四年）、『おおまじめ』（一九一九年九月―一九二〇年二月）などがある。雑誌『誰もが自分のサッカー』は、一九一九年二月一三日にヴァイマル連合内閣が成立した二日後に、マリク書房からの戦後初の出版物として発行された。軍国主義を嘲笑し、国民議会の選挙の欺瞞性に矛先を向けたわずか四頁のこの薄い雑誌は、七六〇〇部を街頭で売り尽くし、即日発禁処分となった。構想としては『誰もが自分のサッカー』に並行して進められていた次の雑誌、『破産』の第一号（一九一九年三月一一日発行）では、社会民主党への攻撃が明確化した。グロスは、亡命先から帰国した右翼のルーデンドルフをエーベルトと社会民主党員シャイデマンがうやうやしく迎えている様子を『ルーデンドルフの帰還』で、一月革命の鎮圧で一二〇〇名もの犠牲を出した国防相ノスケが労働者の首を摑んで今まさにナイフを振り下ろそうとしているさまを『仕事中のノスケ』で描いた。こうした政治的風刺雑誌は、ベルリンで始まった赤狩りの対象とされ、ヴィーラントは三月七日から二〇日まで「保護検束」として逮捕、拘禁された。だが彼は釈放されるや否や、このときのことを文章化し、グロスの素描を表紙に、『破産』第二号としてパンフレット『保護検束　ベルリン治安部隊における、一九一九年三月七日から二〇日までの体験』を発行した。当然というべきか、これもただちに発禁処分となる。さらに続きの第三号では、ノスケが死者に囲まれながら杯を掲げている姿に「ノスケ万歳！　プロレタリアートは武装解除された！」と付した素描を表紙にした（図1）。これにより、グロスのアトリエに鎮圧軍兵士が侵入した。グロスは偽の身分証明書を見せて危うく難を逃れ、数日間姿をくらませた。

マリク書房の活動は日を追うごとに政治的色合いを強めていった。とりわけヴィーラントにおいては、直接政治に関係しない芸術は否定された。一九二〇年一月に発行された『破産』第六号は軍国主義と支配階級を徹底的に風刺する内容となっていた。表紙は絞首台に吊るされた資本家と軍人が握手しようとしているグロスの素描で、「資本と軍部が互いに「あけましておめでとう！」と祝い合う」という言葉が添えられていた（図2）。この号を最後に『破産』は発禁処分となった。

彼らの芸術を用いた政治批判は、一九二〇年六月三〇日からベルリンで開催された「第一回国際ダダ見本市」でさらなるセンセーションを巻き起こ

図1　『破産』第3号表紙

した。グロスが出品したのは『ドイツ冬物語』（一九一七―一九一九年）（図3）である。中央には傾いたテーブルについて食事をしている太った将校が描かれ、教会と軍部と学校を象徴する三人の男はそのテーブルを支える三本の脚のようである。背景にはグロス特有のコラージュ画法によって、街並み、娼婦、水兵、文字などが入り混じる。ここでの水兵は革命の象徴である。あらゆるものが不安定な角度で雑然とひしめき合い、世界は揺れ動いている。

また、この展覧会に並べられていた作品集『神は我らとともに』が帝国国防軍を侮辱したとして、グロスと出版人であるヴィーラントは訴追された。その後一九二一年四月二〇日、ベルリンの第二地方裁判所の第一刑事部によるグロスに対する裁判で、グロスには三〇〇マルク、ヴィーラントには六〇〇マルクの罰金刑が言い渡された。さらに、『神は我らとともに』は原版の没収と処分を命じられ、その出版権限は帝国国防省に譲渡された。

図2　『破産』第6号表紙

同年八月、ドイツ共産党にロシアのための労働者救援委員会が設置されると、グロスは最初の会員の一人となり、一二月には国際労働者救援会のメンバーにもなった。彼は作品を通しても実際の活動上も、共産主義への思想的同意から労働者を支援するという態度を一貫させていた。グロスの素描に頻出する、装飾品を身につけながらも衣服は透けて裸同然に見える成金の男女の姿や、働く労働者たちを尻目に醜く太った姿で食事をしたりお金を数えたりする資本家の姿に、そうした資本主義批判の主張が表れている。

しかし、このグロスの政治的姿勢は、一九二二年の五か月にわたるロシア旅行によって大きく揺らぐこととなった。ソビエト社会主義共和国連邦が樹立した直後のことである。この旅行は、北欧の社会主義作家マルティーン・アネルセン＝ネクセとともに受けたモスクワ共産党からの招待である。デンマークからノルウェーの北部、フィンランドのヴァルド、ムルマンスク、カレルヤを経てレニングラードおよびモスクワへ向かうというプランで、その内容はネクセが文章を担当しグロスが挿図を描

図3　『ドイツ冬物語』

く、ロシアと共産主義についての本になる予定だった。だが、クレムリンでレーニンに謁見し、トロツキーにも会ったグロスは、ソビエト・ロシアの独裁体制と硬直した官僚主義を目の当たりにし、失望することとなる。このロシア体験によってグロスはあらゆる独裁的な政府への不信感を強め、一九二三年にはドイツ共産党を離党することとなった。とはいえ二〇年代を通じてなお、グロスはドイツ共産党の労働者集会には参加し続け、共産党の労働者新聞『デア・クニュッペル』への寄稿を続けている。

グロスが共産主義への明確な別離を露わにするのは渡米後のことである。一九三三年一月一二日、グロスはニューヨーク行の船に乗り込んだ。この決断によりグロスは生き延びることが出来たと言えるだろう。一月三〇日にナチスが権力を掌握するや否や、グロスの住居は家宅捜索され、アトリエは荒らされた。グロスをとり逃がしたナチスは、三月八日に早々と第一等の国家反逆者としてその市民権を剥奪した。

## 4　非政治的態度を貫いたディックス

一方、第一次世界大戦を兵士として体験し、戦禍をくぐり抜けたディックスにとっての政治と社会の問題は、グロスや他のダダイストたちとは一線を画するものであった。

戦争が終わり、苛烈な戦火を生き延びて帰還したディックスは、すぐに戦場とはまったく異なる状況に身をおくことになった。彼が自分の眼で見なければならない現実は、戦場での破壊や破滅、生と死、圧倒的な暴力とそれが引き起こす無残さから、都会の人間の堕落や欲望、日常的な暴力へと取って代わられた。ディックスは、大都会ベルリンの享楽的な雰囲気の一方で、そこで確かに存在する戦争負傷兵、娼婦、労働者の生活に関心を寄せた。

一九一九年には、のちにドイツ共産党の党員になるコンラート・フェリックスミュラーらと「一九一九グループ（ドレスデン分離派）」を立ち上げた。これは基本原則を「真理─友愛─芸術」とし、社会主義的な表現主義に理想を求めた芸術家グループである。ラザール・ゼーガル、オットー・シューベルト、ゲラ・フォルスターらに並び、外国会員としてオスカー・ココシュカが名を連ねた。しかし、ディックスは実際には政治的主張を創作に持ち込むことをはっきりと拒んでおり、まもなく「一九一九グループ」とも距離を置いた。彼は、一一月革命を受けて芸術家たちによって結成された「一一月グループ」の多くのメンバーやグロスが所属した「一一月グループ」にも入らなかった。のちにマリア・ヴェッツェルとの対談で、ディックスは、自分はどんな政党の綱領にも従わなかったし、そうした局面には我慢がならず、拘束されたくなかったのだと述べている［Schubert, 38］。

ただし、一九二〇年頃はその作風も意図も、グロスに最も接近していたと言えるだろう。素描

『たばこを吸う自画像』（一九二一年）は中央にディックスの横顔が大きく描かれ、その周辺を骸骨や街並み、大砲、裸同然の女性などが交差しながら断片的に取り囲む、グロスの作風に酷似した作品である。一九二〇年の第一回ダダ国際見本市には『傷痍軍人――生計能力のある者四五パーセント』（図4）を出品している。一六二センチ×二〇〇センチのこの大作は、目や手足が不自由になった戦争負傷兵たちが行進するさまを描いており、ディックス特有のグロテスクさを備えながらもデフォルメされた兵士たちはどこかコミカルである。見本市ではグロスの『ドイツ冬物語』の向かい側に斜めに掛けられた。同年の『プラハ通り』（図5）や『トランプ・プレイヤー』、一九二一年の『マッチ売りⅠ』にも戦争負傷兵のモチーフは共通している。『プラハ通り』に描かれる物乞いをする元兵士は、失った手足の代わりに粗末な木の棒と形ばかりの金属の手を補っているが、背後のショウウインドウには立派な義肢が並んでいる。ディックスはそこに自分の顔写真を貼りつけた。手前の下半身のない傷痍軍人が体を乗せ

図4　『傷痍軍人――生計能力のある者45%』

る木の車の下には新聞紙が貼りつけられており、「ユダヤ人は出ていけ」という文字が見て取れる。そこに痛烈な社会批判が窺えること、キャンバス上に写真や切り抜きを貼るコラージュ表現をとっていることから、この時期のディックスの作風はきわめてダダ的であったことがわかる。思考的イメージを幻想的に可視化する試みから、社会的現実を主題とし、作品による現実の暴露を目指すようになったといえるだろう。

一九二一年には『子どもを抱く女性』（図６）、『サロンⅠ』などを描いた。いずれも社会的弱者としての女性を描いたものである。傷痍軍人同様、虐げられた労働者や娼婦はグロスとディックスを結びつけるモチーフである。ともに労働者階級の出である二人にとって、これらはより身近な、かつ無視できない題材であった。しかしグロスにおいては、戦争の犠牲者は成金や軍人と対置され、明確な資本家・軍閥批判となっているのに対し、ディックスの場合、その目的は彼の目にした現実を余すところなく描き出すことそのものにあった。『子どもを抱く女性』の女性は、その膨らんだ腹部から

図5　『プラハ通り』

妊娠していることがわかる。しかしその姿はやつれ、落ち窪んだ目をして健康そうにはみえない。作品全体をモノトーンな色調が覆っている。彼女の抱く子どももまた、髪の毛のない大きすぎる頭部、青白い顔から、なんらかの病気か栄養状態の不良を思わせる。失業とインフレの時代に苦しむ労働者階級の現状を克明に描き出した作品である。

図6『子どもを抱く女性』

ディックスは当時の二大潮流であった非政治的な新即物主義にも政治的写実主義にも属してはいなかったし、そのあいだに独立した立場を保っていた。彼の創作のあり方は、時にデフォルメを加えながら、時に過剰なまでのグロテスクさをもってしても、写実的に対象に迫りその本質を暴きだすという意識に貫かれていたと言えるだろう。ディックスは過剰なまでに対象の特徴を際立たせ、容赦なく画面に描きつける。それによって観る者がしばしばショックを受けることにも、この画家は頓着しない。だからこそ、創作に絵画的流派も政治的主張も結び付けまいとしたディックスの意思にも拘わらず、彼の作品は常に社会の関心を集め、物議を醸した。というのも、その表現はひとびとに直視したくない現実をつきつけたからである。作品はしばしば猥褻であるとされ裁判にかけられたし、とりわけディックスが力を注いだ戦地での体験の描写は、そのグロテスクさ、生々しさから多くの反響を呼んだ。

一九一九年から一九二〇年頃までの表現様式を経て、戦後数年が経過してから、ディックスは戦争そのものの描写に取り組み始めた。一九二三年、一九二四年以降の戦争画の意図は『傷痍軍人』などのそれとは明らかに違っている。彼の内部では、「初期の体験欲求と手厳しい風刺から、記録しよう、同時に恐怖の有様をルポルタージュしようという意志がだんだんと強まって」いき、グロスのように批判精神を持って「戦争の主唱者」を描こうとしたのではなく、「それがもたらす結果」を描くことに重心が置かれるようになっていたのである。[Schubert, 69]

一九二三年の『塹壕』（図７）をめぐる一連の騒動は、この画家の戦争絵画にひとびとが示した過剰なまでの反応を示唆している。始まりは、

図７　『塹壕』

一九〇四年に『近代芸術の発展史』を描き、ドイツに印象主義を持ち込むのに一役かったユリウス・マイアー＝グレーフェがこの作品を「汚物」と称し、ディックスを徹底的に批判したことだった。マイアー＝グレーフェの示した極端な嫌悪感に対して、多くの議論が巻き起こり、さまざまな芸術家が擁護に立ち上がった。ディックスのこの代表作は、観る者にとって「平和主義的、あるいは非平和主義的、威嚇的あるいは戦争への思いを集中させて表現した絵画」［Schubert, 68］として賛否両論を巻き起こしたのである。ケルン美術館が外部からの圧力によってこの作品を手放した後、ディックスは巡回展「二度と戦争を起こすな！」にこれを出品し、また西ザクセンの社会主義労働青年会のパンフレット『二度と戦争を起こすな』にはそのコピーが載せられた。

残された数少ない発言をみても、ディックスにとって戦争が批判されるべきものであったことは間違いないだろう。彼は戦争の悲惨さを、その長い従軍体験によって誰よりも感じていた。しかし、戦争への政治的立場がどうであれ、彼にとって最も重要であったのは常に、そこで起こっていることを自分自身の眼で見て、体験すること、そしてその本質を摑み取り、真摯に描き出すことであった。それゆえディックスは、常々、自身を「平和主義者」ではないと繰り返し、反戦運動に積極的に取り組むことはなかったのである。

ディックスは一九二七年からドレスデン芸術アカデミーで教鞭をとり、一九三〇年にはプロイセン芸術アカデミーの会員にもなっていたが、一九三三年四月にはナチ党員の新学長リヒャルト・

ミュラーによってドレスデンの教授を解任され、五月にはプロイセンアカデミーからも除名された。もはやドイツでは帝国美術院の言うことを聞かない美術家の作品は展示されなくなっていた。ディックスはこの頃、ルーカス・クラナハやアルブレヒト・アルトドルファーを思わせるドナウ派風の風景画を多く手掛けている。そこにはディックス特有のグロテスクさや攻撃性は影を潜めている。しかし、一九三五年の『雪の中のランデックのユダヤ人墓地』で雪の降り積もる静かなユダヤ人墓地の情景にユダヤ人迫害の状況を象徴させたように、風景画もまたディックスにとっては社会的現実を暴露する可能性を秘めたものだった。

## 5　ナチスと二人の画家

一九三七年にはナチスによる絵画芸術への取り締まりが激化した。宣伝大臣ヨーゼフ・ゲッベルスは帝国造形美術院総裁のアドルフ・ツィーグラーに「一九一〇年以降の絵画と彫刻の分野における堕落芸術の作品を展覧するために選び出し、保全する」権限を与え、マックス・ベックマン、オスカー・シュレンマー、エルンスト・バルラハ、フランツ・マルク、ワシリー・カンディンスキー、ヴィルヘルム・レームブルック、パウル・クレー、エルンスト・ルートヴィヒ・キルヒナー、オスカー・ココシュカ、マックス・エルンスト、グロス、ディックス、コンラート・フェリックスミュラー、エミール・ノルデらがその標的となった。ドイツ国内約二〇の美術館から、キュビスム、ダダイズム、未来派、印象主義といった画家たちのおよそ五〇〇〇点の絵画、一万二〇〇〇点の版画、スケッチなどが押収され、それらの作品は「退廃芸術展」として七月からミュンヒェン、ベルリン、ライプツィヒなどを巡回した。ディックスの作品はおよそ二六〇点が押収され、展覧会では『塹壕』が並べられた。この画家の第一次世界大戦への積極的な参加にも拘わらず、『塹壕』には「描かれた兵役拒否」の表題と、「ドレスデン美術館蔵。これに対して一万マルクが支払われた。そのうちの五〇〇〇マルクは市負担額。働くドイツ民族の税金によって支払われた。ドイツ民族の国防意欲を害する証拠品」という注釈がつけられ、「マルクス主義の徴兵忌避のプロパガンダに貢献するがらくた」であると解説された［Schubert, 116］。

グロスは祖国でのこの様子をアメリカから見守っていた。退廃芸術展には五点の油彩画と多くの紙の作品が展示されたことがわかっている。グロスにはナチスによって「芸術の真っ赤な死刑執行人」、「ボルシェヴィキ主義的な三流絵描き」のレッテルが貼られた。アメリカに逃れたグロスに、ナチスは追撃の手を緩めなかった。一九三八年二月にはグロスの銀行口座を差し押さえ、続いて三月には公式にその市民権を抹消したのである。

グロスとディックスはともに労働者階級の出身であることから、もともと社会主義的な傾向が強かったという共通点がある。だが共産主義に接近したグロスが社会の歪んだ部分を暴き出し、明確な政治的意図を持って作品を世に送り出した一方で、ディックスは早くから政治思想には距離をとり、自分自身の眼に映った現実として社会を描きだした。極力、政治的言説を残すまいとしたディックスにとっては、芸術は様式や主義、思想によって名称にくくられるべきものではなく、彼は「カタログ化」されることを何よりも嫌っていた。ディックスの創作の意図は、自分の見たまま、感じたままに対象の本質を描き出すことだけにあったのである。しかしグロス同様、ディックスの作品は強力な社会的影響力を持っていた。左翼系活動家として名乗りを上げたことはないにも拘わらず、ナチスが芸術制裁にとりかかるや否や、ディックスはグロスとともに真っ先にその標的とされたことからも、ナチス自身がまさにそこに怖れを抱いていたことは明らかである。

グロスとディックスの間に親しい手紙のやりとりは交わされていない。確認できるのは作品提供の依頼や展覧会についてのみである。しかしグロスは渡米後もたびたび、ドイツの友人への手紙のなかでディックスについて言及し、様子を尋ねていた。ディックスもまた、グロスの作品を見た際には別の友人にその感想を送ったり、グロスに会うことがあればくれぐれもよろしく伝えてほしい旨や、自分の住所を知らせてほしいなどと書いたりしている。ともに創作で社会の現実に対し真っ向から取り組んだという意識を、年を経てなお、彼らは根強く共有していたのかもしれない。

## 文献


Grosz, George: *Briefe 1913-1959*. Hrsg. von Herbert Knust, Hamburg, 1979.

Schubert, Dietrich: *Otto Dix*. Hamburg, 1980.

---

*Dada Berlin. Texte, Manifeste, Aktionen*. Hrsg. von Karl Riha. Stuttgart, 1977.

Dix, Otto: *Briefe*. Hrsg. von Ulrike Lorenz, Köln, 2013.

Grosz, George: *Ein kleines Ja und ein großes Nein. Sein Leben von ihm selbst erzählt*. Hamburg, 1974.

Lewis, Beth Irwin: *GEORGE GROSZ. Art and Politics in the Weimar Republic*. Madison, 1971.

*Otto Dix. Zwischen Paradies und Untergang* (Katalog zur Ausstellung). Hrsg. von Dieter Buchhart; Hartwig Knack, Wien, 2009.

平井正『ドイツ・悲劇の誕生1――ダダ／ナチ　一九一三―一九二〇』、せりか書房、一九九三年。

『二〇世紀最大の風刺画家ジョージ・グロス』（展覧会カタログ）、朝日新聞社、二〇〇〇年。

ロータース、E編『ベルリン――芸術と社会　一九一〇―一九三三』多木浩二・持田季未子・梅本洋一訳、一九九五年。

# 第9章　一八一六年のロッテ
## ——トーマス・マンの小説『ヴァイマルのロッテ』をめぐって

友田和秀
TOMODA Kazuhide

一九三九年、トーマス・マンはゲーテ小説『ヴァイマルのロッテ』を世に問う。表題が示すとおりこの小説は、『若きヴェルターの悩み』（以下『ヴェルター』としるす）のロッテのモデル、シャルロッテ・ケストナーが一八一六年にヴァイマルを訪問したエピソードを扱ったものである。だがマンは自身のゲーテ受容の総決算ともいうべき作品にとり組むにあたって、ゲーテをめぐるあまたあるエピソードのなかからどうしてこのあまり目立つことのない、あるいはとるに足りないといってもいいような出来事を選んだのだろうか。そしてそのことは、この小説における「文学」と「政治」という問題とどう関係してくるのだろうか。本章ではこの点に論点をしぼるかたちで、おもに小説の第七章を中心に考察を進めたい。

## 1　ゲーテとドイツ

まずはドイツにかんするゲーテの言葉に耳を傾けることにしよう。第七章で、かれはおのれの胸の内を直接吐露することになる。

ゲーテの想念はまず母方の先祖リントハイマー家へと向かう。この一族にはローマ人の血とゲルマン人の血が混ざり合っており、そこからゲーテは自分が持つ「ドイツ人からの距離」、「ドイツ人の下劣さに向けられるまなざし」、「このいまいましい民族にたいする嫌悪」が生じるのだという〔326〕。明瞭に純ゲルマン的なものを拒否する発言である。しかしゲーテ自身おのれの内部にドイツ人の「本質」、「ハンス・ザックス的なものやルター的なもの」が多分にあることも自覚している。だがかれは、おのれの「精神の形式と刻印にしたがってそれらを浄化し、明晰さ、優美さ、イロニーへと高めざるをえない」。ハンス・ザックス的なもの、ルター的なものの浄化——これはゲーテが自身に課した使命ということができるが、逆にドイツ人の側から見るなら、「だからこそかれらはわたしのドイツ精神を信用しない」ということになる〔327〕。ドイツ人にたいして、あるいはドイツ的なものにたいして根本的に距離を置くゲーテ。このあと語り手は作中のゲーテにこう語らせる。

だがかれらが明晰さを憎むのは正しくない。かれらが真理の魅力を知らないのは嘆かわしいことだ——連中にとってもうろうとしたものや酩酊、あらゆる凶暴な度外れがかくも貴重なのは、吐き気をもよおす——かれらのなかのもっとも下劣なものを呼び起こし、かれらが悪徳に染まるのを後押しし、かれらに国民性を孤立と野蛮と捉えるように教え込む、そういう頭のいかれたならず者にならだれにでも、かれらが信じ切って身をまかせてしまうということ、——自分たちの品位がすべて根本的に失われてしまい、外国人がドイツを代表する人物として敬う者たちにきわめて陰険な怒りのまなざしを向ける、そんなときにはじめてかれらが自分たちは偉大ですばらしいと思うのがつねであるということ、これは情けないことだ。わたしはかれらと和解する気はまったくない。〔……〕かれらは自分たちがドイツだと思っている、しかしわたしがドイツなのだ。ドイツが根こそぎ滅びてしまっても、ドイツはわたしのなかで生きつづけるだろう。〔327〕

しかしゲーテはけっしてドイツを見捨てようとはしない。「わたしはきみたちの味方だ。だがそれは、わたしが代表者たるべく生まれたのであり、殉教者たるべく生まれたのではまったくないということ、悲劇よりも、はるかに和解のために生まれたということなのだ」。こう語ったうえでかれは、さまざまな対立原理のジンテーゼを意味する「宇宙的偏在としてのフマニテート」を要請、「ドイツ精神」を「自由、教養、全面性、愛」と措定する［327f.］。

ドイツにたいして仮借のない痛罵を浴びせるゲーテ。小説が発表された一九三九年当時の読者がこのようなゲーテの発言を読めば、おのずとナチズムを生んだドイツを思い浮かべざるをえないだろう。『ヴァイマルのロッテ』においてマンは、おのれのドイツ批判、ナチズム批判をゲーテに仮託しているということができる。そしてこの事実は、小説の成立とけっして無関係ではありえない。

一九三六年八月二三日、マンは『エジプトのヨセフ』を完成［Tb. 357］、その二日後から資料にとりかかり［Tb. 359］、一一月に『ヴァイマルのロッテ』執筆を開始する。一九三六年といえば、二月三日づけ『新チューリヒ新聞』に掲載されたエードゥアルト・コローディ宛の公開書簡のなかでマンがナチズムと戦うというおのれの決意を世間に向けて公表した年であり、かれにとっては亡命生活における大きなターニングポイントを意味していた。その決意表明後いったいなにがマンを、ヨセフ小説を中断してまでゲーテ小説へと向かわせたのだろうか。

『ヴァイマルのロッテ』がマンが決意表明後はじめてとり組んだ小説であることを重視するユーリア・シェルは、小説の時代である解放戦争以降のナショナリズムの昂揚期と小説執筆当時の状況との平行関係をみとめたうえで、マンはまずこの小説のなかで、「亡命という特殊な状況にあって」、「ドイツとはなにかという問いを立てている」のだという〔Schöll, 324ff.〕。だがはたしてマンはみずから進んで「問いを立てている」のだろうか。むしろマンは「ドイツとはなにか」という問題に、亡命という状況においてこそより深刻かつ切実に、あるいはよりラディカルかつ根本的に問い直さればならないものとして直面せざるをえなかったのではないか。しかもナチズムと戦うという決意表明をした以上、マンはこの問いに正面から答えねばならないだろう。そのために選ばれたのがゲーテだったのである。亡命という状況にあってドイツとはなにかを問う――『ヴァイマルのロッテ』はこのような一面を本質的におわされた小説なのである。ではマンの目に、そのドイツはいったいどのような姿をとって映っていたのだろう。

おのれのドイツ観を包括的に論じた一九四五年の講演『ドイツとドイツ人』のなかでマンは、ドイツ的「内面性」が、「人間のエネルギーの、思弁的要素と社会的・政治的要素への分裂ならびに後者にたいする前者の完全な優位」を生んだという〔XI, 1132〕。これじたいは、一九二二年のヴァイマル共和国支持表明以降マンが繰り返し主張してきた「精神的生活と政治的生活の合一」という要請〔友田I、一二二頁以下〕の裏返しということができるが、この講演ではマンは分裂の淵源を「ドイツ的本質の巨大な化身であるマルティーン・ルター」にまでさかのぼる〔XI. 1132〕。「音楽的・ドイツ的内面性と非世俗性の産物であるルターの反政治的敬虔さ」が「国民的衝動と政治的自由の理想との特殊ドイツ的としかいいようのない分裂」をもたらしたのであり〔XI. 1136〕（引用内傍点は原文イタリック、以下同じ）、その結果「ドイツの自由衝動」は「内部の不自由」に、「自由そのものにたいする暗殺計画」となり〔XI. 1137〕、「野蛮」へと堕してゆかざるをえない〔XI. 1138〕。その延長線上にロマン主義が、さらにはビスマルクの「帝国」〔XI. 1143〕があり、ついにはナチズムにいたるのである。マンはいう。

嘆かわしい大衆的水準にまで、ヒトラーのような男の水準にまで堕落したあげく、ドイツロマン主義はヒステリックな野蛮、傲慢さと犯罪との陶酔と痙攣となって爆発したのです〔……〕。〔XI. 1146〕

ルターによって根本的に規定される「ドイツ的内面性」そのもののなかに、いいかえるならドイツ的本質そのもののなかに、ナチズムへと向かう本質的な契機がすでに内在していたのである。

ドイツ的本質に内在する不気味なもの、講演のなかのマンの言葉を借りるなら「悪魔的なもの」〔XI. 1131〕——小説におけるゲーテのドイツ批判の根底にもマンのこの認識があるということができる。そのゲーテ、「超国民的なもの、世界的ドイツ性、世界文学」〔XI. 1138〕を体現するゲーテは、解放戦争によるナショナリズムの高まりにたいして冷淡にふるまい、それゆえ孤立することになる。その理由としてマンは、ゲーテが解放戦争のうちに「野蛮でフェルキッシュな要素」をみとめ、「それを不愉快に感じざるをえなかった」からだといい、こうつづける。

ゲーテにとってあらゆるものの中心をなす決定的かつ支配的な概念は文化と野蛮というものでした――そして、自由の理念が外にのみ、ヨーロッパに反し文化に反する方向にのみ向けられているがゆえにそれが野蛮になってしまうような民族にぞくしているというのが、かれの運命だったのです。〔XI. 1138〕

これは、ナチズムという究極の「野蛮」によってドイツを追われたマン自身の「運命」でもあるとはいえないか。作中のゲーテ自身、「かれらのうちのもっともすぐれた者たちは、つねにかれらのなかにあって亡命生活を送っていた」と語っているのだから〔335〕。マンは解放戦争ならびにそれにつづくナショナリズムの昂揚期におけるゲーテの姿と、ナチズム時代の自分自身の姿とを重ね合わせるのである。べつのいいかたをするならば、マンとゲーテ、このふたりは「運命」によって結び合わされているのである。そこから生じるゲーテ小説。とするなら小説のゲーテが、ナチズムをもたらした内的必然性の根本要因にたいして鋭い批判の目を向けるのは当然だろう。作中のゲーテによるドイツ批判の部分では、マンはゲーテと自己同一化しているということができる。

ゲーテとの自己同一化――それは代表者意識においてもっとも鮮明にあらわれている。さきほど見た小説の第七章でゲーテは、「かれらは自分たちがドイツだと思っている、だがわたしがドイツなのだ」と語っていた。これは「わたしがいるところ、そこがドイツなのだ」〔KB, 613〕とうそぶいてみせるマンの自意識と根底において結び合っている。さらに「わたしは代表者たるべく生まれたのであり、殉教者たるべく生まれたのではまったくない」というゲーテの言葉は、「わたしは殉教者たるよりははるかに代表者たるべく生まれついている」〔XII, 787〕という、一九三七年初頭に公表された、ナチズムとの対決姿勢を前面に押し出した『ボン大学との往復書簡』のマンの言葉とほぼ同じである。第七章のドイツをめぐる想念では、マンとゲーテ、ふたりの思考がいわば共鳴し、共振し合っているといってもいいだろう。マンはゲーテと自己同一化することによってドイツを代表する、いいかえるなら、亡命という状況によってより鮮明かつ強固なものとなったおのれの代表者意識をゲーテのそれと重ね合わせる。そうしたうえで、ゲーテに仮託するかたちでナチズム批判を展開するのである。

だが強い代表者意識をいだく以上ドイツを批判するだけではすまされないだろう。ドイツをめぐる想念のなかでゲーテは、「ハンス・ザックス的なものやルター的なもの」の「浄化」を訴えていた。ザックス的・ルター的なものが「浄化」されることなく、逆にそれ自身の原理にしたがって自己増殖的に肥大化し野蛮化したさきに生まれたのがナチズムであるということができる。ゲーテはその芽を摘みとろうとしているのである。したがってここに、将来に向けられたおのれの使命を自覚したゲーテの態度をみとめることができるだろう。さらにドイツとの「和解」を模索するゲーテは、「世界的偏在としてのフマニテート」を、「自由、教養、全面性、愛」としての「ドイツ精神」を要請していた。これは「新たなフマニテート」を軸にナチズムと戦うというマン自身の「保守革命」的営為［友田Ⅱ、一〇七頁以下］と通底し合うものである。一九三七年、亡命文学雑誌『尺度と価値』創刊号の冒頭でマンは、芸術家としてナチズムと戦うというおのれの決意を表明する［XII.799］。そのマンは「ドイツとはなにか」という問いを突きつけられたとき、答えを求めてゲーテへと向かったのだった。その答えを求めるということは同時に、将来のドイツ、ナチズム後のドイツを指向するものでもなければならないだろう。だからこそ小説のゲーテは、芸術家としてナチズムと戦うというマン自身の姿とパラレルなものとして描かれており、「ドイツ人はこうでなければならない」というありうべきドイツの姿を提示するのである［334］。

おのれの民族に痛罵を浴びせ孤立しているにもかかわらず強い代表者意識をいだくゲーテ——そこにマンは自分自身との本質的共通性を見出したのである。そうであるからこそマンは決意表明後はじめての小説としてゲーテを主人公に据える作品に向かったのであり、この小説の持つアクチュアリティーもそこにある。

　ゲーテとマンが代表者意識を持つドイツと痛罵の対象であるドイツ――『ドイツとドイツ人』でマンがいうようにドイツが「ひとつ」［XI. 1146］であるとしても、あるいは「ひとつ」であるがゆえに、そこには修復不能なほどの亀裂が走っているとはいえないだろうか。小説の時代のドイツにも、小説執筆当時のドイツにも。その亀裂を克服する可能性をマンはゲーテのうちに見出し、そこに将来を託しているということができるだろう。だが「現実には、ドイツはゲーテよりもますますルターに加担していった」。『ドイツとドイツ人』の言葉である［XI. 1133］。『ヴァイマルのロッテ』はナチズム後の世界をも見据えたうえで執筆された小説であるとともにそこには、けっきょくはゲーテを受け入れることができなかった「不幸な民族」［335］ドイツの悲劇もまた透けて見えてくるのである。

　『ヴァイマルのロッテ』の大きな主題のひとつをなす「ドイツ」という問題。しかしそれですべてなのではない。『ヴァイマルのロッテ』はあくまで小説なのである。そこには詩人としてのゲーテの姿も描かれねばならないだろう。そしてナショナリズムが高まりを見せる一八一六年、その詩人ゲーテの胸中をしめていたものはゲルバーミューレでのマリアンネとの思い出であり、完成に向かいつつある『西東詩集』（以下『ディーヴァン』とするす）なのだった。そこに姿をあらわすのが、ゲーテにとってかつての「恋人」、『ヴェルター』のロッテなのである。

## 2　ゲーテとロッテ

第七章におけるゲーテの胸の内をふたたびのぞいてみよう。若造であった自分は「ばかばかしいほどすらすらと」『ヴェルター』を書いた、だが「生きて年老いる」ことが重要なのであり、「偉大さは老年のもとにのみある」とゲーテは考える〔292〕。ここからかれの想念は「愛」におよぶ。

力と精神、それが老年であり偉大さなのである——そしてそれこそがはじめて愛でもあるのだ。老年の精神的な愛の力にくらべれば若者の愛などいったいなんだというのだ。愛らしい乙女が老年の偉大さによって愛され、選ばれて高められ、力強い精神的感情によってその優しさを飾られるときに経験する目のくらむような快感にくらべるなら——乙女から愛されたときに偉大な老人が人生に確信を持って光り輝く薔薇色の幸福感にくらべるなら、若者間の愛など雀のお祭りのようなものではないか。〔292f.〕

『ヴェルター』からはじまるゲーテの想念。それは「老年」と「偉大さ」へ、さらには「愛」へと向かう。「若者の愛」にたいしてゲーテは「老年の偉大さ」による「愛」を圧倒的に評価する。ゲーテの「愛」が、「若者の愛」がはるかにおよばない新たな高みに達しているのであり、当の本人はいま、「老年の偉大さ」と若い乙女とがたがいに愛し合うことによる「薔薇色の幸福感」にひたっているということができる。

至福の愛――だがその相手は。いうまでもなく『ディーヴァン』のズライカことマリアンネでなければならないだろう。それを証するかのように、ゲーテの想念はゲルバーミューレでのマリアンネとすごした一夜の情景へと向かってゆく。ベルンハルト・ブルーメが詳細に比較検討しているようにBlume, 106ff.]、マンはゲルバーミューレの場面をその場にいあわせたズルピーツ・ボアスレーの報告をもとに語っているのだが、その報告にマンはわれわれの考察にとって決定的といっていい変更をくわえる。ボアスレーの報告にある「ヴィレマーは眠り込んだ」という文章のまえに、マンは「アルベルトは眠り込んだ」という一文を挿入するのである[297]。アルベルト――『ヴェルター』のロッテの婚約者。「不意に状況の平行関係が意識される」とブルーメはいう[Blume, 109]。それはそのとおりである。だがここで問題なのは読者が意識するかどうかということよりも、むしろゲーテ自身のほうだろう。マリアンネへと向けられた「老年の愛」についての想念が『ヴェルター』からはじまったように、ゲーテはマリアンネのことを、あるいはかの女への「愛」のことを思うときつねに『ヴェルター』を意識している。いいかえるなら『ヴェルター』と『ディーヴァン』、両者は「平行関係」もしくはなんらかの関係にあるものとしてゲーテの胸の内にしっかりと根をおろしているのである。
「愛」についてゲーテはさらに思いをめぐらせる。「人生において最良のものが愛だとするなら、愛のなかで最良のものは口づけである」[315]。ここからゲーテの想念はカナリアを相手にロッテがおこなった「唇の戯れ」へ――ちなみにここでロッテの名がはじめて出てくる――さらにはその年の春におこなった『ヴェルター』再読へと流れてゆく。『ヴェルター』再読についてゲーテはこう考える。

それは偶然ではなかったのだ。それは起こらなければならないことだったのだ。ヴェルター再読はズルピーツの訪問とともにはじまったあらゆることの最後の一環としてそのほかのものとひとつになるものであり、繰り返す局面の、精神を強くしておこなう刷新の一部、反復の高く晴れやかな祝祭の一部だったのだ。[316]

「ズルピーツの訪問とともにはじまったこと」――一八一四年のライン旅行であり、そのさいのマリアンネとの出会いである。『ヴェルター』再読がマリアンネとの出会いと結び合わされる。しかも「反復の高く晴れやかな祝祭の一部」として。とするなら『ヴェルター』と『ディーヴァン』、両者は「平行関係」にあるといってすますことはもはやできないだろう。結論はいそぐまい。ゲーテの胸の内をさらに追ってゆこう。

『ディーヴァン』と『ファウスト』との類似性に思いいたったあと、ゲーテはつづけて考える。「しかしディーヴァンとヴェルターはじっさいそれよりもはるかに兄弟なのだ、もっとうまくいうなら、ことなる段階にある同じもの、高揚、浄化された生の反復なのだ」〔317〕。このように『ヴェルター』と『ディーヴァン』の関係を規定したゲーテの眼前に、「ピアノに向かうロッテ」の姿がありありと浮かびあがってくる。

あれはすでにマリアンネではなかったろうか、まさしく、あるいはより正確にいうなら、ミニヨンをうたったマリアンネはあのときのロッテの繰り返しであり、アルベルトもまたそこに座っていたのではなかったか、眠たげに辛抱強く。今回はすでに祝祭の慣習、儀式、最初に定められたものの模倣であり、おごそかな執行、時を持たない記念の遊戯だったのだ。〔317〕

パラレルなものとして位置づけられる『ヴェルター』／『ディーヴァン』と、ロッテ／マリアンネとの関係。それぞれ後者は前者の「反復」であり「高揚」、そして「模倣」――『ヴェルター』を再読したときゲーテの内部で『ヴェルター』／『ディーヴァン』という円環が輪を閉じ、全体が「反復の祝祭」として姿をあらわしたのである。べつのいいかたをするなら、ロッテ体験が反復された結果、「老年の偉大さ」による「愛」としてのマリアンネ体験へと高められ、昇華されたということができるだろう。

「反復」がこの小説の大きなテーマのひとつであることは以前から指摘されてきた［Blume, 105］。しかし指摘するだけですませていいものだろうか。一九三六年の講演『フロイトと未来』のなかでマンは神話との関係で「神話のなかの生、神聖な反復としての生」について語り［IX. 494］、「祝祭の意味とは、過去のものを現在のものとすることとしての回帰なのではないでしょうか」という［IX. 497］。「祝祭」、「反復」、「最初に定められたものの模倣」、ひとことでいうなら「高く晴れやかな反復の祝祭」――これはマンにとって神話の本質を決定づけるものだったのである。小説のゲーテはいまおのれの内部に、ロッテ体験が反復され高められたものとしてのマリアンネ体験という壮大な神話的時空を構築しているのである。

こうして「愛」をめぐるゲーテの想念は絶頂をむかえる。

恋人は口づけをかわしにふたたびもどってくる、いつまでも若いままで。［317］

ロッテがマリアンネとなって回帰してくるということである。逆にいうなら、高められた存在としてのマリアンネがいる以上、ゲーテにとって現実のロッテはもどってきてはならない存在、あるいはもどってくるのであれば、絶対に「若く」なければならないのである。つまりゲーテにとってロッテとの「再会」はマリアンネにおいてこそはたされねばならないものであり、じっさいすでにはたされているのである。これがもっともふかいところでゲーテの心情を規定しているものということができる。

語り手によって執拗かつ一種の至福感をともなわせながら語られるゲーテの胸の内――ロッテ／マリアンネによる神話的時空。だがわれわれ読者はロッテがすでにヴァイマルに到着しており、訪問を告げる書きつけをゲーテに送ったことを知っている。どういうことになるのだろうか。この疑問と連動させるかのように語り手は、絶頂をむかえた直後のゲーテの胸中をわざわざ括弧に入れてそっとつけくわえる。

（むろんかの女が、時の流れに屈した姿で、年老いて、マリアンネとならんでまだどこかに生きていると考えると、むしろ不安な気持ちになる――ヴェルターもまたディーヴァンとならんで生きつづけているということほどには、まったく快適でないし承認できるものでもない。）

[317f.]

現実のロッテに思いをはせたときにゲーテの胸中をよぎる「不安な」気持ち――ほとんどコメディーといっていいほどの、みごとなまでの客体化である。そして、現実のロッテはゲーテの眼前に姿をあらわす。『ヴェルター』の白いドレスを身にまとって。

『ヴェルター』／『ディーヴァン』――「反復」による「高揚」――「祝祭」としての人生――これが作中の詩人ゲーテの胸の内を決定づける根本原理であった。そこへかれにとってはもどってきてはならない存在であるロッテが姿をあらわす。息子アウグストからロッテの書きつけを渡されたゲーテは、「奇妙だ、まったくもって奇妙な出来事だ」というなり話を打ち切ってしまい〔357〕、アウグストに結晶を見せていきなり時間論を展開する。結晶は「死せる永遠」であり、「おのれの外部にのみ時間を持っているだけで、自分自身のなかには持っていない」〔358〕。そのような「有機的でない」〔358〕、「荒涼として死ぬほど退屈な」〔359〕時間にたいしてゲーテは、「自分自身の内部に時間を持っていて、目標に向かって直線的に進むのではなく、それじたいの内部で円環を描き、つねに目的地であると同時に出発点である、そのような自分自身の時間を形成する」ことを称揚する〔359〕。ゲーテにとって「存在」とは、「自分自身の内部で、自分自身にたいして働きかけ作用する結果、生成と存在、活動と成果、過去と現在がひとつの同じものとなり、同時に不断の上昇であり高揚であり完成であるような継続があらわれる」ことなのである〔359〕。ロッテ来訪の一報をうけていったいどうしてゲーテはこんなことをいい出したのだろう。

結晶――ゲーテにとってロッテはいわば『ヴェルター』のなかに結晶化した存在であり、ロッテとの再会はあくまでマリアンネにおいてはたされねばならないものであった。一方ゲーテが称揚する円環的な時間、不断の上昇と高揚、これは「反復」と「高揚」としての、かれがおのれの内部に築きあげてきた神話的時空につながるものである。ロッテ出現の知らせに接して、ゲーテはとっさにその世界に逃げ込んだということができるだろう。

ではロッテ本人はどうなのか。語り手は物語のはやい段階でロッテをヴァイマルへと導いてきたものについてこう語る。それは、「過去をふたたびよみがえらせ、〝常軌を逸した〟しかたでその過去を現在に結び合わせたいというあらがいがたい欲求」であったと〔59〕。つまりかの女はゲーテとともに過去に立ち返りたいという強い衝動に突き動かされてヴァイマルへとやってきたのである。それはとりもなおさず過去を直接ゲーテにぶつけることを意味する。だからこそロッテは、『ヴェルター』のリボンのとれた白いドレスという「常軌を逸した」衣装でゲーテのまえに姿をあらわすのである。

一方ゲーテにとってそれはロッテ／マリアンネ的な意味での「反復」ではけっしてありえないだろう。フラウエンプラーンのゲーテ家にあらわれたロッテについて語り手は、「ほんとうはもっとも控え目な装いであった――がしかし高齢なのに子どもっぽい装いをしているために、また頭の震えで威厳のある態度がくずれるために、感動的にもっとも目立つ、もっとも注目をひく」存在であったという〔383〕。ゲーテがロッテの白いドレスに気づかないはずがないのである。白いドレスのロッテはゲーテにとって過去そのもの、過去の権化、現在にたいする過去の暴力的介入を意味する。それゆえかの女の存在はゲーテの内面世界を脅かさずにはおかない。

ロッテは自分の衣装を足がかりにゲーテをなんとかして『ヴェルター』の時代に引きもどそうとする。これは過去の再現、「荒涼として死ぬほど退屈な」過去の世界へゲーテを引きずりおろすことであり、ゲーテ的「反復」とは逆方向へ向けられたもの、「反復」世界の完全な否定でありその破壊を意味する。とするなら白いドレスを着たロッテの姿は「過去と現在がひとつになった」ものとしてゲーテにとって真におぞましい、かれ自身いみじくもいっていたように「幽霊じみた」〔366〕ものに、文字どおり「白衣の女〔die weiße Frau〕」＝「幽霊」にならざるをえないだろう。

過去を恐れるゲーテと過去に帰りたいロッテ、あるいは「反復」による「高揚」と過去への回帰――一見なごやかに進む食事の場面では水面下でこのふたつのヴェクトルがせめぎ合い、切り結ぶ。第七章で「薔薇色の幸福感」にひたるゲーテの胸の内が執拗なまでに描写されていただけに、それだけいっそう火花を散らす両者の緊張感は大きなものとならざるをえない。しかしけっきょくはゲーテが白いドレスによるロッテの試みをなんとか回避することで第八章はおわる。だがそれではロッテは満足しないだろう。

そこで物語の最後にゲーテとロッテが馬車のなかでかわす架空の対話が置かれることになる。そのなかで「再会」という言葉を口にしたロッテに、ゲーテは「別離で一節、再会　これは小さな一章、おまけに断片とくる」と応じる〔437〕。これは『ディーヴァン』の「愛の書」の一節である。ロッテにたいして直接『ディーヴァン』を持ち出すゲーテ――ゲーテにとって現実のロッテの存在がもはや脅威ではないからこそできることだろう。

その理由についてゲーテはこう語る。自分はいま「新生と回帰の時期」に入った、「しかし現在が過去の若返りとして精神ゆたかにおのれの存在をほのめかすところでは、さまざまな現象が意味ぶかく沸き立つなかにあって若返らない過去もまた〔……〕時の流れに縛られていることを頭の震えによって感動的に示しながらともに訪れてくるというのは不思議なことではない」と〔438〕。「新生と回帰の時期」に入った自分自身にたいしてゲーテはロッテを「若返らない過去」と位置づける。ロッテにゲーテ的な意味での「若返り」を求めることは不可能だろう。むしろゲーテはロッテを「若返らない過去」としてありのままの姿で捉え、自分とロッテを明確に分けへだてることで自分がロッテの世界に引きずり込まれる危険を防いでいるのである。

こうして危険を除去したうえで、ようやくゲーテは「和解」〔444〕について語る。

変容こそ、わたしがもっとも愛しわたしの心髄をなすもの、わたしの大きな希望でありもっともふかい欲求なんだ——変化の遊戯、顔の変化では老人が青年に、青年が老人に変化し〔……〕青春が老年から、老年が青春から魔法のようにあらわれてくる。だからすっかり安心してくれていいんだ、きみがあれを考え出して、年老いた姿を青春のしるしで飾りながらわたしのところへやってきたのは、わたしにとって好ましく親しみの持てることだったのだから。[445]

「変容」——老人が青年へ、青年が老人へ——まさに『ディーヴァン』の世界そのものである。最後の対話では、ゲーテは完全に自分自身の世界、『ディーヴァン』の世界に身を置いたまま、そこからロッテに語りかける。そうしたうえでかれはロッテが考え出した「あれ」、かの女の白いドレスを「変容」の一環にくわえ、かの女を自分の世界に受け入れるのである。これがゲーテなりの決着のつけかた、「和解」の試みということができるだろう。だがゲーテ自身ロッテのことを「若返らない過去」、つまり「変容」とは無縁の存在と言明していたのではなかったか。この場面のゲーテは白いドレスをてこに強引にロッテを「変容」の世界に押し込んでいるといったほうがよさそうである。食事の場面ではあれほど脅威の的であった白いドレス、それをゲーテは逆手にとってロッテを自分の「もっとも愛する」世界に受け入れる——この小説は最後にこんなアクロバティックといってもいいような芸当を見せつけて幕をおろすのである。

## 3　文学と政治

亡命という状況においてより深刻かつ切実に、よりラディカルに問い直される「ドイツとはなにか」という問題。それに答えるために選ばれたゲーテ。『ヴァイマルのロッテ』執筆の根本動機のひとつであり、マンはゲーテに仮託するかたちでナチズム後の世界をも見据えたうえでのドイツ批判を展開する。ここにこの小説に内在する強い政治性をみとめることができるだろう。だが『ヴァイマルのロッテ』はあくまで小説である。マンはゲーテと自己同一化して真のドイツを代表するとともに、ゲーテを相対化し、客体化せねばならない。そのための手段がロッテだったのである。

マリアンネにたいする愛へと昇華された愛の起点であるロッテ。同時にかの女は詩人としてのゲーテの起点であり原体験でもある。そのロッテの出現は詩人ゲーテのもっとも核心的な部分、「反復」による「高揚」としての神話的時空を大きく揺さぶる。これほどまでにゲーテの内面世界をかき乱すのはロッテにしかできないことだろう。逆にいうとそのことによって、小説のゲーテにとっておのれの内面世界がいかに貴重なものであったかということが明らかになる。神話的時空――ゲーテがおのれの内部に紡ぎ出す神話世界はヨセフ小説から継承されたものである［BrK, 87］。時局に向けられた強烈なアクチュアリティーと神話を中心とするマン自身の文学観、この両者を一身に体現する人物としてのゲーテ――その姿を形象化するためにこそ選ばれたのが、ナショナリズムが大きく高まると同時にゲーテの内部で『ディーヴァン』が熟成していた一八一六年の、ロッテによるヴァイマル訪問なのであった。

## 文献

Mann, Thomas: Große kommentierte Frankfurter Ausgabe. Lotte in Weimar. Hrsg. von Werner Frizen. Frankfurt am Main. 2003.（本文中括弧内のアラビア数字はページ数を示す。なお Kommentarband は［KB］）

Mann, Thomas: Gesammelte Werke in dreizehn Bänden. Frankfurt am Main. 1974.（本文中括弧内のローマ数字は巻数、アラビア数字はページ数を示す。）

Mann, Thomas: Tagebücher 1935-1936. Hrsg. von Peter de Mendelssohn. Frankfurt am Main. 1978.［Tb］

Mann, Thomas; Kerényi, Karl: Gespräch in Briefen. Zürich. 1960.［BrK］

---

Blume, Bernhard : Thomas Mann und Goethe. Bern. 1949.

Schöll, Julia: Goethe im Exil. Zur Dekonstruktion nationaler Mythen in Thomas Manns „Lotte in Weimar". In: Thomas Mann Jahrbuch Band 16. Hrg. von Thomas Sprecher u. a. Frankfurt am Main. 2004.

友田和秀：『トーマス・マンと一九二〇年代――魔の山とその周辺――』人文書院、二〇〇四年〔友田Ⅰ〕。
友田和秀：「ジンテーゼを求めて――トーマス・マンと保守革命――」青地伯水編『ドイツ保守革命　ホフマンスタール／トーマス・マン／ハイデッガー／ゾンバルトの場合』松籟社、二〇一〇年〔友田Ⅱ〕。

# 第10章　東ドイツ、父なる国家

## ――ザラ・キルシュ『山のように高い海の波』

永畑紗織
NAGAHATA Saori

### 1　違和感のあるストーリー

『山のように高い海の波』［Kirsch, 25-32］は、詩人ザラ・キルシュ（一九三五―二〇一三年）の同名の散文集（一九七三年）に収められた、どこか奇妙な物語である。舞台は一九六〇年代。語り手の男性「私」は、ハンガリーの首都ブダペストで美しい母娘と偶然知り合い、食堂で相席した際に、ふたりの運命について話を聞くこととなる。この母親は、アンナ・キールマンという名の三〇代末の女性で、バルト海に面する旧東ドイツ最大の港湾都市ロストックと思しき町Rで船に荷物を積む仕事をしており、既に成人している娘（成人年齢は一八歳）は、母の上司でもある積載管理人と婚約している。彼はとても嫉妬深いが、母娘は、それを娘への愛の証だと感じていた。ところが、ある時、「フーフェラント教授号」のパーサーが娘に言い寄り始め、婚約者は激しく嫉妬する。このパーサーの乗る船に婚約者は不適切な荷物の積み方をし、その後、船が沈没しパーサーは死んでしまう。積載管理人である婚約者は裁判にかけられることとなり、裁判の席で、アンナは娘の婚約者が不利にならないよう嘘の証言をするが、娘は彼の行為が過失ではなく故意だったと思わせるような、婚約者にとって不利な発言をする。娘がこのような発言をした理由として、アンナは自分が一七歳の頃（「終戦から数年経った頃」［Kirsch, 30］）に港で起こった出来事を語り出す。彼女は、パイプの錆の除去作業中、パイプの中に入っていて身動きが取れない状態で、外国人の船乗りたちに暴行されて娘を身ごもったのである。彼女は暴行の直後に会社にこの件を訴えたが、会社は、犯人を見つけ出すことができず、勤務時間中に起こった出来事であるがゆえに、養育費の支払いと父親の代理を会社が担うことを決定する。「港が父親のような役割を果たしてきた」［Kirsch, 32］から娘が港に有利な発言をするのは当然だと、アンナは言う。裁判の結果、積載管理人の行為は過失ということになったが、彼があと二年の刑期を終えるまで、娘はほかの男性には目もくれずに待っている。これらのことを話し終えた後、アンナは語り手の男性「私」に口説かれて彼の部屋についていく。そして、この短編は以下のような言葉で締めくくられる。

この話の語り手の女性は、とても美しいだけでなく、非常に色好みの女性でもあった。しかし彼女は、岩礁から落ちる際、私と目と目を合わせるようずっと気を付けていた。私は彼女が私に話してくれた五月二三日のことに原因があるのだと思う。そして私は、この振る舞いの中に彼女の話が真実であることを疑わないさらなる理由をみている。［Kirsch, 32］

この「五月二三日」とは、アンナが性的暴行を受けた日のことである。

嫉妬、故意に引き起こされた事故、裁判、性的暴行など、サスペンスドラマのクリシェが散りばめられているため、エンターテインメント的要素が強い作品のようにも見えるが、一読して違和感を覚える読者は少なくないだろう。違和感の原因はとりわけ、「港が父親のような役割を果たしてきた」から娘が港に有利な発言をするのは当然だという考え方、アンナが受けた暴行の話に対するスタンス、そして、語り手とアンナが関係を持ったという話が最後に添えられていることだろう。

作者ザラ・キルシュは、テューリンゲンのハルツ山地の麓で生まれた。豊かな自然の中で育ち、大学時代はハレで生物学を専攻した。一九七四年に西ベルリンに住む詩人クリストフ・メッケルと壁を隔てての恋に落ち、その後一九七七年に西ベルリンへ移住することになるが、それまではドイツの東側で暮らしていた。つまり、この作品が執筆された当時の彼女の国籍は、ドイツ民主共和国（以下、東ドイツ）にあった。このことと『山のように高い海の波』が与える違和感は無関係ではないと思われる。

この章では、『山のように高い海の波』を例に、ザラ・キルシュが東ドイツの政治状況からどのような影響を受け、それが彼女の作品にどう表現されているかをみていきたい。

## 2　社会主義リアリズム

『山のように高い海の波』は、最初に時間と場所が明示されるなど、古典的な始まり方であるし、登場人物は同時代の労働者である。つまり、スタイルとしては社会主義リアリズムの語りの系譜に関連づけられる［Hilzinger, 94-95］。社会主義リアリズムとは、社会主義国家の中で前向きに生きる労働者の日常や職業生活に題材をとり、社会主義を賛美することに主眼が置かれる文学様式である。この様式は国家によって推進され、国が検閲を行なっていたため、東ドイツで創作活動を行なう者は、この様式を無視することはできなかった。庶民にも分かりやすい写実的な描き方が良いとされ、抽象的・前衛的・耽美的な描き方は批判の対象となった。そのため、この短編のような、語りの状況も描くことで事実を報告する記録のようにみせる体裁をとった文学作品は、一九六〇年代及び一九七〇年代初めの東ドイツでは主流だった。

そして、この短編は、形式上東ドイツらしさを持っているだけでなく、その枠内物語の舞台も東ドイツである。Rがロストックだと断言できないとしても、「作業班」という意味のBrigadeや「国営の」という意味のvolkseigenなど、東ドイツ特有の語彙がちりばめられていることから、アンナが語る話の舞台が東ドイツであると考えるのは妥当だろう。ついでに言うと、語り手の男性「私」も、アンナを同国人と呼んでいることから、東ドイツ人であると推測できる。また、枠物語の舞台であるハンガリーは、一九六〇年代当時、東ドイツと同じ社会主義国であった。

つまり、主人公のアンナは社会主義国家の中で生きる労働者であり、『山のように高い海の波』は、まさしく社会主義国家の中で前向きに生きる労働者の日常や職業生活に題材を取った文学作品として読むことができる。「〔……〕私は点検を始めました。反対側の開口部に覗く青い空を見て、嬉しい気分でした」〔Kirsch, 31〕という箇所などには、労働を楽しんでいる前向きな姿が表れているし、「この時期、私は錆落としの作業班で働いて、その会社の文化合唱団のメンバーでした。〔……〕あの日、私は、ノルマを早くに達成して、晩には歌いに行きたいと思っていました」〔Kirsch, 30〕という箇所からは、アンナが合唱団での活動を楽しみにしていたことが分かる。東ドイツにあった大衆組織〔Massenorganisation〕は、国民に趣味や娯楽を与えるものでもあったが、党に属さない人間に政治的影響を与え洗脳する役割も持っており、大衆組織に属さないと進路・就職等に不利だという状況があった〔リースナー、一一四頁〕。アンナが属している合唱団もおそらく大衆組織の類であり、それに行くのを楽しみにしているアンナは、党の方針に従順な女性として描かれていると言えよう。「私は港との結びつきが強かったので、娘にはじめは製図工、それから部品の設計者になる教育を受けさせることができました」［Kirsch, 25］という箇所等に出てくる「港」という言葉は、作品の中では「会社」という言葉でも表現されているが、東ドイツでは会社のトップに立つ人間の大半は政府の方針に忠実な人間だったため、「港」＝「体制側」と言い換えることも可能ではないだろうか。つまり、アンナは勤務先に忠実であるおかげで、言い換えると体制順応的であるおかげで、有利に事を進めてきた女性なのだと捉えることができる。

そして、この短編は社会主義を賛美することに主眼が置かれた作品として読もうと思えば読めなくもない作品である。例えば、次の箇所をみてみよう。

係争委員会がこの事件を調査することとなり、子どもの父親が突き止められなかったので、そして、この子どもが労働時間中に安全規定が守られなかったせいで港の敷地内でできたらしいということなので、会社が今後、父親の代理と養育費の支払いを引き受け、しかるべき時には職業教育に関しても面倒をみるつもりだという決定が下されました。このような手が打たれたのです。港が父親のような役割を果たしてきたのです。今はきっとお分かりでしょう。なぜ娘が、婚約者の潔白がほんのわずかに疑われるだけにもかかわらず、会社に有利な証言をせざる

を得ないと思ったのか。［Kirsch, 31-32］

この箇所からは、会社が子どもの養育費を支払ってくれたことへの感謝の気持ちや、会社から恩義を受けている以上、会社を裏切ることなど許されないというアンナの思いが読み取れる。会社が支払う養育費とは、要するに損害賠償のようなものだろうが、ここでは広い意味でシングルマザーに対する社会保障がテーマになっているように思われる。『山のように高い海の波』が出版された一九七三年は、仕事と育児を両立しやすい社会にするための政策が次々と導入された時期であり、それを踏まえると、この短編は、シングルマザーでも安心して子どもを産み育てられる国を賛美する作品として読むこともできなくはない。

すべての人間の平等を謳う東ドイツでは理念上は男女平等で、女性が就労するのは当然であり、かつ労働力確保のために出生率の低下を防ぐ必要があったので、一九七二年頃から、東ドイツは仕事と子育ての両立を助ける政策を次々と導入した［リースナー、九一—九七頁］。子育てにかかる費用の八割は国が負担するので、シングルマザーでも困らなかったし、保育園等も完備され、給食費以外は無料であった。保育園児・幼稚園児に社会主義思想を叩きこむこともでき、国にとっては一石二鳥であった。出産休暇は二六週間、育児休暇は一年間、家事休暇や子どもの看護休暇も有給でとれた。東ドイツでは、女性が経済的に自立しているため離婚が容易で、愛のない結婚が少なかったと言われる。ちなみに、東ベルリンでの出生数は、一九八九年には一万七〇〇〇人だったのに対して、ベルリンの壁崩壊後の一九九一年には八八〇〇人に激減している〔姫岡、一〇〇頁〕。それまでは子どもを産むことを躊躇《ためら》わなかった東ドイツの女性たちが、体制の崩壊により、「いつ失業するかわからないので生活が不安」、「子どもを保育所に預けられるかわからない」等の理由で子どもを産むことを控えたことが数字にはっきりと表れている。

一九六〇年に結婚した詩人ライナー・キルシュとは一九六八年に離婚し、一九六九年に作家カール・ミッケルを父とする息子モーリッツを出産したザラ・キルシュは、作品執筆当時、子育てに関する政策には高い関心を持っていただろうと想像するに難くない。東西ドイツが統一された後の一九九三年に行なわれたインタビューで、キルシュは次のように語っている。

インタビュアー（ヴォルフガング・ハイデンライヒ）：その頃あなたはある詩の中で、こう書いていますね。「以前私は自分の国でたくさんのことを吹き込まれ指図された結果、その内のいくらかを〈信じる〉という忌々しい仕事を引き受けた」。
キルシュ：実際いつも閉じこめられた状態でしたから。数々の社会的〈成果〉は東ドイツだけにある、とずっと信じていました。その後オランダに行って、そこでもすべてそろっているとわかったのです、産休等々。〔キルシュ、二〇九頁〕

つまり、東ドイツに住んでいた頃のキルシュは、子育て支援等の政策は、東ドイツだけにあると思っていたのである。この本が出版された翌年、ザラ・キルシュは、東ドイツ作家連盟の幹部になった。このことは、当時の彼女が反政府的な作家ではないとみなされていたことを意味する。彼女の思想や作品が社会主義批判を含むものだと思われていたとしたら、幹部どころか、連盟から追放されていたことだろう。事実、三年後の一九七六年に体制批判的な詩人ヴォルフ・ビアマンが西ドイツを旅行中に東ドイツ市民権を剥奪された、いわゆるビアマン事件の時には、抗議声明を発表したことで、キルシュはドイツ社会主義統一党とＤＤＲ作家連盟から除名されている。先にも挙げた一九九三年のインタビューで、キルシュはこう述べている。

キルシュ：不思議なことに私達〔東ドイツの作家仲間たち〕はほとんど全員一九三五年生まれで、皆多少の高慢さを持ち合わせ、それが満開といった有様でした。党の御用詩人に負けないために、私達にはそれが必要でもあったのです。自分達には才能がある、他の連中はへぼ文士だ、と信じて疑いませんでした。そうでもしないと生きてはいけなかったでしょう。しかし文化政策の方も絶えず変わりました。かつては才能が退廃的で恐いものとされたこともありました。私達はいつも話してました、文化政策はジグザグ運動をする、そしてその変わり目には頭を引っ込めていなければいけない、と。私達はそれとのつきあい方を心得ました、じきにささやかなシニシズムを会得したのです。私達は貧乏で、特別な収入もなかったのですが、誇り高く自由でした。それがあそこで生きていくことを可能にしたのです。〔キルシュ、二〇二頁〕

体制崩壊後のインタビューでの発言なので、真に受けて良いかは分からないが、文化政策とのつきあい方を意識しながら書いていたというのが本当であれば、キルシュは社会主義リアリズムという隠れ蓑を着て、この短編で社会主義賛美とは異なる何か別のことを為そうとしたのだろう。上辺と本質が違っていることが、この作品を読んだ時に読者が覚える違和感の原因のひとつではないだろうか。

ここからは、「父親のような役割」、「性的暴行」、「色好み」という三つのキーワードに沿って、この作品に覚える違和感について考えていきたい。

## 3　父親のような役割

まず、「港が父親のような役割を果たしてきた」という表現自体に引っ掛かりを覚える人もいるだろう。父親とは養育費を支払うだけの存在であるかのような言い方だという点がひとつ。そして、会社が父親的役割を担うということは、会社による私生活への過剰な干渉とも取れる。例えば、本文中に「会社が催したがっている結婚式」という語句がある〔Kirsch, 27〕。父親が娘に「結婚式を挙げなさい」と言うのは普通のことだが、娘の結婚式という私的な行事を「会社が催したが」るのは奇妙な感じがするが、耳になじまない表現を用いることで、父親ぶる会社、言い換えると、シングルマザーでも子育てできる環境を作る一方で国民の生活を監視・支配する体制を皮肉っているのではないか。

そして、港（体制側）から恩義を受けているため、港を裏切ることはできないというアンナの考え方に違和感を覚える読者もいるだろう。アンナの娘は法廷で、自分の婚約者が「フーフェラント教授号」の出港の前の晩に寝言で、パーサーのやつ、突然ケツまる出しで水の中にいたら、びっくり仰天するだろうと言ったと証言したのだが、そのこと自体はさほどおかしなことではあるまい。婚約者を心から愛していたとしても、いや、愛しているからこそ、彼が故意に船を沈めたのであれば、罪を償って欲しいと考えることは道義的にまっとうだと思うが、奇妙なのはアンナの言い分である。先にも引用したように、アンナは「港が父親のような役割を果たしてきたから」、港を裏切ることはできないという趣旨の発言をしたのである。娘の婚約者が嫉妬心から故意に船を沈めたのであれば、殺意はなかったとしても——嫉妬という取るに足りない動機で——人を殺しているわけで、そんな彼を一途に待ち続けている娘の態度にも、裁判で娘の婚約者を庇うために嘘の証言をしたアンナの態度にも多少の疑問はあるが、娘が真実を告白した理由を「港が父親のような役割を果たしてきたから」だと説明することほどの不自然さはない。アンナ自身は裁判で嘘の証言をしているくらいなので、自分の身近な人を守るためなら嘘もやむをえないというしたたかさを持ち合わせているようだが、娘が真実を告白した理由を自分なりに理解しようとして出した答えが、「罪を犯したら償うべきだと考えたのだろう」という自然なものではなく、「とにかく会社を裏切ってはいけないと思ったのだろう」というものだったのである。このことは、アンナ自身の頭の中に「会社を裏切るのは怖いことだ」という考えが満ちていることを示している。

父親のような役割を果たしてきた港を裏切ることはできないという考え方には、ふたつの意味での権力が影響していると思われる。つまり、「父」を裏切ってはいけないという思考と「体制側」を裏切ってはいけないという思考が、そこに混在しているのである。

理念上は男女平等を掲げている東ドイツでは、一九五〇年代には、法律で男女平等が定められているにもかかわらず、外で働く父親と子育てをする母親という伝統的な役割分担がまだ保持されていたが、一九六〇年代には労働力不足を補うため、女性の社会進出が進んだ。ただし家事や子育ては女性の仕事だった。つまり、この作品の主な舞台である一九六〇年代の東ドイツは、女性の就業率だけをみれば男女平等が進んでいるかのようであったが、それは女性が働く権利を勝ち取ったのではなく、家事と育児をこなしながら働く義務を押し付けられただけだったため、父親が家庭内での支配権を握っているという状況に大きな変化はなかった〔リースナー、九三頁〕。新しい考え方がいろいろと入ってくる西側とは違い、東ドイツの女性たちは、経済的に自立している一方、家事・育児は女性がするものという考え方を疑わず、父親（男性）を立てるのが当たり前だと思っていたのである。

そして、キルシュは自身の父親に対してあまり良い感情を持っていなかったようである。そのことは、彼女の筆名からも分かる。彼女はイングリット・ベルンシュタインの名で生まれた。ザラ・キルシュの姓は、ライナー・キルシュとの結婚によるものであり、ザラという筆名は、ナチスによるユダヤ人迫害と自身の父親の反ユダヤ主義に対する反発心からつけられた。つまり、ユダヤ人の祖とされるアブラハムの、ユダヤ人たちから「サラ・イマヌー〔我らの母ザラ〕」と呼ばれる妻に因んでつけられた名である〔Hilzinger. 94〕。反ユダヤ主義的な思想の持ち主だったという父について、キルシュは次のように述べている。

　幼い頃、父が何でも知っていることにただ感心しました。牧師の息子として父はギリシャ語やラテン語も出来ましたし、自然科学にも通じていました。後年、父はよそよそしく、あまりに傲慢にもみえました。自分は正しく他はいっさい間違っていると考える人物は、私の神経をと

てもいらだたせたのです。〔キルシュ、二〇〇頁〕

そのほか、「母とは強い絆がありました」〔キルシュ、一九九頁〕に対する「この父とは強いつながりはありません」〔キルシュ、一九九―二〇〇頁〕という発言や「しかし戦争には良いこともありました。父親たちが戦争に行って不在だったので、つまらぬ文句を言う人もいなかったのですから。とても自由でした」〔キルシュ、一九八―一九九頁〕という文章からも、キルシュが父に対してネガティブな感情を抱いていたことが分かる。自分から自由を奪うような存在であった「父」と「体制」が重ねあわせられて、キルシュの頭の中で、父親のような役割を果たす港という概念ができたのだろう。父権制社会であり、一党独裁社会であるこの状況で、「父」でもある体制側を裏切ることは恐ろしいことだと、アンナたち母娘は無意識に思っているのである。会社に恩義を感じ、会社に忠誠を尽くさねばならず、父なる会社という強者に弱者が逆らうことができない状況を、キルシュは批判を込めて描きだしたのではないだろうか。国が子育て支援政策を打ち出す中、キルシュは、体制側が「父親のような役割」を果たす見返りとして、意のままになる国民を育てようとすることに対する危機感を抱いていたのだろう。

る。

## 4　性的暴行

娘を孕むことになったきっかけである暴行について、アンナは感情を交えずに淡々と語っている。

そのうち、たくさんの足音や、男の人たちの外国語で叫ぶ声が聞こえてきました。オランダ語だったかもしれません。とにかく、それは大航海を経て、この国にやってきた船乗りたちで、彼らはパイプの中にいる私を発見したのです。ぴんと伸ばしたひかがみと、まるいお尻を。彼らは次の瞬間にはもう、絶好の機会を利用していました。かなりの時間が経ち、私がやっと解放され、保護眼鏡を取り、作業用具を拾い集めてしまった時には、男の人たちの痕跡はもうありませんでした。私は幹部のところに行き、調書用にすべて話しました。少なくとも五人の男だったに違いありません、と私は言いました。複数でしたと――私がどれほど子どもっぽかったか、お分かりでしょう。私は手で机を叩き、こんなことが起こり得るなんて、なんのための保安施設なのかと問いました。私の知る限り、そのようなことが繰り返されはしませんでしたが、私は五カ月後には養生ポスト〔回復期の病人・妊婦などが就く仕事〕が必要になりました［Kirsch, 31］。

この短編に性的暴行というトピックを挿入したのには、何か理由があるだろう。単に読者の関心を煽るのが目的であれば、アンナの痛み・不安・怒り・無力感・トラウマ等を描き込んだ方が得策だろうが、この作品の場合、そういったものは一切描かれず、読者は感情移入することを阻害される。

このトピックが織り込まれた理由のひとつの可能性として、性的暴行というテーマに注目してほしいという作者の想いがあったのではないか。統計によると、一九四五年、ベルリンにいた一四〇万人の女性や少女のうち、初夏から秋にかけて少なくとも一一万人がソ連兵によって強姦され、そのうちの一万人が強姦のため命を落とすか後遺症に悩まされ、一万人以上が妊娠して一〇〇〇人以上のロシアの子どもが生まれたとされる〔ヨール、七二頁〕。だが、この集団強姦について東ドイツにおいては完全なタブーだった。一九四五年に限らず、戦後ドイツ東部がソ連に占領されていた時期も、ドイツ民主共和国が成立してからも、ソ連兵によるドイツ人女性に対する暴行は度々起こっていたが、そのことについて東ドイツ政府は沈黙していたという〔リースナー、二四六頁〕。短編の中でアンナに暴行した犯人たちが外国人であることは、このことと関係があるのではないだろうか。作品中では、その外国人たちが話していた言語は「オランダ語だったかもしれません」と書かれているが、犯人たちが西側の人間である可能性をほのめかしたのは、検閲を意識してのことだろう。

もうひとつの可能性として、女性の望まない妊娠というテーマを盛り込みたかったのではないか。作中では、娘を身ごもったことに関するアンナの葛藤や迷いは一切描かれておらず、彼女が娘を大事に思っていることが分かる展開だが、暴行によって相手の分からない子どもを妊娠した場合、女性には多くの悩みや困難がつきまとうのが普通だろう。このような場合、妊娠人工中絶を選択するケースも多いと考えられるが、アンナが妊娠した頃（「終戦から数年経った頃」［Kirsch. 30］）には、そのような選択肢はあったのだろうか。

ドイツの敗戦直後、ソ連占領地域ではソ連兵による強姦が多発していたため、強姦を理由とする妊娠中絶は事実上合法とされていた。一九四七年から一九四八年にかけては、医学的理由や犯罪的理由等があれば、妊娠三カ月までは妊娠中絶が認可された［池谷、七五頁］。その状況が変わったのは、一九五〇年九月に「母子の保護と女性の権利に関する法律」が制定されてからである。人口を増やし労働力を確保したいという目的の下に制定されたこの法律では、「子どもを臨月まで宿すことが妊婦の生命ないしは健康に重大な危険を及ぼす場合、あるいはどちらかの親が重い遺伝病を負っている場合」を除いては、あらゆる妊娠中絶は禁止された［池谷、七八頁］。つまり、アンナが妊娠したのがいつなのかが不明瞭であるものの、彼女が妊娠した頃、中絶が法的に許されなかった可能性があるのである。

その後、一九六〇年代になると妊娠中絶の制限は次第に緩和されるようになり、『山のように高い海の波』が発表される一年前の一九七二年三月、東ドイツでは、妊娠三カ月以内の場合の中絶が合法化された。教育・職業・夫婦・家族関係における女性の自立と平等を実現するためで、手術は完全無料で行なわれた［リースナー、二〇一頁］。一九九二年にようやく中絶が合法化されたドイツ連邦共和国（西ドイツ）と比較すると、二〇年も早い。女性に選択の幅を持たせるという意味で、この点では東ドイツの方が進んでいた。

『山のように高い海の波』の中には、アンナが産むことを迷った記述等は全くないが、出版年と中絶合法化の時期が非常に近いことを考えると、合法化のニュースを聞いたキルシュが望まざる妊娠をして出産した女性たちに思いを馳せて、この話の筋ができた可能性が考えられる。アンナの場合、「五カ月後には養生ポストが必要」になったという記述しかないので正確なところは分からないが、かなり後になるまで妊娠に気づかなかったのではないだろうか。暴行を受けた当時の一七歳という年齢を考えると妊娠についての知識はあまりなかっただろうし、終戦後数年間はストレスや栄養不足等で月経周期が乱れる女性も多かっただろうと推測すると、妊娠に気づかなかった可能性は十分に考えられる。五カ月にもなっていれば、母体への負担等を考えても中絶は危険だし、一九四七年以降であれば法的にも許されない。本人が望んだわけではないのに妊娠をし、産む以外に選択肢のない状況で産み、労働力となる娘を育て、それでも経済的に子育てを支援してくれた会社に恩義を感じているアンナは、義理堅く立派な女性にも見えるし、自然な感情を失ったどこか正常でない女性にも思える。アンナと似通った状況で子育てした女性は戦後には一定数いたであろうし、結婚して夫側の都合や希望で子どもを儲けた家庭でも、女性だけが国の子育て支援政策や夫の労働に恩義を感じるケースはあっただろう。労働したり子どもを産んだり家事をしたりすることで国や夫を支えている女性が、国や男性に過剰に恩義を感じる事への違和感を、キルシュは性的暴行によって子を持つことになったアンナを使って表現したのではないか。先にも述べたように、「数々の社会的〈成果〉は東ドイツだけにある」と信じていた作品執筆当時のキルシュは、子育て支援や中絶の合法化など、国の政策にポジティブな感情を持っていた可能性も高いが、それを恩着せがましく「女性のため」だと吹聴されることに反発を覚えていたのではないだろうか。

アンナは、暴行を受けても泣き寝入りせずに会社に訴える行動力を持った女性として描かれており、痛み・不安・怒り・無力感・トラウマ等は描かれていないので悲壮感がなく、被害者性もあまり強く感じないが、このような描き方をしたことにも作者の意図が隠されているだろう。性暴力の被害者の反応について、多くの人は何らかの思い込みを持っている。例えば、自殺する、精神を病む、悲嘆に暮れる、男性恐怖症になる等の反応が普通だと考える人もいるだろう。だが、性暴力の被害者を、そういったステレオタイプを用いて悲壮感たっぷりに描き出すことは、松浦理英子がエッセイ『嘲笑せよ、強姦者は女を侮辱できない』で述べているような意味において、性犯罪者に加担することになりうる。つまり、強姦された女性が非常に大きなショックを受けるという描写は、「女を侮辱」したいという強姦者の願望に適っているという意味で。そしてまた、「〈レイプによって女は滅茶苦茶に傷つく〉といった紋切り型の固定観念ばかりが流布する状況では、たとえば強姦裁判において、被害者が事件の後比較的冷静な行動をとった点を取り上げて、〈強姦などされたら被害者は我を失ってしまうはずなのに、彼女は冷静さを失わなかったので、行為は和姦であったと見做される〉などといった馬鹿な判決が下りかねないし、現実に下っている」［松浦、一四六頁］ことに鑑みれば、強姦されることは自殺したくなる程の辱めを受けることだという一部の人が持つ固定観念を増幅させるような描き方は望ましくない。アンナのように泣き寝入りせず、そしてその後の人生を前向きに生きるべきだというメッセージも、この短編には込められているのかもしれない。

## 5　色好み

最後に添えられた、アンナが語り手の男性「私」に口説かれて彼の部屋についていくというエピソードは、唐突で余計な印象を与える。だが、このエピソードの前に「アンナ・キールマンの話の締めくくりには、以下のことを付け加えるのが一番だろう」という文が添えられていることから分かるように、このエピソードは、この話に必要不可欠な要素であるはずだ。この短編の最後の部分をもう一度思い出してみよう。暴行を受けたときは相手の顔がまったく見えない状態だったので、それ以降はその反動で性交渉のときに相手と顔を合わせることを重視するようになったのだと、語り手「私」は理解しているようだが、この箇所においては、セカンドレイプの問題が提示されている可能性があるのではないか。

語り手であるがゆえに、「私」を客観的にみた記述は作中にはないが、そもそも「私」は好色な男性として性格づけされているように思う。例えば、「私の興味津津の眼差しに応えるすべを全然知ら」〔Kirsch, 27〕ないというアンナの娘についての記述をみると、「私」は娘に対しても性的関心を抱いているように読める。

アンナのことを「色好み」と表現することは、アンナ自身に性的暴行を受ける原因があったかのような印象を与える。暴行に遭った状況を考えればアンナの言動に原因があった可能性は全くないが、アンナの肉体そのものに原因があったかのような言い方である。また、「色好み」という言葉には、性的暴行を受けても強く生きている女性に対する偏見が表れているように思う。語り手がアンナを「色好み」と形容すること自体、性的暴行の被害者がことさらに性的な目で見られるというセカンドレイプの構造をなぞっているのである。「私」には、なんらかの偏見やアンナに対する無理解がある。言い換えると、彼はアンナの言動を自分の都合の良いように解釈しているように思われる。こういったことを踏まえると、アンナの話を聴いた直後にアンナを自室へ誘った「私」に対する軽蔑の念を禁じえない。

そしてまた、この短編の読者の中にも、性的暴行を受けた女性と「色好み」の女性を何らかの意味合いを持たせて結びつけることで、セカンドレイプに加担する者の心理を疑似体験する者がいるかもしれない。つまり、ジョルジュ・ヴィガレロが『強姦の歴史』の中で「悪に接触した被害者も知らず知らずに堕落しているという考え方は、昔はごく自然なものだったのである」〔ヴィガレロ、一〇頁〕と述べているように、性的暴行を受けたアンナを堕落した女性だと捉えることによって。

アンナは、自分が「子どもっぽかった」から暴行を告発することができたと言っているが、社会のことをよく知っていれば知っているほどセカンドレイプの被害への恐怖心は強くなるだろう。性暴力の被害者への偏見の問題を取り上げたいという気持ちが、キルシュにこの文章を書かせたのではないか。一般的に、特に古典的なスタイルの作品の場合、読者は語り手と同じ目線で物語の筋を追っていくことが多いため、著者が語り手に対して批判的な眼差しを向けていることには気付きにくいが、この作品の場合、著者が語り手とは違う目線で物事をみているのは確かだろう。

## 6　アンビヴァレントな感情

キルシュは、自分の行動がシュタージ（国家公安局）によって監視されていたことを、東西ドイツ統一後にシュタージの記録文書で確認している。キルシュは、東を去る前の二年間、東ベルリンで友人である西の作家たちとしばしば会い、互いの作品を読み合ったりしていた。「そのことはすべて秘密警察の文書に出てきます」［キルシュ、二一一頁］と彼女は語っている。そして、西の作家たちとの交流について、「初めは作品を互いに理解するのが困難でした」［キルシュ、二一一頁］と言っている。西と東では文学作品の形式ものの考え方も大きく違っていたのである。

アンナ母娘の行動も、東ドイツの人々が読めばそれほど違和感を覚えないものだったのかもしれない。彼女たちの言動に我々が違和感を覚えるのは、ふたりが感情を抑圧することに慣れ過ぎているからだろう。自分がどうしたいかよりも、体制側を敵にまわさないためにはどうすべきかを考える癖が染みついているようである。シュタージとその協力者が至る所で国民を監視していた東ドイツでは、誰が密告者か分からないので誰の前でも本音が言えず、あまり自己主張しない国民が増えた。アンナが初対面の男性相手に身の上話をしたのは、旅先にいるという解放感に後押しされたからだろう。だが、彼に対しても体制側の批判になるようなことは決して口にしていない。この物語は、娘の婚約者の立場からみれば、最も身近な人すら味方でいてくれずに体制側に情報提供してしまう、寝言でさえ密告される社会の物語であり、アンナ母娘は体制側に対する協力的な姿勢を崩さない、見方によっては、したたかで打算的な女性たちである。

模範的な東ドイツ人母娘を登場人物に据えた、読者それぞれの価値観によって全く違った意味に解釈できるこの作品は、作者自身が東ドイツに対してアンビヴァレントな感情を持っているからこそ生まれたのではないだろうか。「自分はやはり東ドイツによって造られた人間であった」、「そこであらゆる事を私は吹き込まれていました」〔キルシュ、二〇九頁〕と本人が述べているように、長年東ドイツで暮らしてきたキルシュのものの見方は、東ドイツ的価値観を完全に抜け出るものではなかっただろうし、そしておそらく男性に対する感情も否定一辺倒ではなかっただろう。複雑な感情を土台に社会的な問題を盛り込みながら、検閲を意識して批判していると分からない範囲で社会批判をしているために、読者は、その思念を攪乱されるのである。

## 文献

Kirsch, Sarah: Die ungeheuren bergehohen Wellen auf See. Erzählungen aus der ersten Hälfte meines Landes. Mit einem Nachwort von Jens Jessen. Zürich 1987.

キルシュ、ザーラ『呪文のうた――ザーラ・キルシュ選集』内藤洋子訳、郁文堂、一九九八年。

---

Hilzinger, Sonja: Sarah Kirsch: Die ungeheuren berghohen Wellen auf See. In: Interpretationen. Deutsche Kurzprosa der Gegenwart. Hrsg. von Werner Bellmann und Christine Hummel. Stuttgart 2006, S.94-103.

池谷壽夫「ＤＤＲにおける妊娠中絶問題の歴史的展開」日本福祉大学福祉社会開発研究所『日本福祉大学研究紀要――現代と文化』第一二〇号、七三―一〇五頁、二〇〇九年。

ヴィガレロ、ジョルジュ『強姦の歴史』藤田真利子訳、作品社、一九九九年。

姫岡とし子『統一ドイツと女たち――家族・労働・ネットワーク』時事通信社、一九九二年。

松浦理英子「嘲笑せよ、強姦者は女を侮辱できない」井上輝子・上野千鶴子・江原由美子編『セクシュアリティ（日本のフェミニズムⅥ）』岩波書店、一四四―一四八頁、一九九五年。

ヨール、バーバラ「大量強姦をめぐる数字」ザンダー、ヘルケ・ヨール、バーバラ編著『一九四五年・ベルリン解放の真実――戦争・強姦・子ども』寺崎あき子・伊藤明子訳、パンドラ発行、現代書館発売、六六―一一五頁、一九九六年。

リースナー、フランク『私は東ドイツに生まれた――壁の向こうの日常生活』清野智昭監修、生田幸子訳、東洋書店、二〇一二年。

# 第11章　東ドイツの西ドイツ学生への浸潤
## ——雑誌『コンクレート』の成立とウルリーケ・マインホフの彷徨

青地伯水
AOJI Hakusui

### 1　現代に生きるウルリーケ・マインホフ

クラウス・ライナー・レールの『同志の女』（一九七五年）は、テロ行為で服役中の「同志の女」カタリーナ・ホルトを主人公とするいわゆるモデル小説である。レール自身は共産主義者カール・ミヒャエル・ルフトとして登場し、相棒アンドレアス（ラインハルト・オーピッツを指す）とともに若き日のホルトに接近する。アンドレアスは、政治活動に興味をもってまもない彼女を評して言う。

「とっても素晴らしいよ。彼女はキリスト教徒だ。本気でキリスト教を信じている女だよ。原始キリスト教からやり直すとかね。彼女は告白協会の出身だよ。彼女と養い親が。ライマース〔有名な大学教授レナーテ・リーメクを指す〕だよ。ハイネマンやニーメラーだよ、わかるかい。ホルトは言うんだよ、平和と正義と人類愛のために何かをしなくては〔……〕」[Röhl, K. (I), 59]。このキリスト教信仰と人類愛に燃える女性ホルトの姿は、二三歳の大学生ウルリーケ・マインホフ（一九三四―一九七六年）をモデルとしている。

マインホフは一九五九年一〇月ハンブルクにある、編集長をクラウス・ライナー・レールとする雑誌『コンクレート』の編集部に入った。編集局員以外に作家エーリヒ・クービーやハンス・マグヌス・エンツェンスベルガーらが寄稿した。編集局員ペーター・リュムコルフの詩と並んで、ベルトルト・ブレヒトやクルト・トゥホルスキーの詩も掲載された。ヌーヴェル・ヴァーグの映画監督ルイ・マル、クロード・シャブロール、アラン・レネにかんする記事も載った。

文学的な記事の一方で、『コンクレート』は数百人のナチス時代の裁判官と弁護士が当時要職にあることを暴く文書を掲載し、連邦共和国で芽吹いていた反ユダヤ主義に警告を発した。マインホフは、フランスのアルジェリア政治犯収容所における拷問を批判し、ベネズエラにおける学生蜂起を支持し、キューバ革命の困難な状況を報告した。第三世界における反植民地・革命闘争も『コンクレート』のもうひとつの力点であった [Ditfurth, 149]。彼女は一九六一年には『コンクレート』の編集長となり、この年の暮れにレールと結婚し、翌年双子の娘を生む。六〇年代に雑誌『コンクレート』を中心にジャーナリストとして活躍したが、彼女はレールとの離婚後、一九七〇年のアンドレアス・バーダー脱獄幇助事件をきっかけに、地下に潜りテロ行為を指揮した。一九七二年の逮捕後、彼女は精神の均衡を崩し、自殺を遂げた。

マインホフは、盛時にはジャーナリストとして政治的な文学営為に携わりながら、突如テロリストとして政治に最も極端な形でかかわった。この「矛盾に満ちた生〔Krebs の書籍のタイトル〕」への関心は、学生運動が隆盛を極めた一九六八年から四〇年が過ぎたとき、彼女を主人公の一人とする劇映画『バーダー・マインホフ　理想の果てに』（ウリ・エーデル監督）で頂点を迎えた。しかしその後もマインホフの双子の一人ベティーナ・レールがインタビューに答えるシェーン・オサリバン監督『革命の子どもたち』（二〇一一年）や、未公開フィルムを多く用いたフランス映画『ドイツの若者』（ジャン＝ガブリエル・ペリオ監督、二〇一五年）などマインホフへの世間の関心は衰えない。

本章では、彼女の死後三〇年を迎えた二〇〇四年頃から盛んになった文献に基づく実証研究の成果に依拠し、一九六〇年代の学生を政治的に牽引した雑誌『コンクレート』の成立過程を考察し、その雑誌の繁栄に巻き込まれていった一女子学生ウルリーケ・マインホフの生の足跡をたどる。そこから五〇年代の学生ジャーナリズムと政治のかかわりの一局面を明らかにする。

## 2　クラウス・ライナー・レールと『学生急使』の成立

第二次世界大戦終結時に、ドイツがいかなる国際的陣営に組み込まれるか、理論的には三つの可能性があった。東側かあるいは西側か、または中立である。共産主義者、社会主義者、労働組合は重工業資本の社会化ならびにドイツの社会主義化を目指して活動した。だが、とくに意気軒高であったのは、中立国家である統一ドイツ建国を目指した後の連邦共和国内の中立主義者であった。そして彼らの一部は、単に政治的中立だけではなく、「社会主義と資本主義の架け橋をドイツは目指すべき」［Wesemann, 66］だと考えた。

一九四九年にアデナウアーのもとで、ドイツ連邦共和国が暫定的主権国家として誕生する。しかし隣国ＤＤＲ（ドイツ民主共和国いわゆる東ドイツ）の成立とともに共産主義恐怖が、ヴァイマル時代のように再燃する。連邦共和国のイデオロギー地図は、これにより極端に簡略化される。共産主義と、それに対立する社会民主主義からかつての国家社会主義までをひとまとめにした反共産主義とであった。アデナウアー首相率いる連邦共和国は、国際社会に復帰するパスポートに反共産主義を用いたといっても過言ではない。

そしてこの国民は、アメリカの資本投下に支えられた「経済の奇跡」と呼ばれるたぐいまれな経済成長を実現し、物質的な豊かさを享受する。この帰結として連邦共和国は、中央ヨーロッパにおけるアメリカのパートナーとなり、必然的に東西対立冷戦構造を生み出す。「経済の奇跡」のなかにある連邦共和国の五〇年代はおよそ平和な時代ではなく危機の時代であり、中立は夢となって雲散霧消する。

しかしこの夢を抱き続ける若者たちがいた。一九二八年生まれで、当時二三歳であったクラウス・ライナー・レールは、歴史学を専攻するハンブルク大学の学生であった。彼は友人のペーター・リュムコルフとともに学生演劇団「害毒」の台本を書き、ナチスを揶揄し、占領軍を批判した。ある日二人の男がこの劇団にやってきた。彼らは共産党の青年組織であるＦＤＪ（自由ドイツ青年団）のメンバーであった。レールらの演劇に興味を抱いた二人は、舞台に女優が欠けているので、一人お貸ししようという。そこに現れた美しい女性は、クリスティーネと名乗り、二人のうちの一人クラウス・ヒューボッターの妹であった。リュムコルフは彼女にのぼせあがった［Röhl, B., 50］。

一九五二年五月一一日ルール工業地帯の町エッセンにおいて一〇万人の若者による「ドイツ条約」締結反対デモが行なわれた。警察はデモに向かって発砲し、死者一名と重傷者二名とをもたらした。殺されたのは、ＦＤＪに属するフィリップ・ミュラーであった。五月二六日ボンにおいて米英仏外相により署名がなされ、三か国と連邦共和国の間に「ドイツ条約」が結ばれた。ドイツ条約は占領体制を終結させ、留保付きではあるが連邦共和国に主権を付与した。つまりこの条約は分断国家の存続を固定化するとも解することができた。レールは、この事件に触発され、学生新聞『臣下』の発刊を決意する。彼はここに公権力に殺されたフィリップ・ミュラー追悼の記事を書いたが、ほとんど顧みられなかった。

およそ一年後、一九五三年六月一七日ＤＤＲで初めての「デモ」が行なわれた。この「デモ」は一〇〇万人規模であり、経済的改善を訴え、高いノルマの撤回を目指していたが、実態は住民をも巻き込んで、自由選挙と非軍備平和国家としてドイツ再統一を掲げた革命であった。この日、おおかた若者からなる二〇人もが、ソ連占領軍とＤＤＲの戦車の犠牲になった。しかしＤＤＲ政府は、東ベルリンで殺された人々を哀悼することはなく、彼らを反革命分子のファシストと決めつけた。ソビエト戦車の衝撃は大きかった。当時連邦共和国のほとんどの作家たちはハンス・ヴェルナー・リヒターを中心に新たなドイツ文学を確立しようとする「四七年グループ」に属しており、ソビエト地区に理解を示すすべてを拒絶した。コムニストは忌み嫌われた。少なくとも西ベルリンでは、コムニストと名乗ろうものなら、リンチに遭いかねなかった。

それから一年半後のある日、学生新聞を作りたくてうずうずしているクラウス・ライナー・レールのもとにハイメンダールという男がやってきて、新聞企画を持ち掛けた。資金がないレールに、彼は「資金ならいくらかあるし、金を出してくれる人を知っている」[Röhl, B., 57f.] という。ハイメンダールはコムニストの先遣兵であった。

ハイメンダールはレールとリュムコルフとともに一九五五年二月『最終弁論』を発行する。レールはここでザールラントをフランスに譲渡しようとするアデナウアーを批判した。しかしレールによれば、ハイメンダールの記事はお粗末で、新聞自体の出来栄えは散々であった。レールとリュムコルフはクラウス・ヒューボッターに連絡を取る。二人を味方に取り込みたいヒューボッターは、自由な執筆を許し、印刷費を賄う条件をのむ。実質『最終弁論』の第二号であり、『コンクレート』の前身『学生急使』一号が、一九五五年五月ここに刊行される。そして間もなく非合法団体ＦＤＪのメンバーであったヒューボッターが逮捕され、レールはコムニストたちと直接に連絡を取るようになる。ここからコムニストとレールの長きにわたる関係が始まる。［Röhl, B., 58］

## 3　『学生急使』から『コンクレート』へ

『学生急使』の設立は、ヒューボッターの努力に負うところが大きかった。彼は一九五一年以来、連邦共和国における非合法団体ＦＤＪのメンバーであるだけで、彼は五三年には逮捕されており、五四年までは未決拘留期間であり、五四年の冬学期にようやくハンブルクで法学研究をはじめた。しかし共産党の非合法化も迫っており、ＦＤＪの合法的出版物などありえなかった。そこでヒューボッターが考案したのが、学生新聞であった。ヒューボッターは、保釈金を払った保護観察の身であり、自ら編集長になるなど問題外であった。

彼は、当時学生間で最もクリエイティブな活動をしていたレールとリュムコルフを待っていた。ヒューボッターは、乗馬をしたりテニスをしたりしながらレールと話し合った。冷戦下において盗聴社会は、ＤＤＲだけではなかった。ヒューボッターは連邦共和国の公安に絶えず嗅ぎまわされていた。別のヨットが近づいてくるのがすぐにわかるエルベ川のヨット遊びは、好都合な会合場所だった［Röhl. K. (II), 74f.］。ヒューボッターは新聞の計画を東ベルリンに報告し、書面と口頭で詳細を説明する［Röhl, B., 60］。

一九九八年レールとマインホフの娘であるジャーナリスト、ベティーナ・レールはベルリンにある連邦文書館でハンブルクのコミュニスト学生に関する報告を発見する。そこには『コンクレート』にかかわる文書だけを集めた束があり、ヒューボッターのレールに関する報告文書もあった。この文書が、レールの自伝『五本指はこぶしにあらず』の信憑性を高めたのは、レールとのちに決裂したヒューボッターには皮肉なことである［Röhl, B., 64］。一九五五年『学生急使』の計画が東ベルリンで認められた。四月六日ＦＤＪの中央委員会官房会議で、西ドイツの学生新聞『学生急使』の創設が話し合われ、東ベルリンの共産党議長ヘルベルト・ミース名で報告書が作られている。そこには中央委員会第一書記エーリヒ・ホーネッカーの署名が入っている［Röhl, B., 65］。ヒューボッターは、ベルリンのＦＤＪとのコーディネーターで、公式の編集長レールとともに『学生急使』の舵を取った。

パリ条約で西側連合国によって、連邦共和国がＮＡＴＯ（北大西洋条約機構）加盟を許され、その一員となった一九五五年五月レールは、西ドイツのいくつかの大学で、大きな成果をあげる。一部は配布したが、『学生急使』五〇〇〇部を売った。ヒューボッターによれば、数号が発行された時点で、西ドイツで質量ともに最高の学生新聞になっていた。とくに文芸記事の評判は高かった。ハンブルク在住の社会主義作家クルト・ヒラーは、レール、リュムコルフ、ヒューボッターが手本とした作家の一人であった。彼は二〇年代にはトゥホルスキーとともに『世界舞台』に寄稿していたが、ナチ政権下を強制収容所と亡命生活で過ごした。彼はＤＤＲにもスターリニズムにも批判的であり、『学生急使』の背景を敏感に嗅ぎ取り、レギュラーの書き手とはならなかった。またアルノー・シュミットは、自ら寄稿したうえで、『学生急使』をドイツ最高の文化雑誌と称揚し、共感のあまり、学生でなければ買えないのか、とその名称に異を唱えた［Röhl, B., 95］。

共産党はハンブルクのカイザー・ヴィルヘルム通りに『学生急使』編集部として、爆撃で破壊された建物に残った二室を調達した。そこからはのちに学生運動の宿敵となる大衆新聞『ビルト』を発行するシュプリンガー社の社屋が見えた。レールは、党の方針とは異なり、『学生急使』をアヴァンギャルド新聞にする企図であった。この新聞にはまた「ドイツ学生のための独立情報誌」（傍点筆者）の副題がつけられていた。しかし「コンクレート文書」によれば、一九五五年一一月一五日に『学生急使』編集部は当時としては相当な額である一〇〇〇マルクを、その後もそれ以上の額を何度も東ベルリンのコムニストから受け取っている［Röhl, B., 74ff.］。

　レールは「独立」という自ら名乗った真っ赤なウソを糊塗するために、スパークリングワインを懸賞品にして、読者に「『学生急使』の資金源はどこでしょう」というクイズを出す。そしてその答えとして、一に売上金、二に広告収入、三に寄付から成り立っていると発表する［Röhl, K.(II), 79］。また、レールは、反コミュニズム傾向を示すか、現実の社会主義に反対する記事を各号に少なくともひとつは掲載した。資金源を悟らせないためのしたたかな作戦であったが、レールをプロパガンダ要員とみなしていた共産党は反感を持った。

　一九五五年一〇月六日レールは、数室を残して爆撃で残骸となった東ベルリンのホテル「アドロン」に呼び出されている。彼は担当者のヘルベルト・ミースから新聞の欠点を指摘され、改善を求められるも、おおむね肯定的に評価される。旅の途上で、レールは当時の妻ブルーニとともに、これも残骸のような郵便局を訪ねる。ここで彼は西ドイツの共産党青年文化局員である二七歳のマンフレート・カプルクと三二歳のリヒャルト・クンプフと初めて出会い、この後七年以上にわたる付き合いとなる［Röhl, B., 78］。

　連邦共和国では共産党の禁止が迫っていた。一九五二年の共産党「国家再統一綱領」には「アメリカ帝国主義支配の根本的な基礎を取り除く」ために「アデナウアー政権を転覆」する、という文言があった。共産党は判決を受ける五か月前には、政党禁止を恐れてこの綱領を撤回し、その一方で周辺組織とともに非合法化への準備を怠らなかった。『学生急使』が寄付等の資金源と偽っていた「国民前線」も解消された。東ベルリンからの資金援助を暴かれるのを恐れたレールは、新たな偽装組織「トゥホルスキー・サークル」を立ち上げた。「国民前線」の前代表エルンスト・ローヴォルトが名誉会長となった。トゥホルスキーの元妻マリーは、組織の本質を知らずに名誉会員となり、作家の遺品の一部を自由に使えるように提供した［Röhl. B., 95］。

一九五六年八月一七日レールは、連邦共和国でその日に禁止された共産党に入党した。いっそう党に巻き込まれたレールは、『学生急使』の財務担当ウーヴェ・ラーゼンとともに東ベルリンに出向く。このとき以来、彼らに連絡を取り指導を行なうのは、マンフレート・カプルクとリヒャルト・クンプフと決められた。今まで『学生急使』を指揮し、東ベルリンとレールを仲介していたヒューボッターは、またもやＦＤＪのメンバーであるかどで連邦共和国の刑務所に拘留されているうちに、局外者となった。ヒューボッターは、レールがカプルクとクンプフに取り入って、新聞を横取りしたと考えた［Röhl. B., 103］。ヒューボッターとレールのその後も続く確執はここに端を発していた。一九五七年九月レールは、『学生急使』を自ら考え出した名称『コンクレート』に改称する。

## 4　反核兵器活動家ウルリーケ・マインホフの誕生

『学生急使』創刊の一九五五年夏学期、戦中戦後に父母を亡くした二〇歳のマインホフは養い親である大学教授レナーテ・リーメクの元を離れる。マインホフはマールブルク大学で教育学、ゲルマニスティーク、心理学を、それに加えてギーセン大学で芸術史を学ぶ大学生となる。六月の夕べ、マインホフはアメリカ最新ジャズをバンド演奏で聞かせるカフェ「ハイドン」で、核物理学を研究する学生ローター・ヴァレクと知り合う。秋になって、恋人であった幼馴染の彫刻家トーマス・レンクと別れたマインホフは、卒業論文作成中のヴァレクと交際を始める［Ditfurth, 92ff.］。

一九五六年七月、二一歳の平和主義学生マインホフは、マールブルク大学学生新聞の付録「時代批判の声」にカール・ベッヘルト教授の記事を見出す。教授は核実験が放射線量を高め、遺伝性の障害をもたらす危険性を警告していた。さらにマインホフが感銘を受けたのは、亡命ユダヤ系ドイツ人であり、広島、長崎の原爆投下地を調査したローベルト・ユンクのベストセラー『千の太陽よりも明るく』であった。この本は、原子力の軍事目的から離れた平和利用など神話にすぎないと指摘していた［Ditfurth, 97f.］。マインホフは核物理学を研究するヴァレクとの共同生活に疑問と抵抗を覚える。

核兵器にかかわる状況は、日々変化していた。アメリカのＮＡＴＯ長官ローリス・ノースタッドは、アメリカ政府の承認ののち、一九五七年二月連邦共和国軍に核兵器武装を要求した。アデナウアー首相とフランツ・ヨーゼフ・シュトラウス国防大臣は、西側の総合防衛体制を支えるこの計画に同意した。四月五日アデナウアー首相の発言「戦略核兵器は大砲の延長でしかない」[Ditfurth, 99]は、世論を逆なでし大規模な核兵器議論を引き起こす。一九五七年連邦議会選挙で、SPD（社会民主党）は連邦共和国の核武装に反対を表明した。アデナウアー首相は、核武装なしではロシア人は一日で首都ボンを占領すると国民を脅した。ドイツ系アメリカ人ヘンリー・キッシンジャーは、五〇年代にハーバード大学で国際関係論の教鞭をとっていたが、ソビエト軍がエルベ川畔にいる以上、西ヨーロッパは安全ではないとアデナウアーに賛同した[Wesemann, 85]。結局、一九五七年九月「経済の奇跡」とソビエト軍への恐怖が、国政選挙の帰趨を決し、CDU／CSU（キリスト教民主同盟／キリスト教社会同盟）が得票率で五〇・三パーセントを獲得して絶対多数を占めた。SPDは選挙戦での失地を、反核兵器議論で回復しようとこの時点ではもくろんでいた。

国際情勢のめまぐるしい変化のなか、一九五七年一〇月二日国連総会で、ポーランド外務大臣アダム・ラパツキが、ワルシャワ条約機構とNATOがヨーロッパで対峙している地域を非核武装にするいわゆるラパツキ計画を提案した。当時は核ミサイルの射程距離が一五〇〇キロメートルであったので、この計画には大いに有効性があった。アデナウアー首相は前提にDDRの国家承認があることを懸念し、この計画を拒絶する。一二月パリにおけるNATO議会で、アメリカの監督下、同盟国の核武装許可決議がなされる。年が改まり、一月二三日ＳＰＤの連邦議会議員グスタフ・ハイネマンは国会での演説で、アデナウアーの軍事力を前面に押し出した外交は誤っており、再統一のチャンスを逃している、目下のところはラパツキ計画が両ドイツを接近させる唯一のチャンスだと述べた［Ditfurth, 104］。この言葉にマインホフは心を動かされる。

反動的男性学生同盟が強いマールブルクに嫌気がさし［Ditfurth, 93f.］、ヴァレクとの関係にも悩んでいた二三歳のマインホフは、一九五七年の冬学期からミュンスター大学に在籍していた。学期の終わりぎわ五八年二月のある晩、マインホフはＳＰＤの学生青年部であった社会主義ドイツ学生連盟（ＳＤＳ）集会の終盤に発言をした。「ミュンスターに「核兵器のないドイツ」の作業チームを作るのを手伝ってくれませんか。多くの大学にすでに核兵器反対団体がありますよ」［Röhl, B., 133］。六人の学生が即座に作業チーム参加を申し出た。その一人が、のちのハノーファー大学歴史学教授でＳＤＳメンバー、ユルゲン・ザイフェルトであった。ＳＤＳに属するものが複数人いたことから、この団体はＳＤＳの「核兵器による死に抗する」委員会とみとめられ、マインホフは代表に選ばれた。しかし広範な反核兵器議論にもかかわらず、三月二五日連邦議会で連邦共和国軍の核武装が決議される。

マインホフの突然の政治参加への情熱が、どこに由来しているのかはわからない。しかし彼女が大学生になるのと時を同じくして、ＮＡＴＯへの参加、再軍備、徴兵制、共産党の禁止、核武装を次々と実行したアデナウアー政権下の「復古主義」政策と無関係ではないだろう。また大学教授であった養い親レナーテ・リーメクの感化もあった。マインホフは、新たな団体、新聞、雑誌の設立、それへの寄稿と署名運動といった政治参加方式をリーメクの実践から知った。

年末の結婚を念頭において復活祭にロータール・ヴァレクとウルリーケ・マインホフは婚約する。マインホフは四月にゲッティンゲン大学のエリーザベト・ハインペル博士を訪ねている。博士は、五月二〇日にできるかぎり多くの大学で反核兵器デモを実行したいと語った［Ditfurth, 106］。マインホフの胸は高鳴った。五月初旬マインホフは、五月二〇日統一行動のビラを書き、ポスターを作り、準備を整えた。仲間のザイフェルトは、マインホフがチームの全活動を取り仕切った手法に感嘆した［Bleckert, 81］。

五月半ば、決起日を数日後に控えて連邦学生反核中央委員会が、記者会見のために学生代表を各地からボンに召集した。ミュンスター委員会を代表したマインホフは、当時学生におおいに読まれていたハンブルクの新聞『コンクレート』の編集長クラウス・ライナー・レールと出会った。『コンクレート』をたまにしか読まないマインホフは、レールを嫌な男だと思った［Ditfurth, 108］。

五月二〇日のデモは、六〇年代の荒れ狂うデモとは異なり、整然と行なわれた。現在は城前（シュロス）広場と改称されている当時のヒンデンブルク広場にしつらえられたにわか作りの木製演壇に、三人の男性弁士に続いて、白いブラウスを着たマインホフが登場した。マインホフは一二〇〇人の聴衆を前にして、広島の例をあげ、後世への放射能の危険性を切々と語った。さらにはアルベルト・シュヴァイツアーの前年のラジオ演説を範として、生への畏敬、人間の自由と尊厳を訴えて核兵器の廃絶を唱えた［Prinz, 87］。

マインホフは多くの称賛を浴び、演壇に立つ彼女の写真が翌日地元紙を飾った。一緒に登壇したユルゲン・ザイフェルトは「ウルリーケ・マインホフがいなければ、我々は何もできなかったし、集会もデモも成立しなかった。これは復古主義下のミュンスターでの途方もない事件であった。この日、私は初めて現代のローザ・ルクセンブルクという言葉を聞いた」［Ditfurth, 110］と後日述べている。こうしてマインホフは政治の世界に足を踏み入れ、いきなり反核運動のスターに祭り上げられた。

マインホフはＳＰＤと連帯を深めたと考えていた。ところが反核運動を推進したいのはこの党の一部にすぎず、大多数はＮＡＴＯ同盟国にＳＰＤの防衛政策をアピールしたかった。新任の党首へルベルト・ヴェルナーは、自分たち社会民主主義者は人々を集めて煽動する人物と共闘できないと、マインホフのようなデモを主催した人々を指して発言した［Ditfurth, 110］。ミュンスターの反核委員会では、ＳＰＤのメンバーでＳＤＳの支部長ローター・ヴィルヘルム・コーリングが、「ＳＰＤからの指令で」［Ditfurth, 111］マインホフを非難し追放しようとした。結果は、マインホフとその仲間がこの争いを制し、コーリングは反核委員会を去る。このころヴァレクは、政治活動に身をささげ軋轢に耐え苦悩するマインホフをミュンスターに訪ね、数日間を共にしている。彼はバルト海のフェーマルン島への夏休み旅行を提案し、マインホフを慰めた。

マインホフは、共産主義恐怖からアデナウアーに投票する人々の態度と思考を変革する必要性を感じ、政治行動を一度きりにしないことを誓う。しかしマインホフが連邦共和国と西側の軍事力を一方的に非難し、ソビエト連邦の軍事力やその非人道的行為を過小評価するのは一見不可解である。この謎に答える記述が、レールの『同志の女』にみられる。レールは小説の地の文において「ドイツ東部地域の領土と生産拠点を失った連邦共和国の支配階級は、軍備を推し進め、新たな戦争によってＤＤＲの発展を妨げ、併合するつもりである。それゆえ彼らはＤＤＲを承認しないで、将来征服すべき連邦共和国の一部とみなす」［Röhl, K.(I), 53］という。連邦共和国の核配備廃絶を主張するマインホフやレールの根底には、連邦共和国で指導的立場にある人々は戦前社会と継続性を持った報復主義者だという考えがあった。それにくわえて彼らは「社会主義国家だけが平和維持に意欲を持っているので、社会主義陣営の軍備強化によってのみ、平和を維持することができる」［Röhl, K.(I), 53］と当時は考えていたのである。

## 5　ベルリン反核会議と『コンクレート』派

マインホフは婚約者ヴァァレクとフェーマルン島でのバカンスで八月を過ごした。『コンクレート』編集部は、連邦共和国の核配備に反対するDDR戦略の一部として、共産党から大学の反核委員会に影響力を行使する指令を受けていた〔Wesemann, 125〕。九月一二日レール、ラインハルト・オーピッツ、エリカ・ルンゲは、ミュンスター大学で影響力を持つマインホフをベルリン反核会議のメンバーに引き入れるためにマールブルクに訪ねた。

SPDでは政権交代を目指して、核武装を現実路線と考えるものが優勢であった。SPDの学生団体SDS内部において、政界での出世を見越して党に忠誠を誓うものと、マインホフのような核武装に反対する社会主義左派との溝は、大きくなるばかりであった。マインホフは、共闘できる『コンクレート』派の滞在に感謝したが、共産主義者との交流が、ヴァァレクを自分から遠ざけるのではと危惧した。ミュンスターでも孤立しがちなマインホフには、共産主義に身を捧げる『コンクレート』の仲間は魅力的に見えた。とくにレールはトゥホルスキーやブレヒトを引用し、弁舌巧みにマインホフを共産主義へと導いた。

一〇月初めオーピッツとレールは「貴重な獲物」〔Wesemann, 128〕マインホフを伴って東ベルリンの偽装住宅を訪ねる。クンプフとカプルクがそこで待っていた。彼女はこの日共産党に入党したと思われる。ヴァレクはマインホフに入党しないように警告していただけに、この年の一二月婚約は解消となる〔Wesemann, 129f.〕。彼女はレールとベルリン反核会議に参加することに合意する。ミュンスターに戻った彼女は学生委員会のメンバーたちを『コンクレート』グループに引き入れようと策動した。

ＳＰＤは一一月にマルクス主義を放棄したゴーデスベルク綱領を公表したが、反核運動からも腰が引けた。ＳＤＳが親団体ＳＰＤ批判にひるまなかったのは、共産党禁止の影響で、ＳＤＳ内部には左派勢力がなだれ込んでいたからである。ＳＰＤは反核会議の主導権をＤＤＲシンパに奪われることを恐れながらも、一二月の西ベルリンでの選挙を控え、反核を唱えて前年の国政選挙の二の舞を演じたくはなかった。

反核会議の準備が進むなかで、一一月二七日ソビエト連邦の指導者ニキータ・フルシチョフは、ベルリンを政治的独立体として承認し、非武装自由都市とするいわゆるベルリン最後通牒を西側三か国に突き付けた。六か月のうちに西側諸国が要求に同意しなければ、ソビエト連邦はＤＤＲと平和条約を結ぶという。これはベルリンのひいては両ドイツの分断を固定化することになる。クレムリンは前年有人人工衛星スプートニクによってテクノロジーにおける優位を世界に示し、強気の要求に転じた〔Wesemann, 138〕。この「最後通牒」によって焦眉の急を要するのは、反核議論ではなく統一問題となった。

一九五九年一月三日ベルリン危機が高まるなかで、最大規模の学生反核集会が、西ベルリンで開かれた。二〇の西ドイツと西ベルリンの反核委員会から、およそ三二〇人の学生と二〇〇人の外国人を含む招待客が、ダーレムのベルリン自由大学へやってきた。ＳＰＤは開催費用の大半を負担し、会議の中心を占める中央委員会の議長団、報告者、議事日程の決定に加わった。ＳＰＤからは、のちの連邦首相で当時連邦議会における防衛専門家ヘルムート・シュミットが参加した。社会民主主義者は会議を掌握したつもりであった。しかし選挙民の顔色ばかりを窺うＳＰＤの核問題における政治戦略が、反核主義学生に最初から潜在的な反社会民主主義感情を引き起こしていた［Wesemann, 142］。

この情勢を巧みに利用したのが、ウルリーケ・マインホフであった。彼女は開会直後の全員集会で、議長団は派遣代表によって選ばれておらず、正当性がないと主張した。集会には会議の執行部を選ぶ権利があり、執行部は議事を決めなおし、最終決議をするべきだという［Ditfurth, 125］。マインホフの動議は多数決で受け入れられ、ＳＰＤの独立反核派が、議長団に座った。

会議は五つの分会に分けられた。第三分会「核武装と大国の外交政策」の議長はウルリーケ・マインホフで、ここでヘルムート・シュミットと対決することとなった。この対決が十数年後にはテロリストと連邦首相に立場を変えて繰り返されたことは、不幸なことであった。シュミットは九か月前の三月、ミュンヘンの雑誌『文化』の取材でクラウス・ライナー・レールからインタビューを受けた。シュミットはこのとき核武装を国家非常事態と認め、レールの「核武装に反対するゼネストを正当と思うか」という問いに、「留保なしに正当と答えたい」[Röhl, B, 191] と言った。ところが党の風向きがかわるにつれて、彼は核兵器容認派になびいていた。この日、シュミットが東西核武装の不均衡を強調したことにより二人の舌戦は始まる。マインホフはラパツキ計画及び平和条約と国家連合に関してDDRとの話し合いを主張した。

第二分会「核武装と再統一」で会議の方向性は決定づけられた [Ditfurth, 126]。作家のエーリヒ・クービーと『コンクレート』メンバーのラインハルト・オーピッツ、ハンス・シュテルンは最終決議草案をわずかな変更のみで通過させた。彼らは二つのドイツの部分が協議を持つことの重要性を説き、決まり文句「パンコウ〔東ドイツ要人の住宅街〕の連中とは話にならない」[Ditfurth, 126] を禁句と訴えた。そして両国間の交渉は「①平和条約の概略の発展と ②暫定的な国家共同体の可能な形態の吟味」[Ditfurth, 126] について話し合うとした。

最終決議に向けて、土曜日に始まった議論は日曜の朝を迎えていた。第三分会では、マインホフは眠らなかった。圧倒的多数でマインホフとその仲間の主張する案が決議されたとき、DDRの承認などおよそ選挙民には受け入れてもらえないと考えている社会民主主義者に激震が走った [Wesemann, 144]。シュミットは演壇に駆け寄り、決議を「別の場所で心理的に準備されたものだ」[Ditfurth, 127] とDDRを示唆して非難した。シュミットは怒りのあまり会議をあとにし、のちに予定されていたデモにおける演説をキャンセルした。

結果は『コンクレート』派の勝利であった。しかしクラウス・ライナー・レールをめぐる『コンクレート』派が、東側コムニストの指示を受けていることに、誰もがうすうす気づいていた。翌日新聞はこの会議を「コムニストの遠隔操作によるもの」、「東側スパイによる欺瞞」〔Wesemann, 145; Ditfurth, 127〕などと書き立てた。CDUも東西ドイツの国家共同体やウルブリヒト政府との対話など言語道断という声明を発表した。意図はともかくとして、政治の現実を先取りしたのは『コンクレート』派であった。ユッタ・ディートフルトは、一〇年後に東欧国家との対話を実現したのがSPD党首ヴィリー・ブラントで、その成果によりノーベル賞を受賞したと皮肉っている〔Ditfurth, 128〕。

『コンクレート』派を含めた多くの参加者は、SDSのメンバーであった。したがって新聞報道で『コンクレート』派だけを区別することは難しかった。会議の結果は、SDSに暗い影を投げかけた。SPD内部のSDSと手を切りたい人々には、むしろ一線を引く好機となった。また、再統一決議とDDRの承認に会議の力点が移されたことによって、核武装問題は前景から退いてしまい、大学における反核兵器運動は解体した。

一九五九年三月一九日、フルシチョフはベルリン最後通牒を新聞発表によって期日前に撤回し、連合国の西ベルリンにおける権利を認めた。五月に連合国の外務大臣がジュネーヴで会合を持った。九月にはフルシチョフがアメリカ大統領アイゼンハウアーの招待に応じた。ベルリン問題は収束するかのように見えた。

一九五〇年代の学生ジャーナリズムと政治のかかわりを整理してみよう。一九五二年反体制的学生新聞『臣下』を発行していたハンブルク大学生レールは、東西国家の分断が決定的になるなかで五五年二月東ドイツの資金援助のもと『最終弁論』第一号を発行した。この雑誌を東ドイツに通じているヒューボッターとともに、編集長レールが引き継ぐことになり、『学生急使』を名乗る。一九五六年西ドイツで共産党が禁止されるなかで、レールは文芸記事を充実させ、巧みにこの雑誌を偽装し、売り上げ部数を伸ばしていく。そしてレールは『コンクレート』と改名し、この雑誌を手中に収める。とはいえあくまでレールは編集部を掌握したに過ぎず、西ドイツ最大の学生ジャーナリズムは、東ドイツの掌中にあった。

レールは折しも反核兵器運動が激化するなか、現代のローザ・ルクセンブルクと祭り上げられたマインホフを『コンクレート』に引き入れようとする。マインホフは、政治的には武力を背景にするアデナウアーの「力の政策」に反対する中立統一ドイツの支持者であった。五八年彼女がイニシアティヴをとったミュンスターでの反核運動は、ＳＤＳと連携してＳＰＤの後援がえられるはずであった。ところが三月二五日の連邦議会における核武装決定以降、ＳＰＤ内部は分裂し、コムニストとの共闘を拒絶するＳＰＤ内部の勢力が、選挙民を意識して反核運動に日和見になっていった。持ち上げられて梯子を外されたマインホフは、コムニストあるいはコムニストから資金を得て『コンクレート』を発行している人々と手を組む。そこには色男クラウス・ライナー・レールの誘惑も少なからず魅力であった。

マインホフと『コンクレート』派は、五九年一月の反核ベルリン会議で主導権を握り、ＤＤＲ寄りの最終決議を勝ち取る。しかしマインホフらは、コムニストの烙印を押され、ますます社会から孤立していく。この過程から明らかになったのは、マインホフが養い親レナーテ・リーメクによって共産主義の思想教育を仕込まれた人物ではなかったことである。彼女はＣＤＵの政治的潮流に抗い、社会民主主義の流れからはじかれ、コムニストの激流へと流されていったのである。一方『コンクレート』はコムニストの疑いをもたれながらもマインホフのコラムによっていっそう人気を博していく。のちの彼女の破滅を思うと、レールのしたたかさは驚くべきである。レールは周囲の人物のエネルギーを利用して、自己の社会的・金銭的欲求を実現した。

さて、ウルリーケ・マインホフが政治活動に巻き込まれて、ジャーナリストの道を選ぶにあたって、二人の男性ヴァレクとレールが重要な脇役を演じたが、彼らのその後に関しても多少言及しておこう。マインホフは政治活動にのめり込んでいくなかで、レールに恋をしてヴァレクとの婚約を破棄してしまう。ヴァレクの妻マグダの証言によれば、彼は破棄された婚約の傷を生涯にわたって癒せなかった。ヴァレクは、マインホフが六〇年代から七〇年代にジャーナリスト、テロリストとして世間を騒がせたときに、一切のインタビューを拒絶した。ヴァレクが二〇〇五年に亡くなった後、マグダは夫のマインホフに関する覚書を彼女の娘ベティーナ・レールに預けた。そのメモによれば、一九六二年マインホフがベティーナとレギーネの双子を生んだあと脳腫瘍の手術を受けたとき、一度だけヴァレクは見舞っている。マインホフが地下活動に入ったとき、彼は支援人物と疑われたが、もちろん違った。ヴァレクはマインホフからの電話に受話器を置いた。彼は二〇〇四年に「ウルリーケはいったい何者だったのか、正直に言って、私にはわからない。四五年の歳月が流れた今日、私はそれを考えようともおもわない」[Röhl. B., 175] と述べている。

一方、『学生急使』一号の発刊後およそ五〇年が過ぎた同じ二〇〇四年、レールの娘ベティーナはクラウス・ヒューボッターに電話をした。ブレーメンで不動産業を営んでおり、七五歳で多くの孫があるヒューボッターは、彼女からの連絡にひどく驚いた。彼とベティーナの父とが早々に決裂したことは周知の事実であった。ヒューボッターは、ベティーナのもとへ、レールにかかわる記述に印をつけた自ら編集した冊子を送った。ベティーナはそれらを読んでやってきた。ヒューボッターは、取材に来た彼女をイタリアレストランに招待した [Röhl. B., 59]。ヒューボッターの心にもレールとの折り合いの兆しが芽生えた。

## 文献

Meinhof, Ulrike: Die Würde des Menschen ist antastbar. Aufsätze und Polemiken. Berlin (Klaus Wagenbach) 1994.

Röhl, Klaus Rainer (I) : *Die Genossen*. Wien-München-Zürich (Fritz Molden) 1975.

Röhl, Klaus Rainer (II) : *Fünf Finger sind keine Faust*. Köln (Kiepenheuer & Witsch) 1974.

---

Ditfurth, Jutta : *Ulrike Meinhof. Die Biografie*. Berlin (Ullstein) 2007.

Krebs, Mario : *Ulrike Meinhof. Ein Leben im Widerspruch*. Reinbek (Rowohlt) 1988.

Lehto-Bleckert, Katriina : *Ulrike Meinhof 1934-1976. Ihr Weg zur Terroristin*. Marburg (Tectum) 2010.

Prinz, Alois : *Lieber wütend als traurig. Die Lebensgeschichte der Ulrike Marie Meinhof*. Weinheim u.a. (Beltz) 2003.

Röhl, Bettina : *So macht Kommunismus Spass! Ulrike Meinhof, Klaus Rainer Röhl und die Akte Konkret*. Hamburg (Europäische Verlagsanstalt) 2006.

Wesemann, Kristin : *Ulrike Meinhof. Kommunistin, Journalistin, Terroristin – eine politische Biografie*. Baden-Baden (Nomos) 2007.

翌朝一〇時にゲンゼマルクトを目指してU2の地下鉄に乗る。地上にあがるとオペラ座が見える。この近代的な建物は、爆撃を受けた戦後の産物だろう。ゲンゼマルクトから放射状にのびるゲルホーフ通りの角に、かつて『コンクレート』誌の事務所があった。一八八六年築の風格ある建物である。マルクト周辺の洋服店は、ドイツらしい鮮やかな色彩と重厚な手作り感の服をショーウィンドウに展示している。伊達男クラウス・ライナー・レール好みである。

広場からヴァレンティンスカンプフ通りを歩くと、ブラームス広場に着く。荘厳なライス劇場やブラームスへのオマージュ記念碑がある。記念碑は麺の束が直角に交差したような意匠であるが、ブラームスの低音の重厚な響きから立ち上がる美しいメロディーを造形的に表現しているかのようである。ここからカイザー・ヴィルヘルム通りを少し歩くと、大きな赤い Bild の文字に出くわす。六八年学生運動の宿敵シュプリンガー社である。通りに面する建物は遠慮がちだが、奥には高層建築がある。

この向かいの七〇番地に一九六一年五月、結婚直後のレールとウルリーケ・マインホフの住居があった。今はいささか古びているアパルトマンだが、六〇年近く前にこの建物での生活は贅沢である。この一帯は、第二次大戦中の爆撃で破壊されており、戦後の建物に現在、再開発の波が押し寄せているようで、大きな建築現場が複数ある。一九五六年一〇月二五日にレールが越してきた三六番地がどこであるか、工事中の街並みからは見当がつかない。ブラームス広場からホルステンヴァルに沿ってペーター通りまで進むと、ブラームス博物館がある。この辺りは一九八〇年代に以前の木組建築物を再建した地区である。ブラームスは三〇歳までドイツにいたが、その後ウィーンに出る。年上のシューマンが彼を見出して、盛り立ててくれた。クララ・シューマンとのあいだを疑われていたが、証拠はない。

公園を抜けて、ザンクト・パウリ駅から地下鉄に乗り、地上にあるシュテルンシャンツェ駅で降りる。丘の上に赤煉瓦の建物が見える。この地名の由来である天文台か。駅からすこし離れると線路をくぐるにぎやかな通りがある。シャンツェン通りである。ここの三三番地でレールは『最終弁論』紙を始めた。学生街らしくいたるところにポスターが張られ、剥がれ落ちている。緑をたたえた並木が美しい街だ。若者向けのブティックも立ち並ぶ。三三番地は三一番地と三五番地のあいだの奥の建物のようである。住民以外は近づくのが難しい。

Sバーンに乗って中央駅にいき、U2に乗ってゲンゼマルクトに戻る。オペラ座のバレエ『ニジンスキイ』を見にいく。桟敷席といっても、コンクリートの張り出しのテラスである。バレエには三階がちょうどよい。バルコニー席からは、舞台全体がよく見える。川端の記述によれば、「ロシア革命がおこった。その一九一七年の暮れ、ついにニジンスキイは、まったく白痴のようになって、舞踊界から姿を消した。わずか二十八歳であった」という。一九一九年健康な精神状態とはいいがたかったニジンスキイは、友人の前で自分と神との結婚式にささげる舞踏をして見せた。この場面から上演は始まる。妻との確執、子供時代の思い出、戦争、ディアギレフとの相克などが、幻想を交えて視覚化される。第一部ではリムスキー・コルサコフの『シェーラザード』が伴奏をなし、第二部では大仰なショスタコーヴィチの音楽が添えられる。バレエ全体は反戦を強く意識し、ニジンスキイの妄想のなかで、人類の没落を見せる。

翌日一〇時ごろ、ブランケネーゼを目指す。結婚後双子を授かったウルリーケとレールが暮らしていた館がある。Sバーンで二〇分ほど中央駅から離れるのだが、目的地の手前から広壮な住宅が並ぶ地域となる。行き止まりのブランケネーゼ駅を出て丘のほうへ歩くと、ポルシェなどがおかれた高級住宅街である。アジア人がカメラ片手に歩き回るような場所ではない。目的の家は、垣根に囲まれて、周りと比べて特に大きくもない。当時は蔦に覆われていたが、いまはオサリバンの『革命の子どもたち』で映し出された、赤い壁に黒い屋根の家である。左翼ジャーナリストがこんな立派な家に集まって、パーティーをして、恋をして、「革命」でもなかろう。駅の中華料理屋で、イカサラダと野菜焼きそばで昼食をしたため、帰路に就く。

ユングフェルンシュタイクで下車して、ブケリウス美術館でヴェネチア展を見る。空気に溶けるヴェネチアを描いたターナーとモネの絵は美しく、カンディンスキーの貼り絵のような風景画はお茶目である。北海へそそぐエルベ川を利用した港湾都市ハンブルクには、ヴェネチアへのあこがれと同族めいた矜持があるように思える。

ここからU1に乗って、ヴェトナウまでいく。駅から少し歩くとレッシング通りが見つかる。一九九四年版映画『ふたりのロッテ』で見たハンブルクの家並みたいである。七番地は歳月をへた立派な白亜の建物で、税理士事務所なども入っているが、これがハンブルクにおけるウルリーケ最初の住居である。二〇代半ばのウルリーケは、『コンクレート』に厚遇され、その生活たるやブルジョアであった。

レッシング通りを町はずれに進むと、外アルスター湖から水を引き込んだ港湾に出くわす。両岸を柳に囲まれたとても美しい水辺である。水をへだてて赤いネオゴシックの聖ゲルトルード教会が見える。惜しむらくは、長堂の向こうに見える高層建築である。川沿いの並木道を外アルスター湖まで歩く。土曜日なので家族連れが自転車で群れをなしたり、乳母車を押したりしている。湖畔の腹をすかせた白鳥が出迎える。ヨットハーバーがあり、遠望する景色は美しい。

駅へ向かう六番のバスの車窓から、繁華街ランゲ・ライエにいい感じの店を発見、途中下車する。スペイン・ポルトガル料理店ヴァスコ・ダ・ガマであった。メニューのビール欄にあったアルスター・ヴァッサーは、レモネード割で甘く薄い。口直しのワインは、新酒で泡立ち、こちらが水のようにうまい。タパスにはムール貝やエビ、イワシの空揚げなど、内陸ドイツでは珍しい豊富な魚介があった。

地元ブランド服がショーウインドウを華やかに飾り、美しい人口湖とその港湾が街に潤いをもたらす。約六〇年前に同じ豊かさがあるはずもないが、それでも『コンクレート』編集部は、ハンブルクで東ドイツ資金を頼りに、時代を裕福に暮らした。レールは豊かさを享受して、満足を覚えた。彼は文学に関心を抱きながら政治化した挙句、商売人となった世渡りじょうずである。一方、一時はマスコミにもち上げられたマインホフは、次第に偏執的になって、共産主義に執着する。その挙句がドイツ赤軍派の設立とテロ行為であった。一九七二年逮捕されたのち、彼女は精神の均衡を崩した。ウルリーケ「の輝かしい生は、その悲しみと悩みの果て、今は氷にとざされた、冬の湖のようなものだった。氷を破って、湖の底まで、さぐってみたところでもうなにもなかったかもしれない」。川端康成の文章である。もちろんウルリーケではなく、ニジンスキイで始まる。

＊　＊

本書の成立は、二〇一四年一〇月京都府立大学での日本独文学会秋季研究発表会に負っています。ここで若手ゲルマニストたちが立ち上げた研究会を吸収するかのように、本書のメンバーが集結しました。全体会議は何度も開けませんでしたが、緩やかに共同研究を進めました。この本が日の目を見るまでに、松籟社の夏目裕介さんが、丁寧かつ辛抱強く校正につきあってくださり、頭の下がる思いです。それから、美しい表紙デザインを考えてくださった多田昭彦さんにも感謝します。そしてこの本を手にしてくださった皆さんに感謝の気持ちを述べます。ありがとうございました。合掌。

二〇一七年三月

編著者　青地伯水

川島隆（かわしま　たかし）
京都大学大学院文学研究科准教授。主な業績として、著書に『カフカの〈中国〉と同時代言説——黄禍・ユダヤ人・男性同盟』（彩流社、2010年）、訳書にジャン=ミシェル・ヴィスメール『ハイジ神話——世界を征服した「アルプスの少女」』（晃洋書房、2015年）などがある。

勝山紘子（かつやま　ひろこ）
日本学術振興会特別研究員RPD／京都府立大学共同研究員。主な業績として、論文に „Der Mensch als ‘Körper’ und ‘Leib’ in Mamoru Oshiis Animationsfilmen“, (Iudicium „Ästhetik der Dinge /Diskurse der Gewalt“, Germany, 2012)、共訳書にジュビレ・クレーマー『メディア、使者、伝達作用——メディア性の「形而上学」の試み』（晃洋書房、2014年）などがある。

友田和秀（ともだ　かずひで）
奈良県立医科大学准教授。主な業績として、著書に『トーマス・マンと一九二〇年代——『魔の山』とその周辺——』（人文書院、2004年）、共訳書にディートマル・グリーザー『ウィーン、わが心の故郷』（大修館書店、2015年）などがある。

永畑紗織（ながはた　さおり）
立命館大学嘱託講師。主な業績として、共著書に『映画でめぐるドイツ——ゲーテから21世紀まで』（松籟社、2015年）、『東欧の想像力——現代東欧文学ガイド』（松籟社、2016年）などがある。

青地伯水（あおじ　はくすい）★
京都府立大学文学部教授。主な業績として、編著書に『ドイツ保守革命——ホフマンスタール／トーマス・マン／ハイデッガー／ゾンバルトの場合』（松籟社、2010年）、訳書にヴォルフガング・ヒルデスハイマー『マルボー——ある伝記』（松籟社、2014年）などがある。

**著者一覧（執筆順）★は編著者**

吉田孝夫（よしだ　たかお）
奈良女子大学文学部准教授。主な業績として、著書に『山と妖怪――ドイツ山岳伝説考』（八坂書房、2014 年）、論文に「ガルゲンメンライン考――グリンメルスハウゼンと近世ドイツの植物幻想」（『希土』41 号、2016 年）などがある。

松村朋彦（まつむら　ともひこ）
京都大学大学院文学研究科教授。主な業績として、著書に『越境と内省――近代ドイツ文学の異文化像』（鳥影社、2009 年）、『五感で読むドイツ文学』（鳥影社、2017 年）などがある。

須藤秀平（すとう　しゅうへい）
京都府立大学文学部共同研究員。主な業績として、共著書に『映画でめぐるドイツ――ゲーテから 21 世紀まで』（松籟社、2015 年）、『引き裂かれた「現在」――1830 年代の文学と政治』（日本独文学会、2016 年）などがある。

児玉麻美（こだま　あさみ）
愛媛大学法文学部講師。主な業績として、共著書に『エーリヒ・ケストナー――こわれた時代のゆがんだ鏡』（松籟社、2012 年）、『引き裂かれた「現在」――1830 年代の文学と政治』（日本独文学会、2016 年）などがある。

西尾宇広（にしお　たかひろ）
慶應義塾大学商学部専任講師。主な業績として、論文に ‚Eine „gebrechliche Einrichtung“ der Öffentlichkeit. Die Darstellung der ‚öffentlichen Meinung‘ in Kleists *Michael Kohlhaas*‘ (*Neue Beiträge zur Germanistik*, Bd. 12, H. 1, 2013)、「震災とデモクラシー――クライスト『チリの地震』における「声」の政治的射程」（『ドイツ文学』第 148 号、2014 年）などがある。

磯崎康太郎（いそざき　こうたろう）
福井大学国際地域学部准教授。主な業績として、訳書にアーダルベルト・シュティフター『シュティフター・コレクション 4――書き込みのある樅の木』（松籟社、2008 年）、アライダ・アスマン『記憶のなかの歴史――個人的経験から公的演出へ』（松籟社、2011 年）などがある。

文学《ぶんがく》と政治《せいじ》――近現代《きんげんだい》ドイツの想像力《そうぞうりょく》

2017年3月15日初版発行

定価はカバーに
表示しています

編著者　青地伯水

発行者　相坂　一

〒612-0801　京都市伏見区深草正覚町1－34

発行所　㈱松　籟　社

SHORAISHA（しょうらいしゃ）

電話　075-531-2878

FAX　075-532-2309

振替　01040-3-13030

URL：http://shoraisha.com

印刷・製本　モリモト印刷株式会社

Printed in Japan



ISBN 978-4-87984-354-8 C0098